浓情巧克力

[英] 哈里斯 著　龚甜菊 译

北京联合出版公司
Beijing United Publishing Co.,Ltd.

图书在版编目（CIP）数据

浓情巧克力/(英)哈里斯著；龚甜菊译—北京：北京联合出版公司，2014.9
（2018.9重印）
ISBN 978-7-5502-3276-1

Ⅰ.①浓… Ⅱ.①哈… ②龚… Ⅲ.①长篇小说－英国－现代 Ⅳ.
①I561.45

中国版本图书馆CIP数据核字(2014)第158524号
北京市版权局著作权合同登记号：图字01-2014-4840号

浓情巧克力

出版统筹：新华先锋
责任编辑：喻　静
策划编辑：宋亚荟
封面设计：王　鑫
版式设计：朱明月

北京联合出版公司出版
（北京市西城区德外大街83号楼9层　100088）
三河市嘉科万达彩色印刷有限公司印刷　新华书店经销
字数250千字　787毫米×1092毫米　1/16　20印张
2018年9月第2版　2018年9月第2次印刷
ISBN 978-7-5502-3276-1
定价：49.00元

谨以此书献给我的曾外祖母

玛丽·安德雷·索林

（1892—1968）

第一章

2 月 11 日　忏悔星期二

　　我们乘着狂欢节的风来到这里。这阵风还算暖和,相对二月而言。风中飘着热乎乎的油香味,那是路边的人家在炉子上做煎饼和香肠,同时还能闻到一阵华夫饼甜香粉末的味道。五彩的纸屑如雪花般飘落到人们的衣领和袖子上,滚动到沟渠中,犹如冬天可笑的解药一般。窄窄的主路边站满了格外兴奋的人群,每个人都伸长了脖子,想看一眼覆盖着绉绸的花车,后面还拖着长长的彩带和纸玫瑰花饰。此刻,阿努克正站在一个货篮子和一只悲伤的黄狗中间,一只手拿着一个黄色的气球,另一只手拿着一个玩具喇叭,睁大了双眼看着眼前的一切。狂欢节我们以前也经历过的——她和我,去年四旬斋[1]的前一天在巴黎看过二百五十辆装饰过的花车游行,在纽约看过一百八十辆花车,在维也纳还有二十四支乐队参加游行,小丑们踩着高跷,大头人的头上顶着用纸简单做成的脑袋,鼓手队长们挥舞着闪光的指挥棒。可是在六岁孩子的眼里,整个世界别有一番光泽。木制马车上装饰着金边和金纸,虽然做工并不精致,可是却

---

① 四旬斋:也叫大斋节,封斋期一般是从圣灰星期三(大斋节的第一天)到复活节,共四十天,基督徒视之为禁食和为复活节做准备而忏悔的季节。

散发出童话故事般的气息。一个刻有龙头的盾牌,一个戴着木质假发的"莴苣公主",一个身后拖着玻璃纸尾巴的美人鱼,一个用镀金硬纸板制成的姜饼屋,裹满糖衣,一个女巫站在门口,向一群不说话的孩子来回摇晃着她那妖艳的绿指甲……六岁啊,你能感受到周围最细微的变化,而这些在一年之后又变得无迹可寻。即使隔着纸板、隔着糖衣、隔着塑料,她依然可以看见真正的女巫、真正的魔法。她抬起头看着我,用她那闪烁着蓝绿色——那犹如从遥远的太空看到的地球的颜色——光芒的眼睛看着我。

"我们要留在这里吗? 我们要留下来吗?"我不得不提醒她说法语。"是吗? 要留下来吗?"她抓着我的衣袖不放。她的头发被风吹得像棉花糖一样绞在一起。

我犹豫不定。这儿是个好地方——塔尼斯河下游的兰瑟,最多只有两百人;这里靠近图卢兹和波尔多之间的高速公路,地方很小,坐在车上,眨眼之间就一晃而过。这里只有一条主路,两排暗褐色、半木制的房子紧紧地挨在一起,几条水管如同叉子上的齿一样平行排列。一座教堂,涂着显赫的白色,立在几家小小的店铺中间。一块块农田稀稀拉拉散落在这片满怀戒备的土地上。果园、葡萄园、一块块田地犹如训练有素的兵团一样整齐地排列,严格按照农耕习惯把各种作物划分开来:这一片是苹果,那一片是猕猴桃、瓜果,还有覆盖着黑色塑料壳的莴苣,无精打采的葡萄藤在贫瘠的二月像是蔫了一样,其实它们只是在等待三月盛大的苏醒……农田后面就是塔尼斯河了,它只是加龙河[①]那犹如五指般散开的支流中的一条,从这一片湿软的土地上穿过。这里的居民呢? 其实和我们在其他地方遇见的没什么区别,脸色有点苍白,可能不太习惯待在阳光下,有点无精

---

① 加龙河:穿越法国和西班牙的一条河流,是法国五大河流之一。

打采。头巾和帽子是头发上面唯一有颜色的装饰，但也都是棕色、黑色或者灰色。他们的脸布满皱纹，像搁置了一年的苹果，眼睛被压到长满皱纹的肌肉中，仿佛安在隔夜面团上的大理石一样。几个孩子在一旁跑来跑去，身上的红色、柠檬绿和黄色晃来晃去，仿佛来自另一个民族。当花车被破旧的拖拉机拉着，沿着街道笨拙地前行之时，一个身高马大、一脸不悦的方脸女人抓着肩膀上的花呢大衣，用当地口音喊了几句我听不太懂的话；马车上坐着一个圣诞老人，在一群小仙女、塞壬①和小妖精中间显得十分突兀，此刻，他正向周围用力地投掷糖果，难掩一脸的凶狠与霸道。一位戴着呢帽的小个子老人一脸歉意地从我的两腿中间抱起那条哀伤的黄狗，他的帽子并非本地人普遍戴的圆贝雷帽。我看见他用细瘦的手指抚摸小狗身上的毛，小狗呜咽着，他的脸上立刻浮现出夹杂着怜爱、关心和内疚的表情。没有人打量我们，我们于他们好像是透明的，光看衣服就知道我们是外地人，是过客。他们很有礼貌，谨守礼节，没有一个人盯着我们看。这个女人，长长的头发掖在橘黄色大衣的衣领中，脖子上围着长长的丝绸围巾；旁边的孩子穿着黄色的威灵顿长筒靴和天蓝色的雨衣。她们的颜色太扎眼，她们的衣服十分异类，她们的脸——是太苍白呢，还是太黑呢？她们的头发也和其他人格格不入，异国风情十足，莫名的奇怪。兰瑟人懂得如何在不发生眼神接触的情况下打量外人。他们的凝视盯得我脊背发凉，很奇怪，虽然不带有敌意，但是却有种冷冷的漠然。对他们而言，我们就是奇怪的人，是狂欢节的一部分，是外国飘来的一缕青烟。当我转身从小贩那里买一块格雷饼的时候，我觉察到他们投过来的目光。装饼的袋子很烫，上面都是

---

① 塞壬：古希腊传说中半人半鸟的女海妖，惯以美妙的歌声引诱水手，使他们的船只或触礁或驶入危险水域。

油,外围的黑麦薄饼很酥脆,不过中间很厚、很好吃。我掰下一小块递给阿努克,顺手擦掉她下巴上融化的黄油。小贩是个矮墩墩的秃顶男人,架着厚厚的眼镜,脸被热炉子上冒出的蒸汽蒸得油亮亮的。他朝她挤了下眼,而另一只睁开的眼睛一下子就将所有的细节纳入眼底,知道接下来肯定有事情要问。

"夫人,您在度假吧?"小镇的礼貌允许他这样问,我看到商人惯有的漠然背后藏着一种探寻的欲望。在这里,任何新闻都传播得很快,虽然距离阿根和蒙托邦很近,但是这里很少有游客造访。

"待一段时间。"

"从巴黎来的?"可能是从我们的衣服上看出来的。在这片艳丽的土地上居住的人们穿着却很单调,死气沉沉。色彩是一种奢侈品,是不能穿的。路边明艳的花儿就像杂草般一无是处、富有侵略性。

"不,不是巴黎。"

花车就快消失在街道的尽头了。一个小型的乐队——两支横笛、两支喇叭、一支长号和一面小鼓——跟在后面,游行的队伍过于稀少,不仔细看仿佛不存在一样。十几个孩子蹦蹦跳跳地跟在队伍后面,开心地捡着地上还没人捡的糖果。有些孩子穿着节日的装束,我看见一个小红骑士和一个穿着很破旧的人——可能是扮演狼吧——吵闹着却不乏友善地争夺着一把彩带的"归属权"。一个穿着一身黑衣的人走在队伍的最后面。一开始我以为他也是游行队伍的一部分——可能是瘟疫医生吧——可是,当他朝我走过来的时候,我认出了那一身乡村神父穿的旧式黑色长袍。他大约三十多岁,不过远距离看他那僵硬的姿势,似乎不止这么大。他转向我,我才发现他也是一个外来者:颧骨很高,眼睛是那种北方人独有的苍白,长长的钢琴家手指放在从脖子上垂下来的银色十字架上。或许正因为如此,他才有权利打量我这个异乡人吧;可是,从他那冷冷的淡色眼睛里，我看不出任何欢迎的意思，他像猫一样，用估量的眼神看着我，似乎怕我侵犯了他的领地。我冲他笑了一下，他立刻惊讶地转过头，对着向他走去的两个孩子点点头，示意路边现在有垃圾，于是那两个孩子只好不情愿地清理起来，他们将地上废弃的彩带和糖果纸用胳膊抱起来，送到附近的一个垃圾箱里。我转过头，却发现那个神父又在打量我，如果换成另外一个人的话，我几乎以为他是在对我进行审查。

塔尼斯河下游的兰瑟没有警察局，因此也没有犯罪行为。我尽量学着阿努克，去发掘伪装面具下面的真实，但是目前看来，一切都还模糊不清。

"我们要待在这里吗？我们会吗，妈妈？"她用力拖着我的胳膊，一副不问出答案不罢休的样子。"我喜欢这里，我喜欢它。我们留下来吗？"

我把她拉到怀里，吻了一下她的头顶。她的身上混合着烟和煎饼以及冬天早上暖暖的被子的味道。

为什么不呢？这里和其他地方一样好。

"是的，当然了，"我告诉她，嘴巴埋在她的头发里，"当然要留下来了。"

不是假的，这次可能是真的了。

狂欢节过去了。一年中只有这一次，小镇才能有一点明亮的色彩，可是这种明艳转瞬即逝，这种温暖似乎已经消失了，人群也散开了。小贩们收拾起自己的炉子和帆布棚，孩子们扔掉节日的装束和派对礼物。一种几乎无可察觉的尴尬蔓延开来，似乎因为这种过分的嘈杂和亮丽的颜色而感到羞愧。仿佛仲夏的雨一般，蒸发了，流进了龟裂的土壤缝隙中，消失在烤焦的石头上，几乎没有留下一丝痕迹。两个小时之后,塔尼斯河下游的兰瑟又变成了无形的小镇,就像是被施了魔法的村子,一年只会现形一次。要是没有狂欢节,我们可能会完全忽略了这个地方。

我们有燃气,但是没有电。所以我们在这儿的第一个晚上,我点着蜡烛为阿努克做了薄饼,然后在火炉边用了晚餐,餐盘就是一本旧杂志,我们所有的东西都要到明天才能够送过来。这家店之前是面包店,直到现在,窄窄的门廊上还刻着面包师傅的麦捆,但是地板上覆盖着厚厚一层面粉状的灰尘,我们是小心翼翼地踩着地上成堆的垃圾邮件进来的。习惯了城里的房租价格,才发现这里的房租简直是出奇的便宜,即便如此,我在中介的那位女士面前数钱的时候,还是瞥见了她眼中的怀疑。我在房租合同上签的名字是薇安·罗切,当然,我签的那个象形文字,说它是什么都可以。我们点着蜡烛将我们的新家打量了一遍:油灰和草灰下的旧炉子居然还能用,松树木板做的墙,熏黑的砖瓦。阿努克在后面的小屋里发现了一块折叠好的旧遮阳篷,我们把它拽了出来;褪色的帆布下面零星趴着一些蜘蛛。我们的起居室在楼上,一间卧室兼起居室和盥洗室,一个小得出奇的阳台,一个装着已经枯死的天竺葵的陶制花盆……阿努克看见花盆的时候做了一个鬼脸。

“妈妈,好黑啊。”她的声音听着有点胆怯,面对这么多废弃的东西似乎有点不安,“味道也好难闻。”

她说的没错。这种味道就像密封数年的已经发酸变了味的空气,有老鼠屎的味道,还有这些被人遗忘、无人哀悼的东西的鬼魂的气息。里面有回声,就像置身洞穴一样,我们身上散发出的可怜的热气只够形成地上的那一片影子。涂料、阳光和肥皂水可以帮助我们摆脱尘垢,可是悲哀又是另外一回事,一个多年没有笑声的房子是多么凄凉。阿努克的脸色苍白,大大的眼睛在烛光中闪烁,小手紧紧地抓着我的手心。

"我们一定要睡在这里吗？"她问道，"袋鼠不喜欢这里，它害怕。"

我微笑着亲了亲她那严肃的金色脸颊。"袋鼠会帮我们的。"

我们在每个房间点上蜡烛——金色的、红色的、白色的、橘黄色的。我喜欢自己做熏香，但是在这样的紧急时刻，这些买来的蜡烛足够满足我们了——薰衣草味的、雪松味的、芸香草味的。我们一人举着一根蜡烛，阿努克吹着她的玩具喇叭，我则用一把铁勺子敲打一个破旧的平底锅，十分钟之内，我们使劲把每间屋子的地板踩了一遍，并扯着嗓子大喊着——出去！出去！出去——一直喊到墙壁发抖，叫到愤怒的鬼魂逃出去，留下一阵模糊的东西烧焦味和一大片扑哧扑哧掉下来的石灰。在斑驳的、被熏黑的石灰墙后面，在被人遗弃的东西的悲哀后面，开始看见那模糊的轮廓，就像举在手中的宝石投出的影像一般——先是墙壁变成了夺目的金色，然后是扶手椅，虽然有点破旧，但是却覆盖上了一层耀眼的橘黄色，连破旧的遮阳篷也突然冲破厚厚的尘垢，散发出各种颜色。出去！出去！出去！阿努克和袋鼠踩着脚唱着歌，那些模糊的形象渐渐明晰起来——柜台旁边一个红色的炉子，前门上面挂着一串铃铛。当然，我明白这只是一个游戏，拥有安慰一个受惊的小孩子的魔力。还是有很多工作要做的，非常辛苦的工作，之后这一切形象才能成真。不过，现在至少我们知道，这间房子欢迎我们，正如我们欢迎它一样。我在门阶上撒上盐和面包安慰所有的家神，在我们的枕头边放上一点檀香木帮助我们进入甜美的梦乡。

后来，阿努克告诉我说，袋鼠再也不害怕了，那就是没问题了。于是，我们就躺在卧室里满是灰尘的垫子上和衣而睡，任由蜡烛点着，一觉睡到天亮。

第二章

2 月 12 日　圣灰星期三

　　事实上,我们是被钟声叫醒的。听到这个声音,我才意识到自己住的地方离教堂这么近,一声低沉而洪亮的嗡声回落到明亮的钟楼里——咚、嗵哒、咚——回音慢慢地消失了。我看了一下表,六点了,灰金色的光线透过破旧的百叶窗照在床上。我站了起来,朝窗户外的广场看了看,湿漉漉的鹅卵石闪闪发亮。广场上的白色教堂塔楼在清晨的阳光下格外耀眼,使周围一群空洞的、黑糊糊的店面相形见绌:一家面包店,一家花店,一家出售墓碑、天使石像、永不凋零的搪瓷玫瑰花等墓地用品的店……这些店面的百叶窗都小心翼翼地开着,店面上方是一个白色的灯塔,上面的钟用罗马数字显示着时间:六点二十分,钟表散发着红色的光芒,这是用来威慑魔鬼的,圣母站在令人晕眩的高塔上,带着虚弱的、病恹恹的表情注视着广场。短短的塔尖上装着一个风向标——西偏西北风——一个手拿大镰刀穿长袍的男人。从放着枯死的天竺葵的阳台上,我看到第一批去教堂做弥撒的人。我认出了昨天在狂欢节上碰到的那个穿呢子大衣的女人,朝她挥了挥手,但是她没有理我,只是拽了拽大衣,紧紧地裹住自己,匆匆走过。她身后,戴着呢帽的那个老人抱着哀伤的黄狗拖着脚步走着,他迟疑了一下,还是冲我笑了笑。我欢快地向他打招呼,可是似乎这个小镇的礼仪规范不允许我这样的不拘礼节,因为他没有回应我,只是带着他那只狗,匆匆忙忙进了教堂。

之后就再也没有一个人抬头看我的窗户了,我数了一下,大约有六十多个人——围巾,贝雷帽,拉得低低的、好似在挡风的帽子——但是,我可以感受到他们那漠然背后的探究和好奇。从他们耸起的肩膀和低垂的脑袋可以看出,他们在考虑重要的事情。他们拖着沉重的脚步,踏在鹅卵石上,如同孩子上学时的脚步一样。这个人今天刚刚戒烟,我能看出来;那个人不能再去每周都会去的咖啡馆;另外那个人准备放弃最喜欢的食物。当然,这些都和我无关。但是,那一刻我突然觉得,如果有哪个地方需要一点点魔法的话……陈年旧习是永远戒不掉的,一旦你习惯了给予希望,那种冲动就会一直陪伴着你。空气中,那股风,狂欢节的风,依然在吹个不停,带来了模糊的油香味、棉花糖和火药的味道,以及季节变暖的气息,让你手痒难耐,心跳加速。那么,这一次我们就住下了。就这一次。一直住到风向改变。

从杂货店买了涂料、刷子、滚筒、肥皂和水桶,然后我们就从楼上开始,一直收拾到楼下,扯下帘子,扔掉破旧的家具,后面的小花园都快堆满了,用肥皂水一遍一遍地冲刷地板,一波一波的水流沿着窄窄的、乌黑的楼梯流淌下去,我们两个的衣服都被弄湿了好几次。阿努克刷地板的刷子成了潜水艇,我的成了坦克,发射了一个肥皂鱼雷,顺着楼梯滚了下去,跑到正厅,发出噼啪的声音。就在这时,门上的铃铛响了,我一手拿着肥皂,另一只手拿着刷子,抬起头,就看到神父那高高的身影。

我一直在想,他要过多久才会过来呢?

他等着我们收拾了一下,微笑着。一个有防备的微笑,尽到了地主之谊,又足够仁慈,像是庄园的主人在欢迎不合时宜的客人。我能感觉到,我这身湿漉漉、脏兮兮的衣服,包裹着头发的红色围巾、光裸的双脚、脚上尚在滴水的拖鞋,都让他不太舒服。

"早上好。"一股满是浮渣的水流朝着他那双锃亮的黑皮鞋流去。我注意到他的眼睛飞快地朝那里瞟了一眼,然后又转向我。

"我是弗朗西斯·雷诺,"他说道,一边谨慎地向旁边挪了挪,"这个教区的神父。"我听完忍不住笑了起来。

"哦,原来是这样啊,"我不怀好意地说道,"我还以为你是狂欢节的演员呢。"礼貌的笑声,"呵呵。"

我伸出一只黄色的塑料手套。"薇安·罗切。这个投弹手是我的女儿阿努克。"

上面传来肥皂爆破的声音,还有阿努克在楼梯上和袋鼠打架的响声。我知道,神父在等着我介绍一下罗切先生的事情。如果一切事情,一切官方的事情都在一张纸上,那么就容易多了,就能避开这种令人不舒服的、麻烦的谈话了。

"我估计你今天早上应该会非常忙。"

我突然觉得对他有点愧疚,其实他在十分努力地和我交流,又挤出一个勉强的笑容。"是的,我们要赶紧把这里弄好才行,这挺费时间的! 但是即便不忙,我们今天早上也不会去教堂。神父先生,我们不参加弥撒,你明白吧。"我特别善意地强调了一下我们的立场,可是他似乎十分震惊,甚至像是受到了羞辱一样。

"我明白了。"

我说的太直接了。他以为我们会先应付两句,彼此像两只谨慎的猫一样绕着圈子。

"但是,你能来欢迎我们,真是很感激,"我继续愉悦地说道,"你或许还能帮我们在这里交上几个朋友呢。"

我注意到,他的确有点儿像一只小猫,表情冷淡,浅色的眼睛从来不会掩饰对人的注视,总是一刻不停地打量着、探究着,带着一种疏离。

"我会尽力而为的。"知道我们不会和他成为一类人,他又变得漠然起来。可是,他的良心又迫使他向我们提供帮助。"你们有什么需要?"

"哦,我们只需要一点儿帮忙就行了,"我暗示道,"当然,不是劳您大驾。"——赶快,在他回答之前。"但是,或许你能介绍几个能帮忙的人?我会付工资的。比如粉刷工,就是能帮我们装修的人?"这应该是个比较安全的话题。

"我想不到有谁可以。"他很谨慎,这么小心的人我还从来没有遇到过,"但是我会帮你问问看。"兴许吧,他知道自己对镇上新来的人该负什么样的责任。但是我知道他不会帮我找人的,他本性上不是那种大方给予别人帮助的人。他小心地、飞快地瞟了一眼门旁边的面包和盐。

"祈求好运而已。"我笑道,但是他的脸瞬间石化,赶紧绕开那一堆东西,仿佛它们冒犯了他。

"妈妈?"阿努克的脑袋出现在门廊上,头发像刺猬毛一样乱糟糟地竖着,"袋鼠想去外面玩,可以吗?"

我点点头。"不要出花园。"说着伸手抹掉她鼻梁上的一点脏东西,"你啊,真是一个淘气鬼。"她瞅了神父一眼,我刚好逮到她脸上那种滑稽的表情。"阿努克,这是雷诺先生,怎么不打个招呼呢?"

"你好!"阿努克说着向房门走去,"再见!"黄色的上衣和红色的裤子一闪,她就不见了,因为跑得太快,她的脚在油乎乎的瓦片上滑了一下。已经不是第一次了,我几乎可以肯定,我看见她身后的袋鼠消失了,变成了黑色横梁上颜色更深的一个小点。

"她才六岁。"我解释道。

雷诺撇了一下嘴角,露出一个乖戾的笑容,仿佛他看到我女儿的第一眼就证实了他对于我的所有猜测。

第三章

2月13日　星期四

　　谢天谢地,终于结束了,走访乡邻简直快把我累散架了。当然,我不是在说您,我的神父;因为每个星期来看您,对我而言都是一种奢侈,甚至可以说是我唯一的奢侈。希望您喜欢我带来的花,虽然不是很多,但是却非常香。我会把花放在这里,放在您的椅子旁边,这样您随时都能看到。坐在这里,可以看到外面美丽的风景——大片的田野、从田野中穿流而过的塔尼斯河、远处闪闪发光的加龙河。您或许都觉得我们已经远离尘嚣了吧。哦,我没有在抱怨什么,真的没有。但是您一定知道,让一个人去承受他们的吹毛求疵、他们的不满、他们的愚昧、他们数千个琐碎的问题……该是多么大的压力啊。星期二那天是狂欢节。所有人都放纵自己去狂欢、去跳舞、去尖叫。路易斯·佩林的小儿子克洛德拿着水枪朝我身上乱射,被他父亲看到了,只说了一句"还是小孩子,总是比较调皮的"。我的神父啊,我只是想指引他们,让他们从原罪中解脱出来而已。可是他们却次次和我作对,就像不愿意吃有益健康食品的小孩,只会一味地吃着那些让他们生病的东西。您一定明白的,我知道。五十年里,您都耐心地、坚强地承受着这一切,您赢得了他们的爱戴。难道时间真的能改变那么多吗?在这里,他们害怕我、敬畏我,但是却不爱戴我。他们的脸上终日阴沉、满是愤慨。昨天,仪式结束之后,他们带着额头上涂的草灰离开了,脸上挂着既内疚又如释重负的表情。他们又回去偷偷地放纵自己,从事那些恶习了。他们为什么就不明白呢?所有的一切,上帝都看在眼里,我也看在眼里。保罗·马力·马斯喀特总是殴打他的妻子,他每周要去忏悔室告解十次,可是回去之后仍然一切照旧。他的妻子喜欢偷东西,上周去市场的时候,她就从一个小贩的摊上偷了一件不值钱的珠宝。纪尧姆·杜普莱西问我动物是否有灵魂,我说没有,他听完就哭了。夏洛特·爱德华怀疑她丈夫在外面有情妇——我知道他有三个,可是我必须保持沉默。您看他们多么孩子气啊!他们的要求让我的心在滴血、让我无力招架,可是我却不能表现出自己的软弱。绵羊可不是温驯的生物,看看乡下的人就知道了。他们狡猾,有时还非常恶毒,他们有着病态的愚蠢。仁慈的牧羊人可能会发现自己的羊群难以控制、目中无人。我不能仁慈。因此,我才允许自己一周放纵一次。我的神父,您守口如瓶,像在忏悔室中一样。您的耳朵总是乐于倾听,您的心灵总是很善良。所以,只有这一个小时,我才可以放下身上的包袱,才可以脆弱。

我们这个教区来了一个新人:薇安·罗切,独自带着一个小孩子,估计是一个寡妇。您还记得以前那家布莱欧面包房吗?自从四年前布莱欧去世以后,那座房子就一直废弃着。现在房子被她租下来了,准备本周之前重新开张。但我并不看好她,因为广场对面已经有一家普瓦图面包店了,而且,她和这里格格不入。虽然她是一个讨人喜欢的人,可是却和我们没有一丁点儿共同之处。给她两个月,她肯定会回到属于她的城市。好笑的是,我还不清楚她到底是从哪里来的。巴黎吧,我猜,甚至也有可能是其他国家。她的发音非常纯正,对于一个法国人来说几乎是过于纯正了,带着清晰的北方口音。但是她的眼睛长得像意大利人或者葡萄牙人,还有她的皮肤……其实我没看清楚。昨天和今天她都一直在面包房里忙活着。窗户上挂着一块橙色的塑料布，偶尔，她或者她那个活泼的小女儿会走出房子，拎着一桶脏水去排水沟，或者和某个工匠兴致勃勃地聊一会儿天。她似乎很容易就能找到帮手。尽管我也曾提议帮她，但还是怀疑村里没有几个人会愿意帮忙。不过今天早上，我还是看到克莱蒙特抱着一捆柴，然后是波苏扛着他家的梯子。普瓦图给她送了点家具，他搬着一把扶手椅穿过广场，一副鬼鬼祟祟的样子，似乎不希望被别人看到。甚至连脾气火爆、爱说闲话的纳西斯都拿着工具，跑过去帮她清理花园，要知道去年十一月的时候，我让他帮忙翻一下教堂墓地他都不愿意呢。今天早上大概八点四十分的时候，一辆货车停在她的店门口。当时，杜普莱西正好和平时一样，遛着狗从那里经过，于是就被她喊过去帮忙卸货。这个请求显然让他吃惊不已——有那么一秒钟，我以为他一定会拒绝的——他的一只手都快碰到帽子了。然后她又说了几句什么——我没有听清楚——然后就听到了她的笑声。她非常喜欢笑，还时常用胳膊做出夸张好笑的姿势。这一点又证明了她是个城里人，我推测。我们比较习惯周围的人更加含蓄一些，不过我希望她的本意是好的。她的头上包着一条紫色的、吉卜赛风格的围巾，但是大部分的头发都散落出来，还粘了不少白色的涂料。不过，她似乎也不太在意。后来，杜普莱西说，他也不记得当时她对他说了什么，但是随后，他却用一贯不自信的口吻告诉我，货车没送什么，就是几个小小的、重量不轻的盒子，还有几个装着厨房用具的板条箱。虽然他也怀疑这么少的东西根本不够开一家面包店，但是也没有去问她盒子里装的是什么。

我的神父，不要以为我一整天都在观察面包店。我之所以会看见，是因为它刚好在我的房间正对面——也就是您以前住过的房间，我的神父。过去一天半的时间里，她们一直在敲敲打打、涂抹颜料、粉刷墙壁和擦洗家具，最后我都禁不住想知道她到底要干什么。想知道究竟的不止我一个人，克莱蒙特夫人也在普瓦图的店前自以为是地和她的一群朋友闲聊着她丈夫做的事，被我无意中听到了，她们刚说到"红色的百叶窗"，看见我来了，就赶紧压低声音窃窃私语，好像怕我听到一样。新来的人肯定会成为大家茶余饭后的谈资，如果没有其他什么话题的话。我发现那个蒙着橙色塑料布的窗户引起了人们莫大的兴趣，这是以前不曾有过的情形。就像是一个巨大的棒棒糖正在等着被人打开包装纸，就像狂欢节残留下来的一部分。它的明亮，以及塑料布反射的阳光令人不安，我真的希望她的工作结束后，那里重新出现一家面包店。

护工总是喜欢惹我，她认为是我把您累坏的。您怎么受得了这些人，她们那么聒噪，照顾得也不好。"我想，现在该是我们休息的时间了。"她的狡猾让我很生气，让我无法忍受。可是她的本意又挺善良的——您的眼睛告诉我的。"原谅她们吧，她们不知道自己在做什么。"我不善良，我到您这里来是为了释放自己，而不是她们。但是，我仍然愿意相信，我的造访让您很开心，让您了解这个日益柔软、特色渐失的世界僵硬的边缘。每天晚上一个小时的电视，一天翻动五次身体，食物通过管子送进去。人们对着您就像对着一件物体说话——"他能听到我们的话吗？你觉得他能理解吗？"您的想法被人忽略、被人抛弃……把您同周围的一切隔离开来，却还要您去感受、去思考，这种无法交流的生活就是地狱的本质，剥去了它那俗丽的中世纪特征。但是我仍然希望您能与我交流，教我保留希望。

第四章

·

2月14日　情人节

　　那个抱着狗的老人名叫杜普莱西。昨天他帮我卸货了，是我今天早上的第一位顾客。他带着那只叫查理的小狗一起来的，带着一种羞涩的、近乎尊贵的礼貌向我问候了一声。

　　"看着很不错，"他说道，向店里张望了一圈，"你一定一夜没睡才把这些弄好的吧。"

　　我笑了。

　　"变化真是太大了，"杜普莱西说道，"你知道吗，我也不知道为什么，但是我就是感觉它会再次成为一家面包店。"

　　"什么，毁了可怜的普瓦图先生的生意？我相信他非常感激我没这样做，他一直腰疾缠身，可怜的妻子行动不便，一直卧床不起。"

　　杜普莱西弯下腰去理了理查理的领子，不过我看见他的眼睛里闪着光。

　　"原来你们见过面了。"他说道。

　　"是的，我还给了他一个秘方，就寝之前吃的汤药。"

　　"如果有用的话，他肯定会成为你一辈子的朋友。"

　　"有用啊。"我很自信地告诉他。说完，我伸手从柜台下面拿出一个小小的粉红色的绑着情人节丝带的盒子，"这是送给你的，我的第一位顾客。"杜普莱西显然吃了一惊。

"真的,夫人,我——"

"叫我薇安,你一定要收下。"我把盒子塞到他手上,"你会喜欢这种口味的,这是你最喜欢的。"

他听完笑了。"你怎么那么肯定?"他问道,一边小心翼翼地把盒子放进大衣的口袋里。

"哦,我就是知道,"我淘气地说道,"我知道每个人最喜欢的口味。相信我,这种是你喜欢的。"

店里的招牌直到中午才弄好。乔治斯·克莱蒙特到店里亲自把招牌挂了上去,一边不停地为他的迟到道歉。猩红色的百叶窗配上新刷的石灰墙,煞是好看。纳西斯一边随口抱怨着迟来的霜冻,一边帮我把他从苗圃中带来的新天竺葵种到花盆里。我也给他们两个人送了情人节礼盒,两个人收到礼物时都是同样的表情:呆呆地笑着。然后,除了几个上学的孩子,没有几个客人上门。在这样的小镇中,每逢有新店铺开张,都会出现这种情况;有一种严格的行为准则在管制这种情况,人们也都很矜持,表面上装作漠不关心,其实内心都好奇不已。一位穿着乡村寡妇特有的黑色裙子的老妇人大胆地走了进来。一位脸色黝黑红润的男人进来买了三个一样的盒子,连里面装的是什么都没问。接下来的几个小时,没有一个人进来。我早就料到会这样,毕竟人们需要时间来适应变化,尽管我看到几个人迅速地瞟了几眼我的展示窗,却没有人愿意走进来。然而,我却在这些饱含探究的漠然中感受到一种骚动、一些窃窃私语,有人赶紧拉上窗帘,还有很多的人在暗下决心。即使最后有人决定到店来,通常也都是三五成群,七八位女士一起走进来,其中包括做招牌那个人的妻子卡洛琳·克莱蒙特。第九个女人走在这群人的后面,没有踏入店门,她的脸都快贴上窗户了,我认出来她就是那个穿呢子大衣的女人。

这些女士东看看、西瞅瞅，像一群上学的女孩子一样咯咯地笑着、迟疑着，十分享受这种集体的淘气。

"这些全部是你自己做的吗？"塞西尔问道，她在主路上经营一家药店。

"现在正在斋戒呢，我不应该吃这个。"卡洛琳说道，她是一个丰满的金发女子，脖子上围着一个毛领子。

"放心，我不会和其他人说的。"我向她保证道，然后，我看见那个穿着呢子大衣的女人仍然在盯着我的窗户，"你们的朋友不进来吗？"

"哦，她不是和我们一起的，"乔林·德鲁说道，她在当地的学校工作，五官的轮廓非常鲜明。她淡淡地瞟了一眼窗户边那个方脸的女人，"那是约瑟芬·马斯喀特。"说这个名字的时候，她的语气中透露着一种怜悯般的轻蔑，"我估计她是不会进来的。"

约瑟芬好像听见了我们的谈话，因为我看见她的脸变红了，头也低了下去，贴着自己的大衣。一只手以一种奇怪的自卫的姿势放在肚子上。我能看见她的嘴巴一直低垂着，嘴唇慢慢地移动着，似乎在说着祷告词或者诅咒人的话。

在众人的赞叹和笑声中，我为这些女士服务——一个白色的盒子、金色的丝带、两个锥形的纸盒子、一朵玫瑰、一个粉红色的情人结。约瑟芬·马斯喀特站在外面，小声地嘟囔着什么，不停地晃动身体，把她那笨拙的大拳头使劲压进肚子里。就在我为最后一位顾客服务时，她突然抬起头，面带挑衅地走了进来。最后一位顾客买的东西比较多，要求也比较复杂。这位夫人想要几个品种，放进一个圆盒子里，裹上彩带、鲜花和金色的心形，以及一张空白的卡片——听到这里，这群女士纷纷抬起眼睛，淘气地笑了起来，哈哈哈——以至于我差点没注意到她。那双大手倒是十分灵巧，由于经常干家务活，手很粗糙，红红的。其中一只手仍然放在肚子上，另一只手快速地在身旁摆动，就像持枪抢劫的歹徒准备突然拔出枪支一样，而那个有玫瑰装饰的银色盒子——标价十法郎——从货架上消失了，进入了她的大衣口袋。

动作倒是挺快的。我假装没有看见。等到所有的女士都带着包裹离开了，剩下约瑟芬一个人还站在柜台前，假装在看里面展示的商品，用她那紧张颤抖的、小心翼翼的手指来回翻着几个小盒子。我闭上眼睛。她带给我的感觉是复杂的，不安、烦恼。有很多场景在我的脑海中转瞬即逝：香烟、一把闪亮的小装饰品、带血的关节。最后全部变成忧虑，犹如汹涌的暗流般颤抖。

"马斯喀特夫人，有什么可以帮忙的吗？"我的声音柔和愉悦，"还是你只想四处参观一下呢？"

她嘟囔了几句我听不懂的话，然后转身，好像准备离开。

"我想我有你可能会喜欢的东西。"我把手伸进柜台，拿出一个和她之前偷的那个类似的银色盒子，不过这个要更大一些。盒子上缠着一条白色的丝带，绣着小黄花。她看着我，那忧郁的、宽大的嘴巴突然恐惧地抖动起来。我把盒子放在柜台上推给她。

"免费的，约瑟芬，"我轻柔地说道，"没关系的。这绝对是你喜欢的。"

约瑟芬·马斯喀特转身逃也似的飞奔出去。

第五章

2 月 15 日　星期六

　　我知道今天不是我来探望你的日子,我的神父,但是我需要找个人聊聊。面包店昨天开张了,但是它不是一家面包店。昨天早上六点钟我醒来的时候,屋子外面包的纸不见了,遮阳篷和百叶窗也都装好了,展示窗里的百叶窗也拉起来了。那间原本普普通通的、和周围一样相当乏味的老房子变了,犹如一块红色和金色相间的精美糖果,放在耀眼的白色地面上。窗台的花盆里种着红色的天竺葵,窗栏上缠绕着丝绸花环,门上面挂着一块橡木招牌,上面用黑色的手写体写道:

天上人间糖果巧克力店

　　这实在是荒谬。这样的小店应该在游客越来越多的马赛或者波尔多——甚至是阿根地区才更加常见吧。在塔尼斯河下游的兰瑟吗?而且还在传统的应该克制欲望的四旬斋之初? 这有点过于反常了吧,说不定她是故意这么做的。今天早晨我仔细地看了看展示窗,里面有一个白色的大理石架子,上面排放着无数个盒子、包装盒、银色和金色的圆锥形纸盒、玫瑰花饰、铃铛、鲜花、心形装饰品和一卷一卷的彩带。玻璃罐子和玻璃碟子里装着各种巧克力、杏仁巧克力、维纳斯的奶头、巧克力松露、乞丐四味干果巧克力、果脯蜜饯、榛子团、巧克力海贝、糖汁玫瑰花瓣、糖汁紫罗兰……百叶窗半掩着,以避开太阳的照射,它们散发出幽暗的光泽,犹如沉入水底的宝藏,阿拉丁偷藏甜品的洞穴。她在橱窗的中间位置打造了一个华丽的装饰品——一间姜饼屋。屋子的所有墙壁全部都是用外层涂着巧克力的姜饼做成的,饼边全部镶着考究的金、银两色糖衣,屋顶的瓦片是佛罗伦萨小饼干,顶上放着水晶蜜饯,用糖衣和巧克力做的奇形怪状的藤条爬满墙壁,用杏仁蛋白软糖捏成的小鸟在巧克力树上歌唱……而屋里的女巫呢,她的全身都是用黑巧克力做的,从头上的尖顶帽子一直到长斗篷的褶边,她身下骑的那个扫帚柄其实是一块巨大的蛋白松糕,那长长的、拧成麻花一样的果汁软糖,在狂欢节的糖果小贩的摊位上摇晃着。站在我的窗前,就能看见她的窗户,它就像一只眼睛,正狡猾地向我眨着,似乎暗藏着某种阴谋。因为那家小店和店里出售的商品,卡洛琳·克莱蒙特违背了她在四句斋期间的誓言。她昨天还在忏悔室里用一种上气不接下气的、小姑娘一般的语调告诉我,这样做非常不利于她信守改过的承诺。

"哦,我的神父,我真是非常害怕! 可是,那位迷人的女士是那么可爱,你叫我怎么办呢? 我是说,我甚至从来没有想过这个问题,而现在又太迟了,就像是谁必须放弃巧克力……我是说,就像我这一两年以来屁股明显像气球一样在胀大,这让我都不想活了——"

"祷告两遍。"上帝啊,那个女人。透过铁栏杆,我都能清楚地感受到她那饥渴爱慕的眼神。对于我的打断,她假装很懊恼。

"当然了,我的神父。"

"记住我们为何要为四句斋节食。不是为了虚荣,不是为了做给朋友看,也不是为了让自己能穿上这个夏天名贵的新款服装。"我是故意这么残忍的。这就是她的目的。

"是的,我贪慕虚荣,是吧?"伴随着细微的抽泣声,一滴眼泪恰巧落到了上等细布手绢的一角上,"就是一个虚荣、愚蠢的女人。"

"记着我们的上帝,他的牺牲奉献,他的仁慈。"我似乎能闻到她身上的香水味,应该是某种花香,在这间密封的暗室里有点儿过于浓烈了。我不知道这算不算一种诱惑。如果算是,我一定要坚定。

"祷告四遍。"

这是一种绝望。它让人的内心苦恼,再一点一点地将其腐蚀,就像大教堂会被多年的浮尘和沙石腐蚀殆尽。我能感觉到,它正在一点一点地剥夺我的决心、我的快乐、我的信念。我应该引领他们穿过痛苦,闯过狂野,而不是这样。这一群无精打采的说谎者、骗子、贪吃者和悲哀的自欺欺人者。原本我应该是去帮助善良与邪恶做斗争,现在却变成帮助一个拿不定主意的胖女人,听着她站在巧克力店铺前犹豫不决:"我要吃吗?难道不吃吗?"真是可怜!邪恶是个胆小鬼,从不敢向世人露出他的真面目。他是看不见摸不着的,幻化为成千上万个东西,像蠕虫一样,沿着罪恶的道路,进入人们的血液、进入人们的灵魂。你和我出生得太晚了,我的神父。《旧约》时期那个艰苦的、纯净的世界在召唤我。那个时候我们知道我们所处的位置,撒旦是看得见的肉体,在我们中间穿行。我们做着艰难的决定,我们以上帝的名义牺牲我们的孩子。我们爱上帝,但是我们更敬畏他。

不要以为我在责怪薇安·罗切。其实,我几乎很少想到她,她不过是我每天必须斗争的邪恶影响之一。但是,一想到那家店铺的狂欢节遮阳篷,一想到那个眨眼,它软化了坚定的决心,销蚀了信念……站在门口接待前来集会的人群时,我看见它在散发着诱惑:"来尝尝,来试试,来品味一下。"在赞美诗的一句刚唱完,另一句还没开始的空当,我听到了送货车在门口停下了,还按了一下喇叭。在布道过程中——一个真正的布道啊，我的神父——在我布道停顿的间隙，我非常确切地听见了剥糖纸的哗哗声。

今天早晨布道的时候，我比平常更加严肃，尽管参加集会的人不多。明天我就让他们付出代价。明天，星期日，所有的店铺都要关门休息的时候。

第六章

2 月 15 日　星期六

　　今天学校放学比较早。十二点不到，街道上就已经很热闹了——穿着鲜艳厚夹克和牛仔裤的牛仔和印第安人，一边走一边拖着书包——大一点的孩子竖着衣领，不管是否合法，都叼着一根香烟，经过展示窗的时候，半眯着冷淡的眼睛打量着里面的一切。我注意到，有一个小男孩没有和大家结伴前行，他的穿着很守规矩：灰色的大衣和贝雷帽，书包方方正正地搭在瘦小的肩膀上。他盯着巧克力店的橱窗看了很长时间，但是因为玻璃反光，我无法看清楚他脸上的表情。看见另外四个和阿努克年纪相仿的孩子走了过来，驻足观望，他就走了。随后，有两个孩子用小鼻子快速地碰了碰橱窗，看完了四个孩子又围到一起，各自上下摸索着自己的口袋，筹集着"资源"。几个小家伙你推推我，我推推你，都在犹豫，最后他们终于派了一个代表走了进来。我假装在柜台后面忙着自己的事情，什么都没有看见。

　　"夫人。"一张小小的、满是污垢的脸蛋充满疑惑地望着我。我认出他是忏悔星期二那天扮演狼的那个小孩。

　　"现在，小伙子，我请你吃花生糖。"我说得很认真，因为买糖这件事在他们看来可是很认真的。"这个很划算，比较容易分，而且在口袋里也不会融化,你可以买这个。"我摊开双手,向他建议道,"这么多起码要五法郎吧,我说得对吗?"

没有兴奋的应答,而是点了点头,就像两个真正的商人在做生意一样。他把还带着体温的、黏黏的硬币递给我,然后小心翼翼地拿起盒子。

"我喜欢你那个姜饼屋,"他郑重其事地说道,"橱窗里的那个。"剩下的三个孩子站在门口,害羞地点点头,几个身子靠在一起,仿佛这样能赐予他们勇气一样。"很酷。"他借用这个美国词汇称赞着,带有一种叛逆的意味,就像是偷偷吸烟时吐出的一口烟一样。我笑了笑。

"非常酷,"我附和着,"如果你喜欢,等我把它拿下来的时候,你和你的朋友可以过来帮我把它解决掉。"

他们眼睛睁得大大的。

"太酷了!"

"超级酷!"

"什么时候?"

我耸耸肩。"我会让阿努克告诉你们的,"我说道,"她是我的小女儿。"

"我们知道,我们见过她,她不用去上学的。"说这句话时,他的语气中带着羡慕。

"她下星期一就开始上学了。可惜的是,她现在还没有什么朋友,因为我告诉她,她可以邀请朋友过来玩。你知道的,帮我解决橱窗里的姜饼屋。"几个孩子听完后雀跃不已,纷纷举起黏糊糊的小手,你推我搡,争着排队报名。

"我们可以做她的朋友——"

"我可以——"

"我叫亚诺——"

"我叫克劳丁——"

"我是露西。"

我给他们每个人发了一个糖老鼠，然后看着他们像风中的蒲公英种子一样，跑着穿过广场。一缕阳光照在他们的背上，一个接一个，又反射回来——红色、橘色、绿色、蓝色——一眨眼都跑得无影无踪了。我看见神父弗朗西斯·雷诺站在圣杰罗姆教堂的拱门阴影里，用一种好奇的眼光看着他们，我知道，还有不赞同。有那么一分钟，我很诧异。他为什么不赞同呢？自从上次那个例行公事的拜访之后，他再也没有到我这里来过，不过我倒是经常听到别人提起他。纪尧姆说起他的时候，语气中充满尊敬；纳西斯提到他时，语气中含着隐忍；而卡洛琳，她只要谈到任何一个五十岁以下的男人，都带着一丝狡猾和淘气。但是他们的话，却不包含任何感情。我知道，他不是本地人。他从一个巴黎神学院毕业，他的知识都是从课本上学到的——他不了解这片土地，它的需要、它的需求。这是纳西斯告诉我的，自从他拒绝在农忙时刻参加周日弥撒之后，就和神父结下了夙怨。"他是个不能容忍别人干蠢事的人，"纪尧姆说道，一束幽默从他那圆圆的眼镜后面泄露出来，"也就是说，他无法容忍我们这些人的这点愚蠢的行为和雷打不动的生活习惯。"他一边说一边温柔地拍着查理的脑袋，而这只小狗则回了他一声庄严的吠叫。

"他觉得像我这样热爱小狗是一件非常荒谬的事情，"纪尧姆沮丧地说道，"他说的时候倒是十分礼貌，可是他认为我这样做不恰当。像我这个年纪的老人……"退休之前，纪尧姆是本地中学的校长。现在，学生数量越来越少了，学校只有两个老师在打理，不过许多上了年纪的人仍然称呼纪尧姆为校长。我看着他温柔地挠着查理的耳朵后面，我确定，在狂欢节那天，我就察觉到了他的悲伤，那种近乎内疚的偷偷摸摸的神情。

"不管多大年纪,人们都有权利选择自己喜欢的朋友,"我有点冲动地打断他道,"或许神父先生可以从查理身上学到一点东西。"他听完之后,又露出那种甜蜜、悲伤的近乎于微笑的表情。

"神父先生已经尽力了,"他轻轻地告诉我,"我们不能再不满足了。"

我没有做声。在我的世界里,有一个事实很清楚明晰,那就是,给予的过程是没有上限的。纪尧姆口袋里装着一包佛罗伦萨饼干离开了巧克力店,我看见他在法郎布尔如瓦大街拐角的地方蹲下来,掏出一块饼干喂狗。他拍了拍狗,小狗"汪"地叫了一声,摇着它那短粗的尾巴。正如我所说,有些人从来不吝于给予。

现在对我来说,这个村子已经不那么陌生,和这里的居民也比较熟悉了。我开始认识一些人,能叫得出一些人的名字;它那些纷杂的秘史纠结在一起,形成了一个"脐带",最终将我们绑在了一起。这个地方不像它的地理位置一样简单,村里的主干道像分开的五指一样,分成了几条道路——诗人大道、法郎布尔如瓦大街、兄弟大道、革命大街,从这些名称可以看出小镇建设者中有一些有强烈的共和党倾向。我面前的广场,圣杰罗姆的地盘,是这些手指般的大街交汇的地方,白色的教堂骄傲地站立在菩提树形成的椭圆形中央,用红色的木瓦建成的广场,天气好的夜晚,老人们会在这里玩贝当球,后面,小山陡峭的一面直指另一片区域,那一片窄窄的街道被人们统称为莫劳德。这是兰瑟的小贫民窟,木材搭建的房子在崎岖不平的鹅卵石小道上东倒西歪、密密麻麻,一直延伸到塔尼斯河那边。虽然房子距离沼泽地还有一段距离,但是有一些就建在河上,下面是用腐烂木板搭成的平台,许多平台位于河道石头堤坝的两侧,像是潮湿的长手指从缓缓流动的河水中伸出来,钻进了那些高高的窗户下面。如果莫劳德位于阿根地区,那么,它这样的古怪景象和带有乡野风情的衰败一定会受到游客的青睐。可是,这里没有一个游客。莫劳德人如同食腐动物一样,以河为生,吃的东西都是从塔尼斯河里捞上来的。这里的很多房子已经无人居住了,古旧的树木从坍塌的墙上穿出来。中午时分,我暂停营业两个小时,带着阿努克,一起去河边看了看。河边有几个瘦弱的孩子在玩耍,他们的身上涂满绿色的泥巴;虽然只是二月,可是这里仍然散发着污水和腐烂的臭味。天气很冷,不过阳光很好,阿努克穿着她那红色的羊毛大衣,戴着帽子,沿着石头小路蹦蹦跳跳地跑着,一边喊着,让身后的袋鼠跑快点。我已经习惯袋鼠的存在了——也习惯了她在完全清醒时追寻的各种其他奇奇怪怪的动物——像这样的时刻,我几乎能清楚地看到袋鼠的样子:它那灰色的、长着小胡须的面孔,它那伶俐的眼睛,整个世界瞬间亮了起来,好像突然之间,经过奇怪的变身,我变成了阿努克,通过她的眼睛,追寻着她的足迹。像这样的时刻,我感觉自己如此地爱她,甚至可以为了她而死,我的小小陌生人啊,我的心在膨胀,这很危险,而唯一的释放就是跟着她跑,我身上的红大衣像翅膀一样拍打着我的肩膀,在蓝天白云下面,我的头发像彗星的尾巴一样飘在空中。

一只黑猫突然从前面窜了出来,我停下脚步,围着它一边逆时针跳舞,一边唱着歌曲:

你来自哪里啊,小猫?
经过这里不会有伤害。

阿努克也和我一起又唱又跳,小猫喵喵地叫着,翻滚着身子倒在了尘土里,等着人来爱抚。我弯下腰,发现一个瘦小的老妇人站在一间房子的拐角处,用好奇的目光望着我。她穿着黑色的裙子、黑色的大衣,灰色的头发编成辫子,盘在一起,梳成了一个利落复杂的圆发髻。她的眼睛像小鸟一样发着幽幽的、尖利的光芒。我朝她点头致意。

"你是那家巧克力店的店主。"她说道。尽管她的年纪在我看来有八十岁,或者八十多,但她的声音却很清晰、利落,带着浓重的法国南部那种轻快、粗糙的口音。

"是的,我是。"我把名字告诉她。

"我叫阿曼达·瓦辛,"她说道,"我住在那边。"她朝河上的一座房子努了努嘴, 那一间房子比旁边其他的房子收拾得更为整齐,墙上是新刷的白色石灰,窗台上的花盆里种着紫色的天竺葵。然后,她笑了笑,于是那张像苹果一样圆圆的脸庞上起了无数条皱纹。"我看过你的店,非常漂亮,这一点我可以肯定,但是不适合我们这里的人,太奇特了。"她说道。她的话中没有一点不赞同的意思,但是听得出一点嘲弄命运的感觉。"我听说我们的神父先生已经拜访过你了,"她嘲弄地加上一句,"我猜,他一定觉得他的地盘上不应该出现巧克力店吧。"她说完又用十分古怪且带有讽刺意味的眼神看了我一眼,"那他知道你是女巫吗?"她问道。

女巫,女巫。不是这样的,但是我明白她的意思。

"你为什么会这么想呢?"

"哦,太明显了,大概咱们彼此彼此吧。"说完她笑了起来,那声音就像是小提琴的调子走音了一样,"神父先生不相信有魔法,"她说道,"跟你说句实话,我甚至不知道他是否相信有上帝。"她的语气里有毫不掩饰的蔑视,"他要学的还多着呢,那个人,别看他拿了一个神学的学位。我的傻女儿也一样。你没有修过生活这门课程,是吧？"我同意她说的"没有修过"，但是不确定我是否认识她的女儿。

"我猜也是。卡洛[①]·克莱蒙特，她是整个兰瑟镇最愚蠢、最没有头脑的人，总是说说说，说的话却没有任何意义。"

她看见我笑了，高兴地点点头，"别担心，亲爱的，到了我这个年纪，没有什么事情是我看不惯的了。她这点很像他父亲，你知道吗，至少这点让我觉得很安慰。"她又嘲弄地看了我一眼，"你在这里是没有什么娱乐活动的，"她说道，"特别是当你上了年纪的时候。"她顿了一下，再次盯着我的眼睛观察着，"但是我想，或许你的到来能够给我们带点好玩的事情。"她的手就像一股冷气一样刷过我的手。我尽量跟上她的思维，好弄清楚她是不是在拿我开玩笑，但是我感受到的只有幽默和善良。

"只不过是一家巧克力店而已。"我微笑着说道。

阿曼达·瓦辛听完咯咯地笑了起来，"你一定以为我是昨天才出生的婴儿吧。"她回答道。

"真的，瓦辛夫人——"

"叫我阿曼达。"那双黑色的眼睛狡黠地眨了一下，"这样我感觉自己年轻点。"

"好吧。但是我真的不知道为什么——"

"我知道是什么风把你吹过来的，"阿曼达犀利地答道，"我感应到的。忏悔星期二，狂欢节。莫劳德到处都是庆祝狂欢节的人群，吉卜赛人、西班牙人、黑脚人和不受欢迎的人。我一眼就认出了你，你和你的小女儿——你们这次给自己取了什么名字？"

"薇安·罗切，"我笑道，"这是阿努克。"

"阿努克，"阿曼达轻柔地重复道，"还有一个灰色的小朋友——

---

① 卡洛：卡洛琳的昵称。

我的眼睛已经不如从前好使了——那是什么？一只猫？一只松鼠？"

阿努克摇了摇满头卷发的脑袋，"这是只小兔子，"她用愉快又带着一点讥笑的语气说道，"叫袋鼠。"

"哦，小兔子，当然。"阿曼达朝我狡猾地眨了眨眼睛，"你看，我知道是什么风把你们吹过来的。我已经感受到一两次了。也许我已经老了，但是还没有人能在我眼前拔羊毛，没有人。"

我点点头。"也许是的，"我说道，"哪天有空到我店里来吧，我知道每个人最爱的口味，我要免费送你一大盒巧克力。"

阿曼达笑了起来。"哦，我不可以吃巧克力的，卡洛和那个傻瓜医生都不允许。任何我喜欢的都被禁止了，"她用带着嘲弄的语气补了一句，"先是不准抽烟，然后是不准喝酒，现在又是……上帝啊，如果我连呼吸也放弃的话，可能我会长生不老吧。"她"哼哼"笑了两声，但是听着很疲惫，我看到她抬起一只手，紧紧地抓着胸部，姿势很怪异，让我想起了约瑟芬·马斯喀特。"其实我不是在怪他们，"她说道，"这是他们的方式，保护我不受任何事情的伤害，远离生活，远离死亡。"说完朝我露齿一笑，这一笑，让我突然之间感觉她变成了调皮的孩童，虽然她已经满脸皱纹了。

"无论如何，我会过去看你的，"她说道，"要是惹怒神父就更好了。"

等到她消失在白色房子的角落时，我仍然在思索她最后一句话的意思。阿努克站在离我不远的地方，朝河岸上的一摊稀泥扔着石头。

神父，他的名字似乎总是被人提及。我想了想弗朗西斯·雷诺。

像兰瑟这样的地方，通常会出现这样的情况——老师、咖啡店老板，或者是神父，会成为一个地区的核心人物。这个人就是能够转动生活机器的关键部分，就像时钟装置的中心零件，发动轮轴带动另一个轮轴,让锤子敲响,指针指向某个整点。如果这个零件失误或者坏了,那么整个时钟就停止转动了。兰瑟就是一只时钟,指针永远定格在午夜前一分钟,轮轴和轮齿在平坦空洞的表盘后面徒劳地转动着。我母亲总是告诉我,把教堂的时钟调错来愚弄魔鬼。但是,我猜这一次魔鬼没有上当,一刻也没有。

第七章

2月16日　星期日

　　我的母亲是一个女巫,至少她是这么称呼自己的,为了证明自己,她做了很多尝试,最后真真假假她也分不清了。阿曼达·瓦辛的样子多少让我想起了她:那闪亮、狡黠的眼睛,那长长的头发年轻时一定又黑又亮,那种混杂着渴望和愤世嫉俗的语调。从她那儿我学到了影响我一生的东西:将坏运变成好运的技巧,交叉手指避开灾祸。缝一个小香袋,酿造美酒,相信午夜之前看到蜘蛛能带来好运气,而过了午夜就会带来霉运。她带给我的,大多是她对于新地方的热爱,带着吉卜赛人对于漂泊的渴望,我们踏遍整个欧洲,甚至去了更远的地方;在布达佩斯待了一年,在布拉格停留了一年,在罗马住了六个月,又在雅典待了四个月,然后穿过阿尔卑斯山到达摩纳哥,沿海岸线而行,经过戛纳、马赛、巴塞罗那……到我十八岁的时候,我们已经到过很多个地方,会说很多种语言,连我自己都数不清了。做过的工作各种各样:女侍应、译员、修车工。有时候,因为付不起住宿费,我们就半夜从住了一晚的廉价旅馆的窗户逃走。我们乘坐火车不买票,伪造假的工作许可证,非法跨越边境。我们无数次被人驱逐出境。我母亲两次被捕,但都被无罪释放了。每到一个新的地方,我们就换一个名字,每次都根据当地的语言把名字稍微变换一下:

雅南、珍妮、乔安、乔凡娜、安妮、阿奴卡。我们像是两个小偷,永远都在奔跑的路上,将笨重的生活必需品兑换成法郎、英镑、挪威克朗、美元,我们的漂流没有特定的方向,只是顺风而行。不要以为我一直在过苦日子,其实那些年的生活于我是非常宝贵的冒险。我们彼此相依为命,我母亲和我。我从来没有觉得自己需要一个父亲,我有数不清的朋友。然而,缺乏稳定,想方设法满足生活需求,有时候也会让她担忧。但是,随着时间的推移,我们跑得也越来越快,一个地方只待一个月,最多待上两个月,然后就像和落日赛跑的亡命天涯的人一样,继续赶路。我是过了好几年才明白,原来我们一直在和死亡赛跑。

她那时四十岁了,得了癌症。她自己早就知道了,也告诉了我,但是最后……不,不去医院。不去医院,我没有听错吧? 她的时间所剩不多,几个月或者几年而已,她还想去美国看看:纽约、佛罗里达州的大沼泽地。后来,我们几乎是每天都在奔波,到了晚上,母亲以为我睡着了, 就会拿出牌来算命。在里斯本我们登上了一艘游艇——两个人都在厨房找到了事情做。每天工作到凌晨两三点钟,破晓时分起床。每天晚上,她都会将那些因为多年充满敬畏的抚摸而变得十分光滑的牌摆在她的床上。她自言自语地小声念着它们的名字,日复一日,她变得愈发迷乱,完全陷入到一种混乱的状态中,她总有一天会因为这些丧命的。

"十把剑,死亡。三把剑,死亡。两把剑,死亡。战车,死亡。"

一个夏夜的傍晚,我们去繁忙的唐人街上的一家杂货店买东西,那辆战车变成了纽约街头的一辆出租车。无论如何,这样离开的方式总比癌症好。

九个月之后,我的女儿出生了。我把母亲和我的名字合在一起,给她取了个名字。这样没什么不妥,她的父亲永远不会知道她的存在——在枯萎的雏菊中,我也没有看清楚他是谁——他不过是我短暂相遇的人们中的一个。没关系,我完全可以在半夜削一个苹果,再把果皮扔到背后,由此确定他的姓名的首字母,可是我觉得完全没有必要这么做。过多的行李让我们不得不放慢脚步。

　　然后……离开纽约之后,难道那些风就没有吹得轻柔一些,次数少一些吗?难道每次我们离开一个地方的时候,就没有一种不舍,一种后悔吗?我想,这是有的。二十五年了,春天终于开始变得疲倦了,就像我的母亲,在最后的几年里也很疲惫。看着太阳,我想着,连续五年——或者十年,或者二十年——看着它从同一个地平线升起来,会是什么样的感觉呢。这种想法让我有种奇怪的眩晕感,一种害怕与渴望的感觉。而我的小小陌生人阿努克呢?自己成为母亲之后,我也开始从另一个不同的角度去看待我们这么多年来勇敢的冒险历程。我看到了小时候的自己,棕色皮肤的小姑娘,头上的长头发永远乱七八糟,身上穿着慈善商店扔掉的衣服,通过艰难的旅程学习数学和地理——“两法郎能买多少面包?五十马克的火车票能坐到哪里?”我不想让她也过这样的生活。可能正因为如此,过去五年里我们才一直待在法国。那是我生平第一次拥有自己的银行账户,拥有一份职业。

　　我的母亲可能会鄙视这一切,当然,她也有可能会嫉妒我。她或许会对我说:“如果可以,就将你自己遗忘,忘记你是谁。能够遗忘多久就遗忘多久吧。但是,我知道,我的孩子,终有一天,终有一天,你还是逃不掉的。”

　　今天我和平时一样开门营业,不过只开一上午,今天下午是留给我和阿努克的独处时间。今天早上是做弥撒的日子,广场上会有很多人的。现在外面下着雨,单调的二月迟迟不愿离去,如沙砾般的冻雨落到地面上,天空变成了幽幽暗暗的青灰色。阿努克在柜台后面读着一本童谣书,顺便帮我看门,我在厨房里忙着准备一批乞丐四味干果巧克力。这些是我的最爱——之所以叫它这个名字,是因为数年以前,它们由乞丐和吉卜赛人四处叫卖——在饼干大小的黑色、牛奶色或者白色巧克力上,撒上柠檬皮、杏仁和饱满的马拉加葡萄干。阿努克喜欢白色的,但是我更偏好黑色的,用的是纯度百分之七十的上等巧克力……丝滑的巧克力在舌尖上留下回旋的苦味,似乎把人带到了神秘的热带地区。这估计又要被我母亲鄙视了,但是,这也算是一种魔法吧。

星期五过后,我在店里的柜台旁边安装了一套高脚凳。现在,小店看上去有点像以前在纽约时我们常常光顾的那家饭店了,红色的皮座椅,铬质的转轴,虽然做工有些粗糙,但是看着却赏心悦目,十分舒适。墙壁是鲜艳的水仙花颜色。普瓦图送来的陈旧的橘色扶手椅懒洋洋地、心满意足地躺在房间的一角。左边放了一张手写的商品清单,上面的字已经被阿努克涂成了橘色和红色:

热巧克力饮料	10 法郎
巧克力浓咖啡	15 法郎
热巧克力	12 法郎
穆哈咖啡	12 法郎

昨天晚上,我烘烤了一个蛋糕,此刻,热巧克力已经做好了,正放在炉盘上的锅里,等待着我的第一位顾客。我把一份类似的商品清单放在从窗口处能看见的地方,然后静静地等着。

成群结队的人来来往往。我看着过往的人们,在冰冷的毛毛雨下，面有抑郁之色。我把门稍稍开了一个小缝，将烤蛋糕的香甜气息释放出去。我看见很多双眼睛带着渴望看着香味的源头，但又轻轻地转了过去，然后耸了耸肩膀，咂摸下嘴唇，似乎在下决心，或者单纯地压一压自己的渴望。他们走了，带着那圆圆的、悲哀的肩膀顶着风离开了，仿佛此刻有一个拿着喷火宝剑的天使站在门口把守，不允许他们进来一样。

时候没到，我告诉自己。这种事情是需要时间的。但是，与此同时，一种几乎是愤怒的不耐烦刺穿了我的身体。这些人怎么了？为什么不进来呢？钟响了，已经十点了，然后是十一点。我看见很多人走进了对面的面包店，然后又出来了，胳膊下面夹着几块面包。雨停了，但是天空依然很昏暗。十一点半，广场上剩下的为数不多的几个人也开始陆续回家，去准备周日的午餐。一个男孩牵着一条狗，从教堂的拐角绕了过去，小心翼翼地避开屋檐的滴水。经过小店的时候，他连看都没有看一眼。

去死吧！我还以为自己已经开始适应这儿的一切了。他们为什么不进来呢？他们难道看不见、闻不到吗？我还要怎么做呢？

阿努克对我的心情变化一直都很敏感，她跑过来抱着我："妈妈，不要哭。"

我没有哭。我从来不会哭。她的头发碰到了我的脸，痒痒的，我突然害怕有一天会失去她，这个毫无来由的想法让我头晕目眩。

"这不是你的错。我们努力了，我们该做的都做了。"

确实如此，我们甚至把红色的彩带绕在门边，挂着装满雪松和薰衣草的小香袋，用它们来驱散各种霉运。我亲了亲她的脑袋，感觉自己的脸上湿湿的，肯定是有什么东西刺疼了我的眼睛，可能是热巧克力散发出的那种甜中带苦的浓香吧。

"没事的，宝贝儿，他们做的事情不应该影响我们的心情，至少我们可以喝一杯巧克力给自己打打气。"

我们两个像纽约常常泡吧的人一样坐在高脚凳上,一人手里拿着一杯热巧克力。阿努克选了鲜奶油香提和巧克力卷,我喝着我的热黑巧克力,这比浓香型的还要浓一些。我们在芳香的气息中闭上眼睛,看到他们走进来——两个、三个,一下子来了十二个,他们兴高采烈,坐在我们的旁边,他们那冷酷、漠然的脸庞融化了,换上了热情和开心的表情。我迅速睁开眼睛,阿努克正站在门边。有那么一秒钟,我看见袋鼠趴在她的肩膀上,抽动着小胡子。她身后的光线变得暖和许多,晃动着,散发出迷人的光芒。

我跳起来。

"不要,不要这么做。"

她用那幽幽的黑眼睛瞟了我一眼。"我只是想帮忙——"

"求你了。"她盯着我,表情很是倔犟。魔力如同金色的烟雾一般,在我俩中间游走。"很简单的,"她用眼睛告诉我,"就是动一动无形的手指,用听不见的声音劝诱别人进来……"

"我们不能这样,这是不应该的。"我试着解释给她听,这样会让我们和别人区分开,让我们和别人不一样。如果我们准备在这里长待,那就必须尽量和他们一样生活。袋鼠用那充满祈求的目光看着我,小胡子在金色的阴影下模糊起来。我故意闭上眼睛,不去看它,等我再次睁开眼睛的时候,它已经不见了。

"没关系的,"我用坚定的语气告诉阿努克,"会好的,我们可以等一等。"

终于,在十二点半的时候,有人进来了。

阿努克先看见他——"妈妈!"我立刻站了起来。来的人是雷诺,此刻,他正用一只手遮着脸,以挡住遮阳篷的帆布上滴下来的雨水,另一只手放在门把上，似乎犹豫着要不要进来。他那苍白的脸很平静，但是他的眼睛中有某种东西——一种偷偷的自得。我有点明白，他不是顾客。他推门进来的时候，门上的铃铛响了几下，但是他并没有走到柜台这边来。相反，他只是站在门口不动，一阵风把他的神父袍子吹了起来，像黑色鸟儿展开的一对翅膀。

"先生。"我发现他不可置信地看着红丝带，"有什么可以帮忙的吗?我肯定知道你喜欢什么口味的巧克力。"我条件反射般地说了些生意场上的小幽默，但是这句玩笑是假的。我根本不知道这个人的口味。对我而言，他完全就是一张白纸，就像在空气中剪出来的一块人形黑洞。我和他交流没有任何感觉，我对他微笑，却犹如波浪打在了岩石上，碎了、散了。雷诺面对着我，刻板的脸上带着蔑视。

"我不敢相信。"他的声音低沉、愉悦，但是我能感觉到，他那职业口吻的背后隐藏着对我的厌恶。我忽然想起阿曼达·瓦辛说的话——"我听说我们的神父先生已经拜访过你了。"为什么? 对无宗教信仰者出于本能的不信任吗?还是有其他的意思?柜台下面，我的手偷偷地对他摆出了叉子状。

"我没有料到你今天还营业。"

现在，他似乎肯定自己已经将我们看透了。他那克制的、紧绷的微笑犹如一只牡蛎，那乳白色的边角犹如剃刀一般锋利。

"你是说星期天吗?"我用最单纯无辜的语气说道，"我想这样我就能赶上弥撒结束之后的大批人群了。"

这个小小的嘲笑没能刺激到他。

"在四旬斋的第一个星期日?"他似乎觉得我说的很有趣，但是在乐趣背后，还有轻蔑。"我不这么想，兰瑟的人都是非常单纯的，罗切夫人，"他对我说道，"虔诚的人们。"他特意用柔和的、彬彬有礼的语气强调了一下。

"是罗切小姐。"小胜一局,但是足以让他失去镇静。他的眼睛飞快地看了一眼依然坐在柜台前手里捧着盛有巧克力的高脚杯的阿努克,她的嘴上糊满了巧克力泡泡。我再次感觉自己仿佛被隐藏的荨麻刺扎到一样——那种恐慌,那种害怕失去她的没来由的恐惧。谁会抢走她呢?越来越盛的怒气让我的思想颤动。他吗?让他试试!

"当然,"他又平静地答道,"罗切小姐,我郑重道歉。"

我对他的非难报以亲切的微笑。我身体中有一种冲动,还想倔犟地继续和他争辩,我故意把声音提得很高,想借用这种庸俗的自信来掩藏内心的恐惧。

"能在这种乡下地方遇见理解我的人,真是太不容易了。"我抛给他一个最欢快也是我最勉强的微笑,"我是说,在我们以前待过的城市里,没有人会如此贴心地为我们着想。但是到了这里,居然……"我努力让自己看着既懊悔又很坚持自己的立场,"我是说,这里真的太可爱了,人们也很热情……奇特而有趣……可是这里毕竟不是巴黎,对吧?"

雷诺——发出一丝微不可闻的嘲笑——表示同意。

"人们所说的关于乡村的话果然没错,"我继续说道,"每个人都想知道你的事情!我想这里没有什么可以娱乐的地方,"我善意地解释道,"三家店铺,一座教堂。我是说——"说到这里我停了下来,轻笑一声,"当然,你肯定明白的。"

雷诺严肃地点了点头,"或许你可以给我解释一下,小姐……"

"哦,请叫我薇安。"我打断他。

"……你为什么决定搬到兰瑟来?"他的语气中藏着厌恶,他那薄薄的嘴唇更像牡蛎了。"正如你所说,这里和巴黎有点不一样。"他的眼神清楚地表明,兰瑟的风气与之完全不同,"像这样的一家店,"——他优雅地伸出手,指着小店,但是说的话却带着冷冷的漠然——"这样一家充满特色的店,开在城里的话,应该会更加成功的,或者说更加恰当。我相信,如果这家店要是开在图卢兹或者是阿根……"现在,我明白为什么今天早上没有顾客敢进门了。这个"恰当"解释了一个神的代言人的诅咒带来的所有冷冷的非难。

我再次交叉手指对着他,狠狠地——在柜台底下。雷诺拍了拍他的脖颈后面,似乎那里被昆虫叮咬了。

"我不认为只有城市才有享受的特权,"我打断道,"每个人都需要偶尔奢侈一下,或者不时地纵容自己一下。"

雷诺没有接我的话,我估计他不赞同我的说法,可我还是继续说下去,"我猜你今天早上在布道里宣讲的东西和你平时宣扬的教义完全相反吧?"我大胆地试探着。他仍旧静默不语。"而且,我相信,这个小镇有足够的地方可以容纳我们两个人。自由创业应该不犯法吧,对吗?"

从他脸上的表情,我看得出,他已经明白我是个棘手的对象。我就这么和他对视了几分钟,无礼也好,可恶也罢,管他怎么去想。看到我的微笑,雷诺退缩了一下,就好像我在他的脸上扇了一个耳光一样。

他低声地说了一句:"当然了。"

哦,我太了解这种人了,妈妈和我在环游欧洲时见过许多,同样有礼的微笑,同样鄙视的眼神,同样的漠然冷淡。在兰斯市那拥挤的大教堂外面,一枚小小的硬币从一位妇女那肥胖的手上掉落,年幼的薇安一下子跳过去,用手抓住它,光裸的膝盖擦过地板上的灰尘,旁边一群修女看见了,纷纷露出惊讶的表情。一名穿着黑色上衣的男子正愤怒而严肃地和我母亲谈着什么,在教堂的阴影下,她的脸色越来越苍白,她紧紧地抓着我的手,把我的手抓得很疼……后来,我才知道,她正在努力向他忏悔。她为什么要这么做呢?孤独,或许吧；想找个人谈谈，向一个不是亲人的人吐露心事，一个看起来能理解别人的人。可是她没有看见吗？现在，他脸上的表情不是理解，那是因愤怒和沮丧而扭曲的样子。那是原罪，是致命的原罪……她要把自己的孩子留给好人照顾。如果她爱这个小孩——她叫什么？安妮？如果她爱这个孩子，她必须——必须作出这种牺牲。他知道一家女修道院，孩子可以送到那里去。他握着她的手，使劲捏着她的手指。难道她不爱她的孩子吗？难道她不想被救赎吗？难道不想吗？难道不想吗？

那一夜，我母亲泪流满面，把我抱在怀里，来来回回地摇着。第二天一早，我们就离开了兰斯，如同落荒而逃的窃贼，她紧紧地抱着我，就像抱着一块偷来的珍宝，高度机警、鬼鬼祟祟地观察着周围。

我知道，她差点就被他说服，把我留下来。因为那次之后，她经常问我和她在一起开不开心，问我是否想交朋友，渴望有个家……然而，不论我回答多少次开心、不想、无所谓，不论我亲吻她多少次并告诉她我一点也不后悔，这件事对我们的感情仍然多少有点影响。此后数年，我们一直在逃避神父，那"黑衣男子"，只要他的脸出现在牌中，我们就必须再次逃跑，逃避开他在她的心中挖掘出的黑暗。

现在，他再次出现了，正当我以为阿努克和我找到最终归宿之时，他站在门口，就像守候在天堂大门的天使一样。

好吧，这一次，我发誓我将不再逃避，不管他打算对我们做什么，不管他是否会发动这里的人们排斥我。他的表情平静而果决，犹如一张邪恶的牌被翻转过来。他已经向我宣战了，而我也接受他的宣战，虽然我们没有大声说出来，但是一切都心照不宣。

"我非常高兴我们能理解彼此。"我的声音欢快而冷酷。

"我也是。"

他眼中的某些东西，一种之前从未出现过的光亮，让我突然警觉起来。令我惊异的是,他居然很享受这个,享受两个敌人宣战的结束时刻,在他那武装的自信里,没有一点空间是留给"认输"二字的。

他转身要走,动作非常标准,脖子和身子几乎同时转了过去。就是这样,礼貌的鄙视,端着"正义"这个带钩的、淬毒的武器。

"神父先生?"停顿片刻他转过身,我朝他手里塞了一个包着缎带的小盒子,"送给你,免费的。"我的微笑不容他拒绝,他只好带着不知所措的尴尬接下了盒子,"这是我的荣幸。"

他微微皱起眉头,似乎我的高兴刺痛了他。"但是我真的不喜欢——"

"胡说。"我语气轻快尖锐,让人无法反驳,"我肯定你会喜欢的,因为我看到这些巧克力就能联想到你。"

透过他镇定的外表,我可以看出他的吃惊。然后他就拿着白色的小盒子离开了,走进了灰蒙蒙的雨中。我发现,他并没有跑回去以免淋到雨,而是不疾不徐地走着,脸上的表情不再是冷漠,似乎像是有点享受,即使这雨带来了小小的不便。

他会吃巧克力的,我喜欢这样想。当然,最为可能的结果是他把它们扔了,但是我喜欢把结果想象成他至少打开盒子瞧一瞧……当然,他可能会出于好奇而看上一眼。

"我看到这些巧克力就能联想到你。"

就是十几个我最拿手的圣马洛生蚝,那些小小的果仁糖块看上去像极了紧紧闭合的生蚝。

第八章

2 月 18 日　星期二

　　昨天有十五个顾客,今天三十四个。杜普莱西也是其中之一,他要了佛罗伦萨饼干和一杯巧克力。查理也跟着他一起来了,顺从地蜷缩在高脚凳下面,杜普莱西时不时地朝它那满怀期待的、贪得无厌的嘴里丢一颗黄糖。

　　杜普莱西说,新搬过来的人总是需要一段时间才能被兰瑟人所接受。他说,上个礼拜日雷诺神父围绕节制和禁食进行了一次火药味十足的布道,还说天上人间糖果巧克力店在星期日早上还营业,就是对教堂的一种公然冒犯。卡洛琳·克莱蒙特——她刚刚开始新一轮的节食——说话特别尖刻,她在教堂里扯着嗓子对她的朋友说:"这简直和罗马衰落的故事一样令人震惊,如果那个女人以为她可以像希巴女王①一样,大摇大摆地走进这个镇子,用令人作呕的方式炫耀她那个私生子,就好像——哦,炫耀她的巧克力一样? 也没有什么特别的,亲爱的,她的东西太贵了。"最后,那群女士的结论是,

---

① 希巴女王:《圣经·旧约》中略用文字提及的人物,在传说中,她是一位阿拉伯半岛的女王,在与所罗门王见面后,慕其英明及刚毅,与所罗门王有过一场甜蜜的恋情,并孕有一子。

不管是人还是巧克力，一定会待不下去的。不出两个星期，我一定会滚出这个镇子。可是，我的顾客比昨天多了一倍，其中有不少还是克莱蒙特的闺中密友，她们睁着亮晶晶的大眼睛，说自己纯粹出于好奇，才亲自来这里看一眼，说的时候没有一点儿难为情。

我非常了解她们每一个人喜爱的口味。这是一种技巧，一种职业秘密，就像算命的人知道如何解读人手掌上的秘密一样。我母亲可能会嘲笑我在浪费自己的本领，可是我没有欲望要进一步刺探他们的生活。我不想窥探他们的秘密，或是他们内心深处的想法，我也不想知道他们的恐惧或者感激。她或许会带着善意的轻视，说我是一个温驯的炼金术士，我原本可以炼就更多的奇迹，但是却把这个魔力用作居家之用。但是，我喜欢这些人。我喜欢他们那些微不足道的、害羞内向的关切。我不费吹灰之力便能读懂他们的眼睛、他们的嘴巴：这个人的眼睛里总是带着一丝悲苦，她一定会喜欢吃橙皮花卷巧克力；这个挂着甜美笑容的喜欢有着软软的杏仁夹心的巧克力；这个头发被风吹乱的女孩喜欢乞丐四味干果巧克力；这位活泼愉快的女士喜欢巴西巧克力。而杜普莱西，在他那十净整洁的单身汉房子里，几乎吃完了一茶碟的佛罗伦萨饼干。纳西斯一口气能吃双份松露巧克力糖，这就意味着，他那粗犷的外表下有一颗温柔的心。卡洛琳·克莱蒙特今天晚上肯定会梦到煤渣太妃糖，醒来后会又饿又怒。至于孩子们……巧克力卷、彩色意面白纽扣、镀着金边的姜饼、皱巴巴的包装纸里包着的杏仁蛋白水果软糖、花生酥、各色卷脆饼、五百克的盒子里装的各种奇形怪状的糖果……我出售梦想、小小的安慰以及甜蜜的、无害的诱惑，用榛子和巧克力牛轧糖"刷、刷、刷"打倒一片圣人。

这样做有那么糟糕吗？

很显然，雷诺神父是这么想的。

"给，查理，给你，小乖乖。"杜普莱西对他的小狗说话的声音充满温暖，但是温暖中总是透着一丝的悲伤。他跟我说，父亲去世时他买的这条狗，已经有十八年了，可是狗的寿命比人的短，所以他们一起变老。

"这里。"他这句话让我注意到，查理的下巴上长了一颗瘤子，大概有鸡蛋那么大，表面像榆树毛刺一样崎岖不平。"这颗瘤子一直在长，"小狗的主人给它挠着肚皮，它心满意足地伸了一个懒腰，躺在那儿一动不动，只有一条腿像踢脚踏板一样挥舞着，"兽医说他也没办法。"

我开始明白，为什么杜普莱西的眼睛里总是流露出内疚和眷恋了。

"不能让一个老人永远安眠，"他郑重地说道，"如果他的生活"——他顿了一下，思索着该用什么词来描述——"有质量。查理没有受罪，一点也没有。"我点点头，意识到他这话其实多半是对自己说的，"它吃的药能控制病情。"

接着是一阵沉默。这些话的意思不言而喻。

"那一天来的时候，我会知道的。"他的眼睛柔和了下来，这个样子更令人担心，"我知道该怎么办，我不会害怕的。"我默默地把他的巧克力杯子加满，把可可粉撒在泡沫上面，杜普莱西没看见，只是专心地陪着小狗，看着查理翻过身，肚子朝上躺着，头懒懒地耷拉着。

"神父先生说，动物没有灵魂，"杜普莱西轻声说道，"他说我应该让查理结束痛苦。"

"任何一种东西都有灵魂，"我答道，"这是我母亲以前告诉我的，任何东西。"

他心不在焉地点点头，独自沉浸在恐惧和内疚中。"没有它，我可怎么办啊?"他问道,脸仍然看着查理,我知道他已经忘记了我的存在,"没有你,我该怎么办?"

我在柜台下愤怒地攥着拳头。我太清楚那种表情了——恐惧、内疚、渴望——我太了解了。这种表情和那天晚上我妈妈祈求"黑衣男子"时的一模一样。他说的话——"没有你,我该怎么办?"——正是那个悲伤的夜晚她一直对我说的。每天晚上临上床时,我会盯着镜子,每天早上一醒来,我的恐惧就会增加,我明白、确定,我自己的女儿也会从我身边溜走,我会失去她,我会失去她,如果我找不到一个地方……这种表情和我脸上的也一模一样。

我伸出手拥抱着杜普莱西。刚开始,他的身子有点僵硬,不太习惯和女性接触。然后,他开始慢慢放松,我能感受到那一波一波不停地冲击着他的苦恼。

"薇安,"他轻声喊道,"薇安。"

"你这种想法没错,"我坚定地告诉他,"你可以这么想。"

在我们的脚边,查理吠叫着它的愤怒。

今天我们几乎赚了三百法郎,这是这么多天以来,我们第一次不亏本。阿努克放学回来的时候,我立刻把这个好消息告诉了她,但是她看着有点心不在焉。那张明媚的小脸一直板着,这可是以前不常出现的。她的眼睛犹如暴风雨即将到来时的乌云一般,既沉重又阴暗。

我问她出什么事了。

"是亚诺,"她的声音没有起伏,"他母亲不准他再和我一起玩儿了。"

我记得那个亚诺,他在忏悔星期二的狂欢节上扮演狼,七岁,瘦瘦的身子,厚厚的头发,总是带着一种怀疑的表情。他和阿努克昨天晚上在广场上一起玩了一会儿,跑来跑去打打闹闹的,喊着秘密的战争口号,一直玩到熄灯。他的母亲是乔林·德鲁,本地小学里的两个老师之一,也是卡洛琳·克莱蒙特的密友。

"哦?"我疑惑地问道,"她说什么了?"

"她说我会带坏他的,"她生气地看了我一眼,"因为我们不去教堂,因为你星期天还营业。"

我看着她,想拥她入怀,可是她那僵硬的身子和敌对的态度让我不敢轻举妄动。我先冷静了一下。

"那么,亚诺自己怎么想呢?"我轻柔地问道。

"他也没有办法,他妈妈一直在旁边站着,盯着我们看。"阿努克突然失声大叫起来,几乎快哭了。"为什么总是这样?"她责问道,"为什么我就一直——"她努力中断自己的话,瘦瘦的胸口剧烈地起伏着。

"你还有其他朋友啊。"这话倒是真的,昨天晚上有四五个孩子和她一起玩呢,广场上到处都能听到他们的尖叫声和笑声。

"那是亚诺的朋友。"我明白了,路易斯·克莱蒙特、丽丝·普瓦图,都是他的朋友,没有了亚诺,这些朋友很快就会消失。看着女儿,我突然感到一阵心痛,她的生活里只有看不见的朋友。我太自私了,以为一个母亲就足以填满她的生活。我太自私、太愚昧了。

"我们可以去教堂,如果你想的话。"我用极其温柔的声音安慰她,"但是你知道,这样也改变不了什么。"

"为什么不能?他们也不相信啊,他们根本不在乎什么上帝,他们也就是去教堂而已。"她不满地叫着。

然后我笑了,满脸的苦笑。虽然只有六岁,可是她总能偶尔冒出来一些深刻的见地,让我吃惊。

"或许是这样,"我说道,"但是你真的也想变成那样的人吗?"

她耸了耸肩，一副玩世不恭、满不在乎的样子。两只脚轮流站在地上晃来晃去，似乎怕我再端出什么大道理。我绞尽脑汁，想找一些词解释一下。但是当她摇晃着我，近乎凶猛地嘟囔时，我满脑子想的都是我母亲那满脸受伤的表情。"没有你，我该怎么办？我该怎么办？"

哦，很久以前，我就教过她这些：教堂的虚伪、对巫师的搜捕、对于流浪者以及有着不同信仰的人们的迫害。她明白，但这些知识不能转换到日常生活中，不能慰藉现实中的孤独，不能弥补失去的朋友。

"不公平。"她的声音仍然有不服。敌意虽然减少了，可是并没有完全消失。

可是铲除圣地，焚烧圣女贞德，还有西班牙宗教法庭，哪一样公平？但是我明白，这些话最好还是别说。她的脸紧绷，情绪十分强烈，只要表现出一点服输的样子，那么她可能就会对我发怒。

"你会找到其他朋友的。"这个答案苍白无力，起不到丝毫的安抚作用。阿努克用鄙视的眼神看着我。

"但是我就要这一个。"她说这句话的语气居然像个大人一样充满疲惫，说完就转身走开了。眼泪噙满眼眶，但是她却没有表现出一点点到我这里寻求安慰的意思。突然之间，我似乎把她看得清清楚楚，从小孩子到青春期的少女，到长大成人，再一天天变成我不认识的陌生人，这种失去她的恐惧让我几乎尖叫起来。好像我们两个人的角色突然之间转换了，她成了大人，而我却变成了孩子。

"不要走！如果没有你，我该怎么办？"我的心里喊着。

但是我没说一句话，让她走了，虽然很想拥抱着她，可是我意识到，我们之间那道"隐私墙"已砰然关上。我知道，孩子天生具有野性。我仅仅希望，她能有那么一丁点的温柔，类似于温驯的特质。可是，在温驯的外表下，那种野性犹在，如此明显、如此猛烈、如此陌生。

几乎整个晚上，她都保持沉默。上床睡觉的时候，她也不像平常那样吵着要听故事了，但等我熄灭我自己的灯时，她依然没有睡着，就那么醒着好几个小时。我在自己房间的黑暗中，听着她走来走去，偶尔还自言自语——或者是对袋鼠说话——总是突然爆发出一句话、一个词，声音很低，我听不清楚。又过了好一会儿，确定她睡着了，我偷偷地走到她的房间，帮她熄了灯，床上的她蜷缩在一个角落，一只胳膊伸出很远，脑袋朝着一个别扭的方向躺着，这样的她更让我难过，这种难过几乎撕扯了我的心。她的一只手上还攥着一个小小的橡皮泥偶。我替她理了理被子，顺便把泥偶拿走，打算把它放回到阿努克的玩具盒子里。泥偶上还带着她的体温，散发出小学校园的气息，隐藏着她说的悄悄话，以及广告颜料、新闻纸还有几乎被遗忘的朋友。

泥偶六英寸长，每一根线条都精心地上过色，它的眼镜和嘴巴是用别针划上的线条，腰部还围着一道红线，头上还插着其他什么东西——小树枝或者干草什么的——当作它那蓬乱的棕色头发。这个橡皮泥偶男孩的身体上还刻着一个字母，在心脏位置的正上方，一个简单利落的 J[1]，在下面，挨得很近几乎可以重叠的地方，还刻着一个 A[2]。

我把泥偶轻轻地放在她脑袋旁边的枕头上，然后帮她熄了灯，就离开了。大约快天亮的时候，她悄悄地钻到了我的床上——很小的时候，她经常这样做——透过软软的被子，我听见她在低声说着：

---

[1] 注：字母 J 代表亚诺（Jeannot）。
[2] 注：字母 A 代表阿努克（Anouk）。

"没事的,妈妈,我永远不会离开你。"

她身上有盐和婴儿肥皂的味道,在黑暗的包围下,她紧紧拥抱着我,很温暖。我舒了一口气,紧紧地抱着她,力道很大,几乎都能感觉到疼痛,甜甜地摇着她,也摇着我自己。

"我爱你,妈妈,我永远爱你。别哭。"

我没有哭。我从不哭泣。

我睡着了,可是很不安稳,一直身处在一个万花筒般的梦里,黎明醒来的时候,我还沉浸在那种害怕和恐慌之中,阿努克的胳膊还放在我的脸上,我很想逃走,想带着阿努克继续跑。我们如何在这里生活,我们多么愚蠢啊,以为逃到了这里,"他"就找不到了?"黑衣男子"有着很多面孔,但是每一个都带着不可饶恕的、生硬的、怪异的和妒忌的表情。"快跑,薇安。快跑,阿努克。忘记你们小小的美梦,快跑。"

可是,这一次不会。我们已经跑得够远了,阿努克和我,母亲和我,已经远离了原本的自我。

这个梦是我打算坚持下去的。

第九章

2月19日　星期三

　　今天是我们的休息日。学校也不用上学,阿努克一个人玩着打劫的游戏,我忙着接收寄送来的材料,顺便把这周要用的原料准备好。

　　这是一种我非常享受的艺术。所有的烹调中都有一种魔法:配料的选择,搅拌、磨碎、融化、泡制和调味,从古老的食谱中学到的烹调方法,传统的厨房用具——杵和臼——我妈妈用这些工具把她的熏香变得更富有家庭的温馨,她的香料和芳香剂,不再诡秘,而是回归质朴,将自身的魔法展现出来。烹饪之所以让我开心,部分原因是它持续的时间很短暂,如此多全身心投入的准备,如此多的艺术和体验,汇聚成一种快乐,但是,这种快乐却非常短暂,而且只能被极少数人完全体会到。我的母亲总是十分鄙视我这个兴趣爱好。对她而言,食物毫无快乐可言,它不过就是令她操心的、让人讨厌的生活必需品,不过就是我们为了购买自由所缴纳的赋税。我从餐厅偷菜单,带着渴望的眼神看着甜品店。第一次真正吃到巧克力时,我差不多已经十岁了——可能还要更大一点,但是那种奇妙的感觉仍然经久不褪。我像记忆地图那样把菜谱存在脑子里。各种各样的菜谱——有从拥挤的火车站里被人丢弃的杂志上撕下来的;有讨好路人,从他们的手上要过来的;有我自己胡乱调制出来的。母亲以及她的占卜牌和她的预言指引着我们在整个欧洲的疯狂路线。遇到指示烹饪的牌,我们就暂停下脚步,无形的边境也因为它而有了鲜明的界限。巴黎闻起来是烤面包和新月形小面包的味道;马赛带着浓重的炖鱼和烤大蒜的味道;柏林是碎冰加上泡洋白菜和马铃薯沙拉的味道;罗马是我在河边的一个小餐厅免费吃到的冰激凌的味道。母亲从不考虑边界的问题,她的地图只在她的心里,所有的地方都一样。虽然我们那时不一样,但她把她所知道的都教给了我:如何抓住人和事的核心,如何看穿他们的想法和渴望。那个停下来让我们搭便车的司机,他离开了自己应走的路线,特地多开了十公里把我们送到莱昂,那个拒绝接受我们付款的杂货店老板,那些睁一只眼闭一只眼的警察。当然,不是每一次都能成功。有时候,我们也不知道为什么会失败。有些人的思想就是让人无法读懂,无法碰触到。弗朗西斯·雷诺就是其中之一。即使偶尔能成功,那种渗透进他思想的感觉也让我很不安,因为得到的太容易了。而现在,做巧克力完全是另外一回事。哦,这件事可是需要一些技巧的。它需要轻巧的碰触、速度以及耐心,后者是我母亲不具备的品质。但是每次的配方却完全一样。做巧克力很安全,不会受到伤害。我不用去读懂它们的内心来获取自己需要的东西,轻轻松松就能满足我的愿望,只要索取,就有供给。

盖伊,我的糖果师,和我算是故交。阿努克出生之后,我们一起合作,他帮助我开启了我人生中第一份事业——在尼斯的郊区开了一个小小的糖果巧克力店。现在,他主要待在马赛,从南美直接进口未加工的可可液,然后在他的工厂里把它加工成不同级别的巧克力。

我只用最好的巧克力。那种巧克力层比建房子用的砖块要稍微大一点,每次送一箱,这种级别的三种巧克力我都用:黑巧克力、牛奶巧克力以及白巧克力。这些巧克力必须先回火,使之呈晶体状,同时一定保证表面的硬度、脆度以及良好的光泽度。有些糖果师选择已经回过火的原料,但是我比较喜欢自己来做这一道工序。处理这些看起来稍显沉闷、未经雕琢的巧克力块让我无限沉浸其中,亲手把它们磨碎——我从来都不用搅拌机——放到大陶瓷盘里,然后融化,搅拌,每一步都要用糖果温度计精心地测量温度,直到温度刚刚好,可以用来做成不同形状的巧克力。

将这种原始的巧克力块变成"聪明的傻瓜的金子"也需要一种魔法,一种连我母亲都可能会享受的外行人的魔法。每次做这个工作,我都会先深吸一口气,清空思绪,把所有的窗户都打开,过堂风吹过,本来应该会很冷,但是因为有炉子的热气、铜盘子以及融化巧克力时蒸发出来的水汽,也不觉得特别冷。空气中混合着巧克力、香草、烧红的铜盘子和肉桂的味道,很是令人陶醉,很容易令人浮想联翩;它会让人想到美洲那原始的、粗犷的气息,以及热带雨林散发出的热乎乎的香味。现在,这就是我新的旅行方法,如同阿兹特克人[①]举行神圣的仪式一般。墨西哥、委内瑞拉、哥伦比亚、蒙特祖马[②]的宫廷、科尔蒂斯[③]和哥伦布。天神的美食,正在祭祀用的高脚杯里面冒着白色的泡沫,那是生活苦涩的长生不老药。

可能这就是雷诺在我的小店里找到的感觉,好像世界回到了从

---

① 阿兹特克人:墨西哥土著人,15 世纪和 16 世纪初,曾在今墨西哥中、南部建立阿兹特克帝国,是最早制作、食用巧克力的民族之一,他们将巧克力誉为"天神的美食"。可可豆是当时统治者的贡品、市场上的交易货币和献神的祭品。

② 蒙特祖马:阿兹特克帝国统治者,喜食巧克力。

③ 科尔蒂斯:击败阿兹特克人的西班牙征服者,他将可可豆和巧克力的制作法引入西班牙。

前,是那么宽广,那么浩淼。在基督降生之前,在阿多尼斯①降生于伯利恒之前或者在奥西里斯②牺牲于复活节之前,可可豆受到人们的尊崇,它被赋予了诸多魔力。它的液体渗入祭祀神庙的台阶上;它带来的狂喜是如此的猛烈,让人颤抖。他害怕的就是这个吗?这种快乐带来的腐败,肉体慢慢地幻化成液体,被装进罪恶的容器里?阿兹特克祭司在祭神仪式上的狂欢不适合他。但是,在巧克力融化时散发出的蒸汽里,某种东西开始凝聚——一种幻像,用我妈妈的话来说——感觉好像是一根模糊的手指,正在指着……指着……

那里。有那么一秒钟,我差点就抓住它了。那光滑的液体巧克力表面上,蒸汽中有涟漪飘动。然后是另一根手指,朦胧的、苍白的,半藏半露地飘在那里。有那么一刻,我几乎看见了答案,发现了他在掩饰的秘密——甚至他自己都不愿承认的秘密——这个可怕的推测,会让我们所有人为之所动。

用巧克力占卜是一件非常困难的事情。因为那些影像不太清楚,而且那些渐渐浓郁的香气也会打扰我的头脑。我和我母亲不一样,她直到去世的那一天,身上都具有一种很强的预知能力,这种力量过于强大,我们不得不在它进入狂乱和混乱之前继续踏上旅程。但是,在影像散去之前,我确定我看见了一间屋子、一张床、一个老人躺在床上,他那张苍白的脸上长着一双空洞的、毫无生气的眼睛……然后是火,火。

这是我想看到的画面吗?

这是那个"黑衣男子"的秘密吗?

如果我们想要待在这里,我就必须弄清楚他的秘密到底是什么。我需要留在这里,不管付出什么样的代价。

---

① 阿多尼斯:希腊神话中的美少年,爱与美的女神维纳斯倾心于他。
② 奥西里斯:埃及神话中的冥界之王。

第十章

2月19日　星期三

　　一个星期了,我的神父。就这么长时间,一个星期,可是感觉已经过了很久了。我不明白,她为什么要这样打扰我的生活,我很清楚她是什么样的人。前两天我去拜访她了,和她理论星期天早上营业的事情。这个地方正在发生转变,空气里充满令人迷惑的生姜和香料的气息。我尽量克制,不去看架子上的甜点:盒子、缎带、颜色柔和的蝴蝶结、成堆的金色和银色的糖汁杏仁、糖汁紫罗兰和巧克力玫瑰叶子。让人怀疑自己进的是姑娘的闺房,有种亲近的感觉,还有玫瑰和香草的气味。我母亲的房子就让人有这种感觉,所有的绉纱和丝绸还有雕花玻璃在昏暗的灯光下闪耀着,高高低低的瓶子和罐子摆在她的梳妆台上,仿佛一堆等待释放的精灵。这种凝聚的香甜气息带给人一种堕落的感觉。那是一句被上帝禁止的承诺,已经兑现了一半。我尽力不去看,不去闻。

　　她问候我的方式十分有礼。现在,我把她的相貌看得更清楚了——长长的黑发在脑后绾成一个结,眼睛黑亮,就好像里面没有瞳仁一样,眉毛十分笔直,配上她嘴巴旁边好笑的纹路,显得十分严肃。她那方形的手十分灵巧,指甲修剪得很短。她的脸上没有化妆品的痕迹,可是有什么东西让人觉得不是很舒服。或许是因为那不加掩饰的表情吧,她以审视的目光盯着我,嘴角总是挂着讽刺。对了,她的个子很高,和我一样高,对于女人来说,这种身高太过了。她的眼睛直直地盯着我的眼睛,肩膀向后仰着,讥诮的下巴稍稍抬起。她穿着一件长长的、火红的、耀眼的裙子和一件紧身的黑色毛衣。这种颜色往往预示着危险,就像是一条蛇或一只蜇人的昆虫一样,向敌人发着警告。

她的确是我的敌人。我立刻就能感觉到这一点。我嗅到了她的敌意和怀疑,虽然她的声调低沉缓和,从始至终都透着一种愉悦。我感觉到她在把我吸引到这里来,然后奚落我,她似乎知道某个秘密,甚至连我都——但是,这是不可能的。她能知道什么呢?她能做什么呢? 不过就是感觉到我的秩序被人侵犯了,就像一位认真负责的园丁不喜欢看到到处散播种子的蒲公英一样。不和谐的种子飘得到处都是啊,我的神父,而且它还在散播,还在散播。

我知道,我已经渐渐失去了自己的主见。可是,我们必须由始至终保持警惕,您和我。想想莫劳德地区的人们吧,还有被我们从塔尼斯河岸驱逐出去的流浪者。还记得我们用了多长时间吗,还记得我们浪费了多少个月去抱怨和写信吗? 最后我们终于掌握了控制权。记得我做过的布道吧!最后家家户户都关上门,不再理睬他们。有些店主立刻配合了我们,他们对于上次那些流浪者的事情还记忆犹新——那些令人恶心的人、那些小偷和妓女,他们仍然站在我们这边。我记得我们当时不得不给纳西斯施压,因为他居然破例为他们提供工作,让他们夏天在他的田里帮忙。可是最后,我们还是把他们连根拔起了:那些愁眉不展的男人和他们身边那些放肆无礼的荡妇,他们那蓬头垢面、赤脚乱跑的孩子和骨瘦如柴的狗。他们离开了,志愿者们把他们留下来的污秽清理殆尽。我的神父,这一粒小小的蒲公英种子就足以将他们重新召唤回来。您和我一样,清楚地知道这一点。如果她就是那颗种子……

我昨天询问了一下乔林·德鲁,她说阿努克已经进小学上学了。一个冒失的小孩,有着和她母亲一样的黑发,脸上总是挂着毫无顾忌的、欢快的笑容。显然,乔林发现她的儿子亚诺和其他的孩子,同那个小孩在校园里玩着某种游戏。我猜测到这种堕落的榜样了,预言或者类似的无聊的东西,一袋骨头和珠子散落在地上。我太了解这个了。乔林已经不准亚诺再去和她一起玩耍了,但是那个小男孩骨子里很倔犟,所以整天都郁郁寡欢的。对付这么大的孩子,没有别的办法,就要用严格的行为准则来约束。我提议亲自和亚诺谈一谈,可是她妈妈不让。他们就是这样,我的神父,太懦弱、太懦弱。我不知道有多少人已经违背了四旬斋立下的誓言,不知道有多少人能够信守誓言。对我来说,我觉得这种禁食净化了我的灵魂。看见肉贩家的窗户我就心惊胆战,那种浓烈的气味让我头晕。突然之间就连早上普瓦图家传来的烤面包味都让我无法忍受,更不用说美术街道那里的烤肉店传来的热乎乎的油脂味了,那简直就是从地狱射出的一支箭。我自己已经有一个多星期没有碰过肉、鱼和鸡蛋了,每天仅仅靠着面包、汤水、沙拉维持度日,礼拜日才会喝一杯红酒,我被净化了,我的神父,被净化了。我多么希望自己能继续这样,这完全不是一种受罪,也不是一种救赎。有时候我觉得,如果我能给他们树立正确的榜样,如果是我在十字架上流血、受罪的话……那个女巫瓦辛拎着杂货篮走过的时候,竟然嘲笑我。他们家人都是虔诚的教徒,只有她例外,她藐视教堂,蹒跚着经过我的时候,朝我龇牙咧嘴地嘲笑我,她将草帽用红色的围巾系在头上,用拐杖敲打脚边的旗子。我是看她上了年纪才如此容忍她的,我的神父,也看在他家人为她祈祷的分上。她很倔犟,拒绝治疗,拒绝安慰。她认为自己会长生不老,可是,总有一天她会倒下的。他们都会。我会满怀谦逊地赦免她的,也会哀悼她，尽管她犯过很多错误，既自傲又自负。她最终还是脱离不了我的掌控，对吗？我的神父。最终，他们每一个人不都掌握在我手里吗？

第十一章

我一直在等她。花格子上衣,头发梳在脑后,发型没有任何特别之处,手像带枪的歹徒一样灵巧和紧张。约瑟芬·马斯喀特,狂欢节上的那个女人。她等到我的常客——杜普莱西、乔治斯和纳西斯——都走了以后才进来,两只手深深地插在口袋里。

"请来一杯热巧克力。"她很不自然地在柜台前坐下,对着我还没有来得及清理的空杯子说道。

"当然。"我没问她想要搭配什么,直接给她端来一份巧克力卷和香草鲜奶油,边上点缀着两个咖啡乳霜。她先是眯着眼睛盯着杯子看了一会儿,然后又踌躇不定地伸出手。

"前几天,"她说,用尽力保持的轻松语气说道,"我忘记付账了。"她的手指很长,虽然指尖上长着老茧,可是看着却十分柔美。平静的她,脸上少了一些惊慌的表情,几乎算是标致了,柔软的棕色头发,金色的眼睛。"对不起。"她自负地朝柜台上扔了十个法郎。

"没关系。"我尽量让自己的声音听起来很自然,不以为意,"这种情况总是有的。"约瑟芬用怀疑的目光打量了我一会儿,没有觉察出恶意,放松了一些。"这个很好喝,"她抿了一口巧克力,"真的很好喝。"

"我自己做的，"我解释道，"用巧克力液做的，没加用以凝固的油脂，几百年前的阿兹特克人就是这样喝巧克力的。"

她又飞快地用怀疑的眼神瞟了我一眼。

"谢谢你的礼物，"她终于开口道，"巧克力杏仁，我的最爱。"然后，突然之间，那些话从她的嘴里脱口而出，不顾一切，不计后果，"我不是故意拿的，她们肯定会说我的坏话，我知道。但是我不偷东西，是她们——"现在的语气充满鄙视，她的声音在愤怒和自我憎恨中变小，"——是克莱蒙特那个婊子和她的朋友，她们撒谎。"

她几乎是挑衅地看着我："我听说你不去教堂。"她的声音尖利刺耳，在这个只有我们两个人的小屋子里显得尤为如此。

我微笑道："是的，我不去。"

"如果你不去，在这里是待不久的，"约瑟芬仍然用尖利刺耳的声音说道，"他们肯定会把你赶出去的，用以前对付他们不喜欢的人的手段。你等着吧，这里的一切——"说着猛然用模糊的手势指着架子、盒子以及展示窗里的那堆东西，"——这些根本起不了作用。我听他们说了，我听到他们说的话了。"

"我也听到了，"我从银罐子里给自己倒了一杯巧克力，黑色的液体，像浓咖啡一样，我用一只巧克力勺搅拌着，轻柔地说道，"但是我可以不去理会。"说完停下来抿了一口咖啡，"你也不用去理会。"

约瑟芬笑起来。

然后，我们两个都沉默了。五秒钟，十秒钟。

"他们说，你是女巫。"又是这个词。她傲慢地抬起头："真的吗？"

我耸了耸肩，又喝了一口巧克力。"谁说的？"

"乔林·德鲁、卡洛琳·克莱蒙特、雷诺神父的那些《圣经》追随者。我听见他们在圣杰罗姆教堂外面这么说的，好像你的女儿和其他孩子说了什么关于灵魂的话。"她的声音中流露出好奇和一种潜在的、不情愿的敌意，我不明白为什么。"灵魂！"她喊道。

我看着黄色杯子上那条看不清楚的螺旋线条："我以为你是不在乎这些人说了什么的。"

"我只是好奇而已。"又是这种自负的语调，就像害怕自己被人喜欢一样，"而且，你前两天和阿曼达聊天了，这里没有人和她说话，除了我。"阿曼达·瓦辛，那个住在贫民窟的老妇人。

"我喜欢她，"我简洁地说道，"为什么不能和她聊天呢？"

约瑟芬用紧握的拳头抵着柜台，似乎十分焦虑，发出像冻过的杯子摔碎时的破裂声。"因为她疯了，这就是原因！"她在太阳穴附近挥舞着手指，模糊地暗示着，"疯了，疯了，疯了。"她的声音又低了下来。"我告诉你，"她说道，"兰瑟这里有一道分界线，"她用一根长了茧子的手指在柜台上画着，"如果你跨过了这道线，如果你不去忏悔，如果你不尊敬你的丈夫，如果你每天不去煮三顿饭，如果你不坐在火炉边，一边思考着体面的东西、一边等待他回家，如果你不生孩子——如果你不带着花去参加朋友的葬礼，或者不清理起居室或者——挖——那个——花床！"她的脸色通红，用尽全身力气吐出这几句话。她的愤怒如此强烈，喷薄而出。"那么，你就疯了！"她啐了一口。"你就疯了，你就不正常，人们——谈论——你——在你背后——而且——而且——而且——"

她突然停下来，痛苦的表情从脸上消失。我看见她的目光越过我看着窗外，但是玻璃杯上反射的影子足以模糊了她此刻看到的东西。此刻，似乎有一扇百叶窗正在下降，遮住了她的脸庞，那张脸又回归到木然、隐秘和绝望。

"对不起，我刚才有点失控了。"她喝掉最后一口巧克力，"我不应该和你说话，你也不应该和我说话，事情已经够糟糕的了。"

"阿曼达是这么说的吗？"我轻轻地问道。

"我该走了。"她又将紧握的拳头紧紧地扣在胸骨上，全身处于戒备状态，这种姿势似乎成了她的招牌动作。"我该走了。"那种沮丧的表情又重新回到她的脸上，她的嘴巴向下扯着，像是恐慌一般微张着，这样的她看着有一种几乎笨拙的智慧。和几分钟之前那个同我说话的愤怒的、痛苦的女人完全判若两人。什么东西——她看见了谁——才让她突然之间有此反应呢？她离开巧克力店的时候，使劲地缩着头，就像正在躲避一场暴风雪一样。我走到窗户旁看着她，没有人靠近她，没有人朝她的方向看。突然，我注意到，雷诺就站在教堂的拱门下面，雷诺和一个我不认识的秃顶男人，两个人正死死地盯着巧克力店的窗户。

　　雷诺？那会是她害怕的原因吗？一想到他可能是那个警告约瑟芬离我远一点的人，我就感觉一阵毫无来由的恼怒。但是，之前提到雷诺的时候，她似乎很藐视他而不是害怕他。他旁边的那个男人个子不高，但是很壮实；花格子衬衣的袖子卷了上去，露出半截又红又亮的胳膊，一副小小的学者模样的眼镜古怪地、极不协调地挂在那厚厚的、胖胖的脸上，带着一种看不真切的敌意。终于，我想起来了，我之前见过他，他就是带着白色胡子、穿着红色袍子、向人群里撒糖果的那个人。就是狂欢节上的那个圣诞老人，向人群里面扔夹心糖，但是脸上的表情就像是恨不得把人们的眼珠子挖出来一样。这时有一群孩子跑到我的窗户旁边，我不能继续看下去了，但是我现在大概知道约瑟芬为何如此匆匆忙忙地逃离了。

　　"露西，你看见广场上那个男人了吗？就是穿着红色衬衣的那个？他是谁？"

　　露西做了一个鬼脸。白色巧克力小老鼠就是她的软肋，十法郎可以买到五个，我向纸袋子里面多放了两三个。"你认识他吧，对不对？"

她点点头:"他是马斯喀特先生,那个咖啡店的老板。"我知道,就是法郎布尔如瓦大街尽头那个沉闷的小地方,石子地板上摆着六张金属桌子,一把褪色的法奇那阳伞。只有一个古老的招牌标识着它的身份——共和国咖啡厅。小女孩抓着她那袋糖果,转身准备离开,犹豫了一下,又转过身来。"你永远都猜不出他最喜欢的口味,"她说道,"他从来没有吃过巧克力。"

　　"太让人难以置信了,"我微笑道,"每个人都有最爱的口味,马斯喀特先生也不例外。"

　　露西听完想了一会儿:"或许,他最喜爱的口味是他从别人那里抢过来的。"她一派天真地告诉我,然后就走了,出去还不忘透过展览窗朝我轻轻挥了挥手。

　　"告诉阿努克我们放学之后要去莫劳德玩!"

　　"我会的。"莫劳德。我不知道他们到底在那里找到什么好玩的东西了。河水是黄色的,岸上散发着臭烘烘的味道,窄小的街道上漂浮着垃圾,可是它却成了孩子们的绿洲。儿童小分队,用扁平的石头在混沌的河水上打着水漂,互相诉说着悄悄话,用树枝做剑,用大黄叶子做盾牌,然后在黑莓藤中间和坑道里打仗,四处找来找去,流浪狗,谣言,偷窃的快乐……阿努克昨天从学校回来时,步伐又重新恢复了轻快,还给我看了她画的一幅画。

　　"那是我。"一个穿着红色罩衣、顶着一头乱蓬蓬黑发的女孩身形。"这是袋鼠。"那个兔子像只鹦鹉一样趴在她的肩膀上,耳朵机警地立了起来。"还有亚诺。"一个男孩模样的人穿着绿色的衣服,一只手伸开。两个孩子都在微笑。似乎母亲们——甚至连做学校老师的母亲们——都不允许自己的孩子去莫劳德地区。那个人偶像仍然放在阿努克的床头,她把这幅画贴在人偶上面的墙上。

　　"袋鼠告诉我该怎么做。"她随意地两手一搂把袋鼠抱了起来。

借着这个光线,我能清楚地看见它,就像一个长了胡子的小孩一样。有时候,我也会提醒自己,不应该纵容她的这种假想,但是却又无法忍受让她承受那种孤单。或许,如果我们能够待在这里,袋鼠可以被真实的玩伴代替。

"我很开心,你们还能继续做朋友,"我和她说道,亲了亲她头顶上卷曲的头发,"问问亚诺要不要最近哪天过来,帮我消灭掉那些展览品,你也可以带其他朋友过来。"

"那个姜饼屋吗?"她的眼睛犹如射在水上的阳光一样晶亮,"哦,太好啦!"突然多了这么多好吃的让她开心地在屋子里跳了起来,差点把一个凳子踢翻了,她用力跳了一下,似乎在绕开一个假象中的障碍物,然后一步三个台阶跑上了楼——"看谁跑得快,袋鼠!"砰的一声,她推开了门,门撞在了墙上。对她来说,这是一种突如其来的甜蜜的爱,也一如既往地把我弄得措手不及。我的小小陌生人,从来不安静,从来不老实。

我又给自己倒了一杯巧克力,门上的铃铛响了,我转过头。有那么一秒钟,我看见了他没有设防的脸,那看着我若有所思的表情,略微抬起的下巴,端正的肩膀,裎亮光裸的前臂上凸出的青筋。然后,他笑了,毫无温暖的、空洞的微笑。

"马斯喀特先生,对吧?"我在想,他想要什么,他看着和这里格格不入。他先四处瞟了瞟,然后低下头,看着展示窗。他的眼睛没有看我的脸,而是有意无意地扫过我的胸部,一次、两次。

"她要了什么?"他的声音很轻,但是口音却很重。他摇了一下脑袋,似乎不敢相信。"她在这种地方想要什么东西呢?"他指着一托盘的糖汁杏仁,那个一包售价五十法郎。"这种东西吗,嗯?"他两手摊开,询问我,"婚礼和洗礼仪式上的。她要婚礼和洗礼仪式上用的东西干吗?"他再次笑了一下,带着谄媚的表情,想施展魅力,但是却不起作用。"她买什么了？"

"我想你指的是约瑟芬吧？"

"她是我妻子。"他说这几个字的时候，语调十分古怪，有点像最后的总结陈词，"这就是你的女人，你自己拼死拼活挣钱生活，她们又在做什么，嗯？把钱浪费在——"又指了一下周围摆好的巧克力松饼、杏仁蛋白水果花色拼盘、银色的包装纸、丝绸花朵。"那是什么，一个礼物？"他的声音里充满质疑，"她买这个礼物送给谁？给自己？"说完干笑了几声，似乎这个想法很荒唐。

我看不出他到这里来所为何事。但是他的态度却有点不和善，眼睛周围流露出紧张，手挥舞着，这些让我十分防备。不是为了我自己——和母亲在一起生活多年，我已经学会了足够多的方法来照顾自己——而是为她。我还来不及阻止，一个影像就从他那里跳到我这边：一个血淋淋的关节在烟雾中看得不甚清楚。我在柜台下面握起拳头。我不想从这个男人身上看见任何东西。

"我想你误会了，"我对他说道，"我把约瑟芬叫进来喝了一杯巧克力，作为朋友。"

"噢。"他似乎有一瞬间的惊讶，然后又发出了狗吠一样的笑声。这次的笑声似乎非常自然，大概是真的因为鄙视而觉得十分可笑吧。"你想和约瑟芬做朋友？"说完又若有所思地打量着我。我感觉他在拿我们两个作比较，那双红红的眼睛越过柜台扫了一眼我的胸部。再次开口的时候，他的声音中带着一种怜爱，像是呢喃细语——他大概把这种语调想象成为引诱吧。"你是新来这里的吧，对吗？"

我点点头。

"或许我们可以找个时间聚聚，你知道的，互相了解一下嘛。"

"或许可以，"我尽量让声音听起来自然一些，"或许你也可以让你的妻子过来。"我平静地加了一句。

突然，他又看了我一眼，这一瞥带着一种估量，暗暗地藏着一种质疑。"她没有乱说什么话吧，有没有？"

"什么话？"我无辜地问道。

然后他很快地摇了摇头。"没什么，没什么，她就知道说话，除了说话什么也不做。每天都是如此。"说完又发出几声闷闷的干笑，"你很快就明白了。"他带着令人讨厌的自满补充了一句。

我不置可否地哼了几下。然后，我突然想到了什么，从柜台下面拿出一小包巧克力杏仁递给他。

"或许你可以帮我把这个送给约瑟芬，"我轻快地说道，"我本来打算送给她的，但是刚才忘记了。"

他看着我，没有动。"把这个送给她？"他又问了一遍。

"免费的，"我抛出了我最迷人的微笑，"送她的一个小礼物。"

他听完咧开嘴笑了起来，随便捏起包装巧克力的漂亮的银色香袋。"我会把这个给她。"他说道，然后笨拙地把袋子塞进了夹克的口袋里。

"这是她最爱吃的。"我告诉他。

"你要是天天这样免费送人东西的话，你这个买卖很快会做不下去的，"他语带溺爱地说道，"不到一个月，你就会破产的。"然后又是不善的、贪婪的表情，好像我也是一块他等不及要打开包装的巧克力。

"那就看吧。"我柔和地说道，看着他离开我的小店，走上了回家的路，肩膀耷拉着，学着矮胖的詹姆斯·迪安般大摇大摆地走着。还没走到我看不见的地方，他就赶紧拿出我送给约瑟芬的巧克力，打开了包装。或许，他就是想让我看见吧。一个、两个、三个，他的手向嘴巴里送着，懒洋洋的一下、一下，很是从容。还没有穿过广场，那张银色的包装纸就被揉成一团，巧克力已经不见踪影。他往嘴里塞巧克力的样子,就像一只急于吃完自己的食物、然后再去从别人的盘子里抢食的狗一样。经过面包店的时候,他随手举起银色的纸团,朝屋外面的垃圾桶扔去,可是没有投中,纸团砸到了垃圾桶的边缘,弹了回去,掉在石缝里。然后他头也不回,继续走他的路,经过教堂,沿着法郎布尔如瓦大街走去, 他脚上那双军靴敲打在光滑的石子路上,发出咣咣的声音。

第十二章

2 月 21 日　星期五

　　昨天晚上天气又变冷了。圣杰罗姆教堂上的风向标转动起来，整个晚上都胡乱地转着，不停地摩擦着生锈的底座，发出刺耳的声音，好像在对侵入者发出警告一般。一大清早就下起了浓浓的大雾，连店对面不到二十步的教堂塔楼看着都很遥远，犹如鬼影；为数不多的人朝着教堂走去，弥撒的钟声敲响了，透过厚厚的、如棉花糖一样的浓雾，发出闷闷的声音，人们竖起衣领，抵挡浓雾，向上帝请求赎罪。

　　阿努克喝完了早餐的牛奶之后，我给她裹上红色的大衣，没有理会她的抗议，又往她的头上盖了一顶绒线帽子。

　　"你不想吃点早餐吗？"

　　她断然地摇了摇头，从柜台旁边的盘子里抓起一个苹果。

　　"不亲我一下吗？"这已经成为早晨的一种仪式了。

　　她的手臂俏皮地圈住我的脖子，嘴巴湿漉漉地碰了一下我的脸颊，然后她咯咯地笑着跳开了，站在门廊前冲我抛了一个飞吻，然后就跑到广场上去了。我故意擦了擦脸，做出受到惊吓、讨厌的表情。她开心地笑了起来，冲着我吐了一下尖尖的小舌头，双手围着嘴巴做喇叭状喊道："我爱你！"然后就像一条深红色的飘带一样消失在大雾里,她的小书包拖在身后。我知道,用不了三十秒,她肯定会把绒线帽子拿下来放到书包里,和书本、纸张以及其他讨厌的暗示大人世界的东西放在一起。突然之间,我又看见了袋鼠,蹦蹦跳跳跟在她后面,我赶紧将这个多余的景象从脑子里驱逐出去。可是又突然觉得怅然若失——没有她,这一天我该如何独自面对? 我很艰难地压制住喊她回来的冲动。

今天早上来了六位顾客。其中一位是杜普莱西,他刚从肉贩家回来,买了一块石香肠,包在纸里面。

"查理喜欢吃石香肠,"他认真地告诉我,"它最近胃口不太好,但是我相信它肯定爱吃这个。"

"别忘了你也要吃的。"我温柔地提醒他。

"那是当然。"他冲我亲切地、满含歉意地笑了笑,"我的饭量就像一匹马,真的。"他突然露出受伤的表情。"当然了,现在是斋戒时期啊,"他说道,"你认为动物不需要遵守四旬斋的禁食规定吧,是不是?"

看着他沮丧的样子,我摇了摇头。他的脸庞不大,五官长得十分精致。他是那种会把饼干分成两半、把另外一半留着以后吃的男人。

"我觉得你们两个都应该对自己好一点。"

杜普莱西挠了挠查理的耳朵。小狗有点无精打采的,对身边的篮子里放的肉贩的包装纸里面的东西完全提不起兴趣。

"我们会的。"他的笑容和谎言一样自动地反射出来,"真的,我们会的。"然后将杯子里的巧克力浓咖啡喝完。

"真是好喝极了,"他一如既往地说道,"我真心的赞美,罗切夫人。"我已经很久没有要求他喊我薇安了,他的礼仪教养不允许他这样做。然后他把钱放在柜台上,捏起那顶旧毡帽,打开门。查理赶紧跑到他脚下,跟着他,突然轻轻地向一边倒了一下。门刚刚在他们身后关上,杜普莱西就弯下腰把它抱了起来。

到吃午饭的时候,我又迎来了一位访客。我立刻认出了来人,尽管她的身形遮掩在松松垮垮的男式大衣下,那张聪明的晚熟苹果般的脸庞被黑色的草帽遮掩着,脚下笨重的工作靴也罩在黑色裙子下面。

"瓦辛夫人! 你说过要顺便来看看的,是吧? 我给你倒点喝的。"那双明亮的眼睛赞赏地眨了一下,从小店的一边打量到另一边,我知道,她已经将一切尽收眼底了。最后,她的目光停留在阿努克写的商品清单上面:

热巧克力饮料	10 法郎
巧克力浓咖啡	15 法郎
热巧克力	12 法郎
穆哈咖啡	12 法郎

看完后,赞许地点了点头。"我已经很多年没有吃过这些东西了,"她说道,"我都快忘了世上还存在这种地方。"她的声音里蕴含着能量,动作十分有力,这和她的年龄完全不相称。她的嘴边有一条笑纹,这让我想到了母亲。"我过去很喜欢巧克力的。"她郑重地说道。

我用高脚杯给她倒了一杯穆哈咖啡,又往泡泡里面加了一点甘露咖啡力娇酒,她站在那里,带着些许怀疑的神情打量了一下高脚凳。

"你不是想让我爬上去吧,对吗? "

我笑了起来。"如果我知道你要来的话,一定会拿个梯子来的。等一等。"我到厨房里把普瓦图送的那把橘黄色椅子拿了出来,"试试这把椅子。"

阿曼达双手捧着杯子，扑通一声坐了下去。她的表情和孩子一样急切，两只眼睛闪着光，全神贯注地看着手里的东西。

"嗯——"这不仅仅是一句赞叹，简直可以算是崇敬了，"嗯——"她闭着眼睛，极其享受地品味着咖啡。那种快乐几乎让人吓了一跳。

"我不是在做梦吧，对吗？"她停了一会儿，明亮的眼睛半闭着，似是在思索，"这里面有奶油，还有——肉桂，我想想——还有其他什么东西？牙买加咖啡香甜酒？"

"很接近了。"我赞叹地说道。

"越是不让你吃的东西，吃起来就越是美味啊，"阿曼达煞有介事地说道，带着满足的神情抹掉嘴边的泡沫，"但是这个——"她再次贪婪地抿了一口，"比我记忆中所有美味的东西都好喝，甚至比孩提时吃的东西还美味。我敢说，这里面一定有一万卡路里的热量，也许更多。"

"为什么不让你吃？"我很好奇。她如松鸡般娇小圆润，似乎和她那个体型高大的女儿完全不一样。

"哦，医生。"阿曼达轻哼了一声，"你知道他们什么样吧，他们什么话都说。"她停顿了一下，顺着吸管又喝了一口。"噢，这个太好喝了，好喝。卡洛多年以来一直试图劝我回什么家里去住，不喜欢我住在她隔壁，不喜欢因为我而想起自己从那里出生。"说完，她哈哈地大笑起来。"说我生病了，没办法照顾自己，就把她那个可怜的医生打发过来，告诉我能吃什么，不能吃什么。每个人都以为他们是想让我长命百岁。"

我笑了起来。"我相信卡洛琳还是很在乎你的。"我说道。

阿曼达嘲弄地看了我一眼。"噢，是吗？"说完，继续很粗俗地大笑起来，"姑娘，你不用安慰我。你心里非常清楚，我女儿除了自己之外谁都不在乎。我可不是傻子。"说到这里,她停住了,眯着那两只明亮的眼睛,富有挑战性地看着我。"我是同情她儿子。"她说道。

"儿子?"

"卢克,他的名字,我的外孙,四月份就满十四岁了。你或许在广场上看见过他。"

我模模糊糊地记得这个孩子:一个毫无生气的男孩,非常中规中矩,穿着熨烫得笔直的法兰绒裤子和花呢子夹克,长而柔软的头发下面一双冷冷的蓝灰色眼睛。我点点头。

"我遗嘱继承人上写的是他的名字,"阿曼达告诉我,"五十万法郎,他过了十八岁生日就可以自由使用了。"她耸了耸肩,"我从来都见不到他,"然后很快补充了一句,"卡洛不让。"

我看见过卡洛带着她儿子,现在我记起来了,两个人一起经过我门口去教堂的时候,那个男孩搀扶着母亲的胳膊。他和所有兰瑟的孩子都不合群,也从来没有从我的店里买过巧克力,尽管我好像记得他曾经朝窗户里看过一两次。

"他最后一次来看我时还是十岁呢。"阿曼达的声音少有的平静,"和他有关的记忆似乎都是一百年前的事情了。"她喝完了自己的巧克力,把杯子放回到柜台上,发出一声尖锐的、决绝的声音。"我记得,那次他过生日,我送了他一本兰波的诗集,他非常地——疏远。"她的语气中透着一丝苦涩,"当然,那之后我也在街上看到过他好几次,"她继续说道,"我也不能抱怨。"

"为什么不给他打电话呢?"我好奇地问道,"把他约出来谈谈,试着了解他?"

阿曼达摇了摇头。"我们不和,卡洛和我。"她忽而抱怨起来。提起那个男孩,她的脸上挂着笑容,但突然之间,她苍老得让人惊讶。"她以我为耻。上帝知道,她和我外孙说了什么。"她摇了摇头,"不,太晚了。我能从他的脸上看出来——那种疏远的表情——圣诞节卡片里那些礼貌而毫无感情的话语。这个男孩太礼貌了，太过中规中矩了。"她又苦笑了一下，"这个礼貌而中规中矩的孩子。"

她转过脸看着我，给我一个明朗而勇敢的微笑。"如果我知道他在忙些什么的话，"她说道，"知道他在读什么书，他支持哪个球队，他有哪些朋友，他在学校成绩怎么样。如果我要知道的话——"

"如果？"

"我可以欺骗自己——"我看见她闭上眼睛，泪水溢出眼角。很快，她停了下来，努力平复情绪，找回自己的意志。"你知道吗，我想我或许还能来一杯你特制的巧克力。再给我一杯怎么样？"她在故作坚强，但是对于这种方式，我崇敬得无以言表。身处悲伤之中，她仍然能够奋起反抗，她把胳膊肘放在吧台上，支起身子，拿着杯子咕噜咕噜地喝着，动作中有点故作趾高气扬的意思。

"嗯——我想我刚刚死了，现在已经进入了天堂。就算没有进去，也就差那么一点儿了。"

"如果你愿意的话，我可以帮你打听卢克的消息，然后告诉你。"

阿曼达静静地思索着这个提议。我感觉到那双眼睛在低垂的眼睑下打量着我，带着一种审视的意味。

最后，她终于开腔了。"所有的小男孩都喜欢糖果，对吧？"她说得很随意。我说大部分男孩子如此。"他的朋友也来这里吧，我猜？"我告诉她我不太清楚他的朋友是谁，但是大部分孩子一般都会光顾这里。

"我也许会再来的，"阿曼达似乎下了决心，"我喜欢你的巧克力，虽然你的椅子很恐怖。或许我还会成为常客呢。"

"那可是求之不得啊！"我说道。

又一阵沉默。我知道，阿曼达·瓦辛有她自己的行事方式，按照自己的想法来,不喜欢有人催促和提建议。我还是让她自己慢慢想吧。

"这个,你拿着。"她已经做出决定了,动作轻快地把一张一百法郎放在柜台上。

"可是我——"

"如果看到他,给他一盒他喜欢吃的东西,别告诉他是我买的。"

我收下了钱。

"别让他母亲影响到你。她已经对你心存芥蒂了,很有可能在外面散布闲言碎语,总觉得她自己高人一等似的。我唯一的外孙,她也要把他变成雷诺救赎团的一员。"她淘气地眯了眯眼睛,圆圆的脸颊上挤出网状的皱纹。"我听到一些关于你的传言,"她说道,"你知道是什么,和我混在一起只会让事情更糟糕。"

我笑了。"我认为我可以应付。"

"我也认为你可以。"她看着我,表情突然之间变得很认真,语气中没有任何调侃玩笑的意思。"你身上有些东西,"她轻柔地说道,"似曾相识。在莫劳德那次见面之前,我们应该没有见过,对吧?"

里斯本、巴黎、佛罗伦萨、罗马。众多的人,与如此多的生命交叉,短暂地有了交集,然后被遗忘,继续踏上我们异常曲折的旅行路线。可是,我仍然肯定,我们之前没有见过。

"还有这个味道,有点像燃烧的感觉,像夏天一个闪电打过十秒之后的气味,像仲夏的暴雨和雨中的玉米地的气味。"她的脸庞忽然变得十分热切,眼睛探究着我,"是真的,对吧?我说的那些话?你的身份?"

又是那个词。

她愉快地笑着,拉起我的手。她的皮肤冰凉,手很硬,几乎没有什么肉。她摊开我的手掌,看着我的掌纹。"我就知道!"她的手指沿着我的生命线和感情线划动,"第一眼看见你,我就知道了!"她低下头,声音很小,几乎像是对着我的手吹气,"我就知道,我就知道。但是我没有想到会在这里遇见你,在这个镇子。"她抬头瞥了我一眼,目光尖锐,带着怀疑。

"雷诺知道吗？"

"我不确定。"这句话是真的,我不知道她在说什么。但是我也能闻到,一种风向改变的气息,一种启示般的气息,一种远远传来的火和清新空气的味道。闲置了很长时间的齿轮发出尖锐的声音,地狱中的机器同时启动。或许约瑟芬说得对,阿曼达很疯狂,毕竟,她也能看到袋鼠。

"不要让雷诺知道,"她对我说,那双疯狂、热切的眼睛闪闪发光,"你知道他是谁吧,是不是？"

我盯着她,肯定也想到了她接下来说的话。或许,我们的梦曾短暂地接触过,在我们逃亡路上的某个夜晚。

"他是'黑衣男子'。"

雷诺,就像一张预示厄运的牌,一次又一次,笑声似乎近在眼前。

我把阿努克哄睡以后,拿出母亲的占卜牌,这是自从她去世以后我第一次用这个。我把它收藏在一个檀木盒子里,牌已经松软了,上面满是她的气息。这种气息将各种回忆如潮水一般带了回来,一瞬间,我迷惑了,愣在那里,忘记了去解读这些牌。纽约,热狗摊上滚滚而上的蒸汽;巴黎和平咖啡店里圣洁的侍者;圣母大教堂外面一个正在吃冰激凌的修女;住了一晚的饭店房间;粗暴的守门人;怀疑我们的警察;好奇的游客。但是,在这些东西的背后都有它那模糊的影子,我们一直躲避的无以言表、难以名状的东西。

我不是我母亲,我不是一个逃犯。可是,想要去看、去知晓的欲望实在太强烈了,所以我还是情不自禁地伸出手,把它们从盒子里拿了出来,摊开——正如我母亲在床边做的那样。我转过头看了一眼,确定阿努克在熟睡,因为我不想让她发现我的不安。然后,我洗牌,切牌,洗牌,再切牌,直到剩下四张牌。

十把剑。死亡。三把剑,死亡。两把剑,死亡。战车,死亡。隐士。高塔。战车。死亡。

这些牌是我母亲的,和我一点关系都没有,我安慰自己,尽管隐士很容易辨认,但是高塔?战车?死亡?

"死亡牌,"母亲的声音从我体内传出来,"不一定预示着自身身体上的死亡,也有可能是一种生活方式的死亡。"一种改变,风向的转变。它们指的会是这个意思吗?

我不相信占卜之说,至少不像她那样,我不会用它来安排我们的行程路线,也不会拿它作为消极逃避的借口,或者在事情从不好变得更糟糕时,把它作为精神支柱,或者用它来粉饰内在的混乱。我听到了她的声音,这声音和我在船上听到的一模一样,她的力量变成了一种单纯的固执,她的幽默变成了古怪的绝望。

迪士尼乐园怎么样呢?你觉得呢?佛罗里达呢?埃弗格来兹呢?新大陆上有那么多值得去看的地方,那么多我们连想都想不到的东西。你觉得怎么样?这是占卜牌的含义吗?

那时,死亡出现在每张牌上,死亡和"黑衣男子",它们代表的意思渐渐趋于一致。我们逃避着他,他尾随着我们,装在檀木盒子里。

为了消除他的阴影,我读了荣格和赫尔曼·海塞的书,看了一些关于潜意识的内容。占卜是一种手段,告诉我们自己原本已经知道的、我们心里所害怕的东西。没有所谓的魔鬼,那些只是各种文明共通的原始意象。害怕失去——死亡，害怕流离失所——高塔，害怕无常——战车。

但是母亲仍然去世了。

我把占卜牌轻轻放回到散发着香味的盒子里。再见，母亲，这里会是我们旅行的最后一站。我们要待在这里，不管这股风会给我们带来什么，我们都会勇敢面对。我以后不会再看这些占卜牌了。

第十三章

2 月 23 日　星期日

　　保佑我,神父,因为我有罪。我知道您能听见我的祷告,我的神父,除了您之外,我不想再对谁忏悔。肯定不会对着主教忏悔,他只是安安稳稳地守在遥远的波尔多教区。教堂看起来如此冷清。我突然觉得站在圣坛下面的自己非常愚蠢,看着镀着金边的我们的主那痛苦的模样——上面的金粉已经被蜡烛的烟熏得发黄了,一片片黑色的污渍让他显得十分神秘诡异, 似乎在守着某种心照不宣的秘密——祈祷,过去这对人们来说是一种赐福,是快乐的源泉,而现在,却变成了一种负担,我似乎站在荒山旁边呼喊,随时可能引发山石崩落,把我砸在下面。

　　这是怀疑吗,我的神父? 我内心的寂静,没有能力去祈祷、去净化内心、让自己谦卑起来……这是我的错吗? 看着这个被我视如生命的教堂,我试着去爱上它。像您一样爱它,爱那些雕像——鼻子薄如刀削的圣杰罗姆、微笑的圣母玛利亚、高举旗帜的圣女贞德、正在画鸽子的圣弗朗西斯。我本人是很讨厌鸟类的,当然我也感到这样的憎恨与我的身份不相符,可我还是控制不住。它们的叫声,还有肮脏——甚至连教堂的门上,还有白色的石灰墙上都粘着它们留下来的喷射状的绿色粪便——布道时它们发出的噪音。圣器室里有很多老鼠出没，它们总是啃咬里面的弥撒祭服，我就下了药毒死它们。难道我就不应该去毒死那些打扰我做弥撒的鸽子吗？我的神父，其实我尝试过了，但没有成功。或许圣弗朗西斯在护佑它们吧。

如果我能活得更有价值就好了，这样没有价值的日子实在太令人沮丧了，我的智慧——让我在这群教徒中鹤立鸡群的智慧——唯一的价值就是把上帝选择服务的人衬托得更加愚蠢和低贱。难道这就是我的宿命吗？我梦想过做伟大的事情，比如牺牲或殉难。可是，现在我只能在苦闷中消磨时间，这些对我甚至对于您而言都毫无价值。

神父啊，我的罪过就是过于偏狭。鉴于此，上帝也沉默不语，我明白，可是，我不知道该如何根治这种狭隘顽疾。我对自己的四月斋要求更加严格了，连斋戒结束该放松时，我依然继续坚持。比如今天，我把礼拜日祭酒浇到绣球花中，深切地感觉到灵魂向上飘升。现在，我的配餐只有水和咖啡，咖啡也只喝黑咖啡，完全不加糖来遮盖它的苦味。今天，我吃了胡萝卜沙拉，加了一点橄榄油——都是野生的根茎和浆果。真的，我现在觉得有点轻飘飘的，但不是那种不愉快的感觉。一想到免职都能让我开心，我就有一种深深的负疚感，我决定将自己放在诱惑的道路上。我要在窗口站上五分钟，看那些小鸡啄食。如果阿诺德奚落我，那更好。不管怎么样，斋戒期间，他都出不来。

至于薇安·罗切……这几天我几乎快把她忘记了。经过她的巧克力店，我一般都会把脸撇过去。尽管现在是斋戒期间，尽管兰瑟这边正直的人们都对她嗤之以鼻，可是她的生意似乎越来越好了，我估计是因为人们对这种店还有好奇心吧。这种新鲜感迟早会过去的。我们这个教区的信徒手里没有多少钱，勉强够维持每日所需罢了，根本消费不起这种只适合大城市的商品。

天上人间糖果巧克力店，甚至连这个名字都透露着刻意的侮辱。我应该坐车去阿根，找那里的房租中介训诫一番，怎么能允许她这样的女人来这里租房子呢？那个店刚好处于镇中心，在某种程度上也保证了她的生意，鼓励人们去沉迷放纵。我应该去通知主教一声，或许他能够运用一下我不具备的影响力。我今天就给他写信。有时候也能在街上看见她，她穿着一件带绿色雏菊的黄色雨衣，要不是尺寸比较大，还真像儿童装，而且穿在一个成年女性的身上，实在有点不端庄。她的头发露在外面，即使下雨也不遮盖一下，像海豹皮一样散发出柔和的光芒。到了雨篷下，她就像拧干衣服那样拧干头发。那儿通常也有其他人在，他们都是一边躲避阵雨，一边看着橱窗里的展示品。她又新安装了电子取暖器，那东西离柜台很近，能保证供暖，但是又不会太近，以免把她的器皿烤坏了，店里面还安装了高脚凳，蛋糕和各种甜点用玻璃罩护着，炉子上摆着银色的巧克力壶，看着不像是一家商店，倒像一个咖啡馆。那几天，我经常看见里面十几个人，有的站着，有的倚靠着铺有垫子的柜台聊天。礼拜天和星期三下午，烘烤东西的香味就会弥漫在潮湿的空气中，她会靠在门廊上，满胳膊粘着面粉，朝路人冒冒失失地打招呼。她现在认识的人居然那么多，这是我没有想到的——我来这六个月才认识所有的人——她似乎事先已经做好准备，知道如何询问他们是否碰到什么问题，然后给他们提个建议什么的。普瓦图的关节炎，兰伯特当兵的儿子，纳西斯和他引以为傲的兰花，她甚至连杜普莱西那条狗的名字都叫得出来。哦，她简直太狡猾了，想不引人注意都难。人们不得不回应她，不然就会很失礼。甚至连我——都要微笑点头致意，尽管心里已经怒火熊熊。她女儿和她简直一模一样，经常和一群比她大的男孩女孩一起到莫劳德那边疯跑。那些孩子都八九岁的样子，大部分人都很喜欢她，对她像对待妹妹或者吉祥物一样。他们总是一起疯跑,乱叫,用胳膊做出轰炸机的样子互相扫射,唱歌,或者你嘘我,我嘘你的。亚诺·德鲁也在其中,毫不理会他妈妈的担心。有一两次,他妈妈试图禁止他与她玩耍,可是他越来越不听话了,每次被锁在屋里,他就偷偷从卧室的窗户爬出去。但是,我的神父,我真正担心的不是这几个调皮捣蛋的小鬼胡闹,而是更为严肃的东西。今天弥撒之前,经过莫劳德的时候,我看见一艘船屋停靠在塔尼斯河边,那艘船你我都不陌生。船身破破烂烂的,漆成绿色,但是油漆已经剥落得十分严重,白铁的烟囱吐着黑色的有毒烟雾,船顶是波浪形的,和马赛市郊贫民窟的木板棚顶子差不多。您和我都知道,这代表着什么,这会带来什么。公路边,初春的蒲公英已经从湿润的草皮里探出了头。每一年,他们都会这么做,从上游的城市或者贫民窟甚至更远的地方,比如阿尔及利亚和摩洛哥过来,到处找工作,找地方安顿下来,养家糊口……今天早上,我专门布道,反对他们。但是我知道,尽管如此,有一些教徒——比如纳西斯之流——肯定会不顾我的反对去欢迎他们。他们是居无定所之人。他们没有尊重,也没有价值观。他们是河上的"吉卜赛人",一旦安定下来,就会传播疾病、偷窃、谎言和谋杀。如果让他们待在这里,他们肯定会毁掉我们所有的努力成果,神父,我们所有的教育成果。他们的孩子会和我们的孩子跑来跑去,最终我们对孩子的培养就会毁于一旦。他们会偷走孩子的心灵和智慧,教他们去憎恨和藐视教堂,教他们懒惰,不去承担责任,教他们去犯罪,去吸毒。难道他们已经忘记那年夏天发生的事情了吗?难道他们这么愚蠢,以为同样的事情不会再发生第二次吗?

我今天下午去停船的地方看了看,又多了两艘船,一艘是红色的,一艘是黑色的。雨停了,两艘船之间挂着一条晾衣绳,上面乱七八糟地挂着几件孩子的衣服。在那艘黑色的船上,一个男人坐在甲板上,背对着我钓鱼。那个人的红头发很长,用一块布扎了起来,光裸的胳膊上有指甲花染成的文身,延伸到肩膀。我站在那里打量着那些船,真是太破旧了,他们怎么会穷得如此理直气壮呢?他们这样对自己有什么好处呢?我们这个国家很富裕,是一个欧洲强国,肯定会有适合这些人的工作,体面的工作,体面的住房。他们为什么要选择这样游手好闲而且穷困悲惨的生活方式呢?他们怎么会这么疯狂?黑船甲板上的那个红发男人做了一个自我防卫的手势,然后又转身回去继续钓鱼了。

"你们不可以待在这里,"我隔着河喊道,"这边是私人的地盘,你们必须挪一挪。"

船上传来一阵讥笑和嘲弄声。一股愤怒突然冲到我的头顶,可是表面上,我仍然装作十分平静。"你可以和我谈谈,我是神父,我们也许能找到解决方法。"我喊道。

几张脸出现在三艘船的窗边和舱口。我看见四个孩子、一位年轻的妇女带着一个婴儿和其他三到四个年纪稍长的人,他们那尖刻的脸上满是怀疑。我注意到他们转向"红头发"寻求指示。我对他说道:"喂!你!"

他摆出一副洗耳恭听的样子,故意讽刺我。

"为什么不到这边来,我们谈谈呢?这样隔着半条河,我没办法和你解释清楚。"

"解释吧。"他说道,说话带着浓重的马赛口音,我努力地辨认出他说的是什么,"我听得见,很清楚。"船上的其他人你捅捅我,我捅捅你,相互窃笑着。我耐心地等他们安静下来。

"这里是私人的地方,"我又说了一遍,"恐怕你们不能待在这里,河岸边有人居住。"我指的是马雷大道那边沿河的房子。的确,那边有不少房子现在已经无人居住了,因为潮湿和无人照看而破败不堪,但是,有些人还在那里住着呢。

"红头发"傲慢地看了我一眼,"那这里也有人住着呢。"他回答道,暗指这些船。

"我理解,但是——"

他打断我的话。"别担心,我们不会长待的。"听他的语气,似乎不想多谈,"我们的船需要修补一下,再补充点供给。这些事情在小村子里面是没有办法完成的。两个星期就好,顶多三个星期。我想这样你能忍受吧?"

"或者大一点的地方……"他这种傲慢无礼的样子把我激怒了,可是我依然不动声色,"比如阿根这样的镇子,或者——"

他又打断道:"不可能,我们就是从那儿来的。"

我知道他说的是真的,阿根对待这些漂泊不定的人态度十分强硬,多么希望兰瑟也能有自己的警察。

"我的引擎出了点问题,沿河而下走了好多里路,只有把它修好了,我才能继续向前走。"

我端起了肩膀。"我想在这里你找不到想要的东西。"我说道。

"哦,每个人都有自己的想法。"他似乎被我逗乐了,语气像是在打发我走人。其中一个老女人咯咯地笑了起来。"神父也有资格保留自己的想法。"其他人也笑了起来。我要维护自己的尊严,这些人不值得我生气。

我转身要走。

"哦,哦,原来是神父先生啊。"声音是从我身后传过来的,我吓得哆嗦了一下,惹来阿曼达·瓦辛一阵欢快的笑声。"吓着了,哦?"她恶毒地说道,"你应该害怕的,这里不是你的领地吧,是不是?这次的任务是什么,改造异教徒?"

"夫人,"虽然她傲慢无礼,但是我仍然朝她礼貌地点了点头,"我相信,您的身体一定很不错。"

"哦,真的吗?"她那双黑色的眼睛带着笑意,"我怎么感觉你已经迫不及待想给我举行最后一次仪式了呢?"

"没有这回事,夫人。"我用冷静威严的口吻说道。

"那就好,因为我这只老绵羊是永远不会再回羊圈的。"她断然说道,"无论如何,可能对你来说有点难以接受。我记得你母亲曾经说过——"

我突然出声打断她,本来不想说得这么急促。"恐怕今天没有时间和您闲聊了,夫人,这些人——"我转过身示意那群河上的"吉卜赛人","必须要在事情脱离掌控之前,把这个问题处理掉,我必须保护我的教民的利益。"

"你现在可真是满嘴空话啊,"阿曼达懒洋洋地说道,"你的教民的利益!我记得你小的时候,还在莫劳德那边装扮成印度人玩呢。那些城里人到底教了你什么,就只有傲慢浮夸和妄自尊大吗?"

我盯着她。整个兰瑟地区,只有她,喜欢提醒我那些早就该被遗忘的过去。我突然觉得,如果她哪天死了,那些记忆也会随她而去,一想到这个,我几乎感到很开心。

"或许,这些流浪者占领莫劳德的想法能让您获得快乐,"我高声说道,"可是其他人——包括您的女儿——明白,如果您允许他们在门口落脚——"

阿曼达满不在乎地笑了几声。"她和你说话的方式都一样,"她说道,"教士那一套一套的老生常谈,民族主义的陈词滥调。我就是觉得这些人没有什么不好之处,既然他们很快就要走了,那你为什么还要兴师动众地驱赶他们呢?"

我耸了耸肩膀。"很明显,您不想弄清楚事情的严重性。"我简短地说。

"哦,我已经告诉那边的洛克斯了,"说着向黑色船上的那个男人淘气地挥了挥手,"我告诉他和他的朋友,他们愿意待多久就待多久,直到引擎修好、食物补充完备为止。"她又用那种狡猾的、暗含着胜利的表情看了我一眼,"所以,你不能说他们是非法入侵。他们现在在这里,在我家的门口,这是我的地盘。"她故意把后面两个字说得很重,似乎是在奚落我。

"还有他们即将到来的朋友,"她又向我投来傲慢的目光,"他们所有的朋友。"

哦,我应该早就料到的。她这么做,就是为了刺激我。她喜欢被这种事情搞得声名狼藉,她知道作为这里最年长的村民,她享有一定的特权。我的神父,和她争辩已经没有任何意义。我们已经知道这点了。她喜欢争辩,就像她热衷和这些人、这些人的故事、这些人的生活打交道一样。她已经知道他们的名字了,这一点都不奇怪。我不会让她得意地看着我和她争辩的。不会,我一定要用其他的方式来处理这件事情。

至少,我从阿曼达身上知道了一件事,肯定还会有其他人,至于有多少,我们必须拭目以待。但是,这也是我害怕的地方,今天是他们三个,明天呢,还会有多少人?

我在回来的路上顺便拜访了克莱蒙特,他会把消息传播开的。我估计会有一些阻力——阿曼达还是有些朋友的,纳西斯可能也需要我好好用点心思劝一劝。但是,整体而言,大家还是会合作的。在这个村子我好歹也算是个有分量的人,我的意见还是比较重要的。我也去见马斯喀特了,他的咖啡馆每天也有不少人去,而且他是居民委员会的负责人,虽然身上有不少缺点,但是思想方向比较正确,还是个很好的教徒。如果需要身强体壮的人——当然,我们痛恨暴力,但是对这些人,我们不能排除这样的可能性——哦,我确定马斯喀特会乐于帮忙。

阿曼达说这是兴师动众。她故意这么说来羞辱我，我知道，但是，即使这样……一想到这种冲突即将爆发，我就感到一阵兴奋。这会是上帝选择我去完成的任务吗？

　　神父，这就是我来兰瑟的原因，为了我的教徒而战，为了拯救他们不受诱惑而战。当薇安·罗切见识到教堂的力量，见识到我对这个教区的每一个人的影响力时，她就明白自己已经失败了。不论她是多么充满希望、多么雄心壮志，都会明白自己不能长待。她根本无法和我们抗衡，也没有希望获胜。

　　我一定会是最后的赢家。

第十四章

　　弥撒刚过,卡洛琳·克莱蒙特就来了。她儿子也来了,肩膀上挂着书包,小男孩个子很高,脸色苍白,面无表情。她手里抱着一捆黄色的手写卡片。

　　我冲他们两个笑了一下。店里这会儿几乎没有什么人——我估计,我的第一批老主顾应该九点到,现在才八点半。只有阿努克一个人坐在柜台旁,面前摆着喝了一半的牛奶和一个巧克力派。她愉悦地看了男孩一眼,举起手里的酥饼朝他挥了挥,算是打个招呼,然后继续吃她的早餐。

　　“有什么可以帮忙的吗？”

　　卡洛琳环顾四周,神情中流露出嫉妒和厌恶。男孩两眼直直地盯着前方,我看见他的眼睛一直想往阿努克的方向看去。他看着很懂礼貌,但闷闷不乐,一双眼睛亮晶晶的,盖在长长的刘海儿下面,深不可测。

　　“有。”她的声音很柔和,装作很开心的样子,笑容和糖衣一样甜美,都可以看见牙齿的根部。“我在发这个,”她递过来厚厚一打卡片,“不知道你是否介意在你的窗户上贴一张？”她继续说道。“大家都在贴这个。”她补充道,似乎这样就能左右我的决定。

我接过卡片。黄色的纸，黑色的字，用整洁的粗体大字写道：

拒绝沿街叫卖的小贩、漂泊不定之人和推销者。
管理人员有权利拒绝在任何时间为这些人服务。

"为什么要贴这个？"我皱起眉头，感到有些迷惑，"为什么我应该拒绝为这些人服务？"

卡洛琳丢给我一个可怜而轻视的目光。"当然，你是新来的嘛，"她脸上又换上那种甜腻的笑容，"我们这里过去出过一点问题。当然，这也只是预防措施而已，我估计那些人也不会到你这里来的。但是你还是要提高警惕，免得到时候后悔，你觉得呢？"

我还是没有弄明白。"后悔什么？"

"哦，那些流浪者，河上的那群人。"她的语气中透着一丝不耐，"他们又回来了，他们可能要——"她优雅地、轻轻地撇起了嘴巴，表示厌恶，"——为所欲为。"

"然后呢？"我礼貌地问道。

"哦，我们要用行动告诉他们，我们不会姑息纵容他们的！"卡洛琳变得有点慌张，"我们准备达成一致协议，不为这些人服务，让他们从哪里来回哪里去。"

"嗯……"我思考着她话里的意思。"我们能拒绝为他们提供服务吗？"我好奇地询问道，"如果他们有钱来买东西，我们能拒绝吗？"

她不耐烦地说道："当然可以了，谁能挡得住我们？"

我想了一会儿，把黄色卡片递回去。卡洛琳吃惊地望着我："你不打算这样做？"她的声音提高了半拍，那些特意表现出来的优雅语调已经失去了大半。

我耸了耸肩膀。"我认为，如果有人想来这里消费，那不是我能阻止得了的。"我告诉她。

"但是这个教区……"卡洛琳坚持道,"你当然不想有那种顾客吧——来回漂泊、偷东西,看在上帝的分上。"

那些记忆犹如胶片电影一般从我的脑海中闪过:脸色不善的纽约看门人,巴黎的女士,骂骂咧咧的游客,手里拿着相机、转过脸回避那个乞讨的女孩子,那个女孩的衣服很短,下面露出了腿……卡洛琳·克莱蒙特,尽管是在农村长大,但是却深知"找到合适衣服"的重要性。她十分用心地围在脖子上的围巾上面带着爱玛仕的商标,用的香水是香奈儿。我原本没有打算答复得这么尖锐。

"我认为,教区应该管好自己分内的事情。"我厉声说道,"这不是由我决定的,谁也不可能左右这些人该如何过自己的生活。"

卡洛琳用恶毒的眼神看了我一眼。"哦,好吧,如果你是这么想的话,"她傲慢地转身朝大门走去,"那我就不妨碍你做生意了。"她刻意将最后一个词说得很重,又倨傲地瞅了一眼屋里那些空座位。"只是希望你以后不会后悔自己的决定,就这样吧。"

"我为什么会后悔?"

她粗鲁地耸了耸肩。"哦,谁知道会有什么麻烦或者什么事情。"从她的语气里,我知道这场谈话已经结束了。"这些人会带来各种各样的麻烦,你知道的,毒品、暴力……"她笑容中透出来的尖刻表示如果真的出现这种麻烦,那么她将非常乐见我成为受害者。那个男孩带着无法理解的表情看着我,我冲他笑了一下。

"前两天我看见你外婆了,"我告诉他,"她跟我说了很多你的事情。"男孩的脸"刷"地红了,嘴里说了几句什么话,听不太清楚。

卡洛琳身子一僵。"我听说她来过,"她说道,挤出一个微笑,"你真的不应该纵容我母亲,"说完用手比画出拱门的形状,"她已经够糟糕了。"

"噢,我觉得她是个很有意思的朋友,"我答道,视线仍然留在男孩的身上,"让人耳目一新,而且话语犀利。"

"在她这个年纪。"卡洛琳说。

"任何一个年纪。"我说道。

"哦,我知道,在陌生人看来,她的确如此,"卡洛琳语气急促地说道,"但是,对家人而言……"她又冲我冷冷地笑了一下。"你要知道,我母亲的年纪已经很大了,"她解释道,"她的想法和过去不一样了,她对现实的理解——"她停了下来,做了个紧张的动作。"我觉得我没有向你解释的必要。"她说道。

"当然,你是没有,"我开心地答道,"毕竟,这不关我的事。"察觉到我这句话中带着挖苦的意味,她眯了眯眼睛。或许她很执拗,可是她并不愚蠢。

"我的意思是……"她徒劳地挣扎了一会儿。有那么一刹那,我分明看见男孩的眼中闪过一丝笑意, 或许是我眼花看错了。"我是说,母亲很多时候不知道对她而言什么才是最好的。"她又重新找回了自控力,笑容伪装得和头发一样好,"比如说这家店。"

我点点头,示意她继续说。"我母亲有糖尿病,"卡洛琳解释道,"医生不断地警告她,让她尽量避免吃带糖的东西。她非但不听,还不愿意接受治疗。"她带着胜利的表情看了她儿子一眼。"告诉我,罗切女士,这样正常吗?这是正常的行为方式吗?"她的音调再次提高,变得有点刺耳,也让人觉得十分无礼。她的儿子抬手看了看手表,表情似乎有点尴尬。

"妈妈,我要迟——迟到了。"他不带一丝感情地礼貌地说道,然后对着我说:"不好意思,夫人,我还要去学——学校呢。"

"这个,是我的特色巧克力之一,免费的。"我伸手递给他一个顶端拧紧的玻璃纸袋。

"我儿子不吃巧克力。"卡洛琳的声音十分刺耳,"他有多动症,身体不好。他知道吃这个对自己不好。"

我看着那个男孩,他看起来没有丝毫病态或者多动症的倾向,完全是非常无聊,以及有点敏感而已。

"她非常想念你,"我告诉他,"你的外婆。或许这几天你可以来我这里,顺便打个招呼。她也是我的常客之一。"长长的棕色刘海儿下面,那双明亮的大眼睛闪烁了一会儿。

"或许吧。"声音听着丝毫不感兴趣。

"我儿子可没有时间来甜品店闲逛,"卡洛琳倨傲地说道,"我儿子是个非常聪明的孩子,他知道应该怎样孝敬父母。"她的话中透着一丝威胁,一种自以为是、完全自信的意味。她转身向外走,经过卢克的身旁——卢克已经站在门边了,书包挂在身上。

"卢克。"我放低声音,想劝劝他。他带着些许不情愿转过身。我自己还没有意识到,就已经向他伸出手去,透过那礼貌拘谨、毫无表情的脸,我看见、看见……

"你喜欢兰波吗?"我脱口问道,脑子里有兰波的影像在旋转。

一刹那,男孩露出内疚的表情,"什么?"

"兰波。你过生日的时候,她送过你一本他的诗集吧,对吗?"

"是——是的。"他的答复几不可闻。他的眼睛——那双明亮的灰绿色眼睛——抬了起来,看着我。我注意到他极其轻微地摇了摇头,似乎在警告我不要提。"但是我没——没有读过那本书,"他抬高声音,"我不喜——喜欢诗——诗歌。"一本因为经常翻阅而页边卷起的书,小心翼翼地贴在衣服下面的胸口上。一个男孩独自默默念着那些美丽的诗句,带着特别的激情。"请过来,"我无声地低语,"请你过来,看在阿曼达的分上。"

他的眼中有某种东西在闪烁。"我必须走了。"

卡洛琳站在门边等得有些不耐烦了。

"请收下这个。"我递给他一小包杏仁巧克力。这个孩子有秘密，我可以感觉到这些秘密心痒难耐，想到逃离出来。他巧妙地避开母亲的视线，收下了巧克力，微笑了一下。直到他离开，我还以为我刚刚听到的那句话是幻觉。

"跟她说，我会来的，"他低声说道，"等妈妈去理——理发店时。"说完，他就走了。

当天，阿曼达来的时候，我把这件事情告诉了她。我和她转述我跟卡洛琳的交谈时，她摇着头，笑得前俯后仰。

"哈，哈，哈！"她安坐在松软的扶手椅中，优雅的手上端着一杯穆哈巧克力，这样的她看着更像一件苹果玩具了。"我可怜的卡洛，她肯定不想这件事再被提起，对不对？"她开心地抿了一小口巧克力。"她说我什么了？"她试探性地问道，"跟你说我能吃什么，不能吃什么。说我有糖尿病，是吧？她的医生就是想让我们这么认为。"她不满地抱怨道。"我还活着嘛，是吧？我很小心的。可是他们觉得我做的还不够，他们想控制一切。"她摇了摇头。"那个可怜的孩子，他说话口吃，你注意到了吗？"我点点头。

"这就是她母亲的功劳。"阿曼达挖苦道，"如果她能不管他——不对，而是一直纠正他，一直喋喋不休，一直盯着他犯的错。"她发出一声嘲弄。"他没什么问题，只要一剂生活的良药就能够治愈，"她肯定地说道，"让他自由自在地跑一会儿，而不是整天担心他会不会跌倒。让他放松身心，让他自由呼吸。"

我说，母亲对孩子有这种保护欲是很正常的。

阿曼达也挖苦地瞟了我一眼。"你真的是这么想的吗？"她说道，"就像槲寄生保护苹果树一样去保护孩子？"她咯咯地笑了起来。"以前我自己的果园里也种着苹果树呢，"她告诉我说，"槲寄生把它们缠满了，一棵一棵地缠着。讨厌的小植物，看着不起眼，漂亮的浆果，自己本身没有什么力量，可是上帝啊！十分有侵略性！"她说完又喝了一口巧克力，"会毒害任何它碰到的东西。"她朝我了然地点了点头。"那就是我的卡洛，"她说道，"那就是她。"

午饭后，我又看见了杜普莱西。他只打了声招呼，并没有停下来，说他正要去买份报纸。杜普莱西非常热衷电影杂志，尽管他从来不去电影院，每周他都会收到一整包杂志：《视讯》《电影俱乐部》《电视周报》《影视快讯》，等等。他有村里唯一的卫星接收器，在他家那间简陋的小房子里，有一台宽屏电视和一台东芝影碟机，摆得很高，放在一个装满影碟的书橱上。我注意到他又用手抱着查理，那只狗待在主人的胳膊里面，两眼无神，一副无精打采的样子。每隔一会儿，杜普莱西就会摸摸小狗的脑袋，依然是那种熟悉的、温柔的动作，每一下都极为认真。

"它怎么样了？"我终于忍不住问道。

"哦，它很好，"杜普莱西说道，"他的生命力还很强呢。"说完他就继续赶路了，这个干净利落的男人，紧紧抓着那只可怜的棕色小狗，像抓着自己的生命一样。

约瑟芬·马斯喀特经过店门口时，并没有停下脚步。她没进来让我有点失望，因为我还想和她再聊两句，可是她路过的时候，只是眼睛睁得很大看了我一眼，双手深深地插在口袋里。我发现她的脸似乎有点肿，眼睛眯成一条线——虽然她这样也有可能是因为怕雨落进去——嘴巴紧紧地抿着。一条厚重的、没有颜色的围巾像绷带一样围在头上。我喊了她一声，可是她没有理我，反而如临大敌一般加快脚步向前走。

我耸了耸肩，让她去吧。这种事情需要时间来适应，有时候则需要一生。

但是，稍晚一点的时候，当阿努克在莫劳德玩耍之时，我关了店，漫无目的地沿着法郎布尔如瓦大街走着，来到了共和国咖啡馆。这是个很小很乱的地方，脏兮兮的展示窗上潦草地写着一成不变的"今日特别推荐"，破旧的遮阳篷挡住了原本就很微弱的光线。里面，几台自动售货机静静地围在几个圆桌旁，桌边上坐着为数不多的几位顾客，意兴阑珊地讨论着无关紧要的、似乎永无止境的杜冷丁和咖啡焦糖的问题。微波炉里烤着食物，空气中散发着平淡的油腻味，房间里一堆油腻的烟雾缭绕，虽然看起来似乎没有人抽烟。我注意到在敞开的大门上一个很显眼的位置挂着一张卡洛琳·克莱蒙特的手写黄色卡片。卡片上面还挂着一个黑色的十字架。

我朝里面看了看，犹豫了一下，走进去了。

马斯喀特在吧台里，在我走进房间时一直盯着我，大张着嘴。他的眼睛不着痕迹地朝我的腿和胸部瞟了一下，像自动售货机上的拨号键一样亮了起来。他一只手按在出水泵上，健壮的前臂弯了一下。"想喝点什么？"

"白兰地咖啡，谢谢。"

咖啡用一个小小的棕色杯子盛着，旁边还放着两包糖块。我端着杯子，找了一个靠窗的位子坐了下来。几个老人——其中一个在已磨烂的衣领处别着一枚荣誉勋章——用疑惑的目光打量着我。

"你想找个人陪伴吗？"马斯喀特站在吧台后面，满脸堆笑地问道，"你看着有点——孤单，就你一个人坐在那里。"

"不用了，谢谢，"我礼貌地拒绝道，"事实上，我以为今天能看见约瑟芬。她在吗？"

马斯喀特眼神乖戾地看着我，他的好心情消失了。"哦，是啊，你的知心朋友嘛。"他的声音很冷淡，"哦，你想她了。她刚刚上楼躺下了，毛病真多，这次是头疼病又犯了。"他开始用蛮力擦洗着玻璃杯子。"整个下午都在买东西,然后到了该死的晚上又要躺着,而我一个人工作。"

"她没事吧?"

他看着我。"当然没事了。"他的声音突然尖锐起来,"为什么会有事呢?如果她那该死的娇贵习气能偶尔从她那肥硕的屁股上掉下来,我们或许还能把这个买卖做好呢。"他嘴里嘟囔着,用力地把抹布塞进玻璃杯里,使劲地擦拭着。

"我是说,"他作势想要解释,"我是说,你看看这个地方。"他瞥了我一眼,似乎还想说些什么,然而眼神却突然扫过我,看向门口。

我估计他要对着我身后的什么人说话。"难道你们是聋子吗?我打烊了!"

我听见身后传来一句模糊不清的回答,是个男人在说话。马斯喀特龇牙咧嘴喊道:"你们这些蠢蛋不识字吗?"——他指的是我在门口看到的那张黄色卡片——"给我滚,快走!"

我站了起,想看看究竟发生了什么。咖啡店的门口站着五个表情犹豫的人,两个男人和三个女人。这五个人我都没有见过,要不是他们身上带着那种难以名状的异域气质,还真是不容易被人注意到。满是补丁的裤子、工作靴、褪色的 T 恤,这些都表明他们是外来人。他们脸上的表情我一点都不陌生,因为我也曾经有过。刚刚开口说话的那个男人长着一头红发,为了避免头发散落到脸上,上面还系了一条绿色的手帕。他十分小心谨慎,刻意控制着情绪。

"我们不是在推销东西,"他解释道,"我们只是想喝几杯啤酒和咖啡。我们不会惹麻烦的。"

马斯喀特一脸鄙夷地看着他:"我说过了,我们关门了。"

其中一个女人,一个邋遢的、瘦瘦的女孩,眉毛上戴着一个环,伸手拉了拉"红头发"的袖子。"没有用的,洛克斯。我们还是——"

"等一下。"洛克斯不耐烦地甩开她的手,"我不明白。刚刚还在这里的那位女士,你的妻子,她还准备——"

"去他妈的我的妻子!"马斯喀特高声嚷道,"我老婆用两只手和一只手电筒都找不到她的屁股在哪里! 门上写的是我的名字,而我——说——我们——关门了! "他从吧台后面,三步就走到门边,挡在门口,手搭在屁股上,就像西部片里体型肥硕的枪手。我都能看到他那腰带上闪烁着黄色光芒的铜扣子,听到他呼哧呼哧的呼吸声。他的脸上写满愤怒。

"是啊。"洛克斯的脸上没有任何表情。说话的时候,他恨恨地瞟了一眼屋里面三三两两的几个顾客。"关门了是吧? "说完又看了一眼,我们的眼神有一瞬间的交会。"向我们关门了吧。"他平静地说道。

"你也没有看着那么蠢嘛,是吧? "马斯喀特酸酸地讥笑道,"上次我们就已经见识过你们的本事了。这一次,我们不会再退让了!懂了吗? "

"好的。"洛克斯转身要走。马斯喀特看见他离开,两条腿立刻绷紧了,就像一只闻到战斗气味的狗一样。

我一句话没说,从他身边走过,喝了一半的咖啡留在桌子上,希望他没有指望我会给小费。

法郎布尔如瓦大街走到一半的时候,我赶上了那群河上的流浪者。又开始下起毛毛细雨,五个人看着都很沮丧、沉闷。现在我能看见他们的船了,停靠在莫劳德那边,十二面,不,是二十四面旗子,绿的、黄的、蓝的、白的、红的,简直像一支舰队,有一些旗子潮湿地垂下来,其他的上面画着《一千零一夜》和魔幻神毯以及类似独角兽一样的动物图案,在浑浊的绿色河水中倒映出来。

"刚才的事,我很抱歉。"我对他们说道,"他们不算兰瑟—塔尼斯河地区特别热情好客的人。"

洛克斯用打量的眼光淡淡地看着我。

"我是薇安,"我对他说道,"在教堂对面开了一家巧克力店。"他看着我,等待着我往下说。从他那充满戒备、毫无表情的脸上,我看到了自己。我很想告诉他们——告诉所有人——我了解他们的愤怒和羞辱,因为我也经历过,他们还有我。我也了解他们的骄傲,那种当一切都消失之后,仅存的徒劳的反抗。他们最不需要的东西——我知道——是同情。

"明天到我那儿坐坐怎么样?"我轻快地邀请道,"我不卖啤酒,但是我想你们或许会喜欢我的咖啡。"

他目光敏锐地看着我,似乎怀疑我在嘲笑他。

"一定要过来啊,"我坚持道,"喝点咖啡,吃点蛋糕,免费的。请你们所有的人。"瘦瘦的女孩看着她的朋友们,耸了耸肩。洛克斯也耸了下肩给她回应。"或许吧。"语气中透着不置可否。

"我们的事情很多。"那个女孩突然冒出一句。

我微笑着。"给我开个后门。"我提议道。

又是那种揣摩的、怀疑的表情。"或许吧。"

我看着他们向莫劳德的方向走去,阿努克爬着小山坡向我跑过来,那件红色雨衣的尾巴像奇异小鸟的翅膀一样摆动着。"妈妈,妈妈!看,那儿有船!"

我们一起欣赏了一会儿,那平坦的驳船,高高的船:带着波浪形屋顶的船坞,火炉烟囱,壁画,五颜六色的旗子,标语,各种涂着颜色的、用来防范事故和沉船的装置,旁边的小船,钓鱼线,破旧不堪的雨伞遮盖着甲板,河边铁桶里刚刚生起的篝火。空气中飘着木头和汽油灼烧以及烤鱼的味道,河对岸隐约传来一阵音乐声,萨克斯管发出阴森却又很悦耳的声音,如同人在呜咽。在塔尼斯河中间,我能隐约看见那个"红发男人"的身影,他独自站在一艘普通的黑色船屋的甲板上。发现我在看那边,他抬起胳膊挥了挥手,我也朝他挥了挥手。等我们转身回家的时候,天几乎完全黑了下来。而莫劳德那边传来的音乐声中,又多了鼓声,他的鼓声回荡在水面上,又飘散开来。路过共和国咖啡馆的时候,我没有看一眼,就直接走了过去。

还没走到山顶,就感觉后面有一个人。我转过身,原来是约瑟芬·马斯喀特,她身上没穿大衣,头上裹着一条围巾,把脸几乎遮住一半。在暮色中,她看着十分苍白,犹如夜间出没的鬼魂。

"阿努克,先跑回家,在家里等着我。"

阿努克好奇地朝我望了一眼,然后转身,听话地向山顶跑去,衣服的后摆剧烈地舞动起来。

"我听说了你的事情。"约瑟芬的声音沙哑而柔和,"你离开店,是因为那群河上的人。"

我点点头:"当然。"

"保罗·马力很生气。"那种坚定的声音几乎算是羡慕了,"你应该听听他说的那些话。"

我笑了。"幸运的是,我不需要去听保罗·马力说的任何话。"我温和地告诉她。

"我现在不应该和你说话,"她继续道,"他说你会带坏我的。"顿了一下,她神情不安又好奇地看着我。"他不想让我交朋友。"她继续说道。

"我感觉好像一直听你说保罗·马力想要什么,"我轻轻地说,"我对他真的没有什么兴趣。现在你——"我飞快地碰了碰她的胳膊,"我对你还挺感兴趣的。"

她的脸"刷"一下红了,转过头去,似乎此刻正有人站在她旁边一样。"你不明白。"她喃喃地说道。

"我觉得我明白。"我用手指轻轻地碰了碰她脸上盖着的围巾。

"为什么要带这个？"我突然开口问道，"你想告诉我吗？"

她用带着希望和恐惧的眼神看着我，摇了摇头。我温柔地拉了拉她的围巾。"你很漂亮，"我一边松开围巾一边说道，"你原本是很漂亮的。"

她的下唇下方有一块淤青，在越来越微弱的光线下，变成了蓝色。她条件反射地编了一个谎话，正要开口，我立刻打断她。"你在说谎。"我说道。

"你怎么知道的？"她的声音很刺耳，"我甚至都没有说——"

"你根本不用告诉我。"

寂静。水面上传来清亮的笛声，混在鼓声中。她终于开口时，声音充满着自暴自弃。"很蠢吧？"她的眼睛弯成了极小的新月状。"我从来没有怪过他，一点都不，有时候我几乎忘了发生的事情。"她深深地吸了一口气，像一个潜水员准备下水一样。"撞到了门，从楼梯上滚下来、不小心被耙子绊倒。"她几乎在笑着说，声音中能听到歇斯底里在酝酿，"特别容易出事，他就是这么评价我的，特别容易出事。"

"这次又是为了什么？"我柔声问道，"因为河上的那些人吗？"

她点点头。"他们没有恶意，我本来准备卖东西给他们的。"她突然提高嗓门，"我不知道，为什么我不得不一直顺着那个婊子克莱蒙特的意思做事情！'哦，我们必须要站在统一战线上，'"她愤怒地模仿着克莱蒙特的说话方式，"'为了社区，为了我们的孩子，马斯喀特夫人。'"她狠狠地吸了一口气，又换上自己的声音，"要知道，一般情况下在街上碰到我，她连招呼都不和我打，完全对我不理不睬！"她又深深地吸了一口气，想努力平复爆发的怒火。

"总是卡洛这，卡洛那的。我知道的，在教堂我就看出来了，他看她的样子就是不一样。'为什么你就不能学学卡洛·克莱蒙特呢？'"

现在,她成了她的丈夫,他那满是醉酒一般愤怒的声音,她甚至可以模仿他那些怪癖——高高仰起的下巴,昂首阔步的傲慢模样,咄咄逼人的姿态。"'在她面前,你就是头笨拙的母牛,看她多有品位、多有档次。她还有个成绩很好的儿子,你有什么?'"

"约瑟芬。"

她转过头来看着我,十分伤心。"很抱歉,刚刚我都忘了自己——"

"我知道。"我能感觉到愤怒触碰到我的手指。

"你一定觉得我很愚蠢吧,和他一起生活了这么多年。"她缓慢地说着,眼睛里充满了厌恶。

"没有,我没觉得。"

她没有理会我的回答。"是的,我是很蠢,"她果断地说道,"又蠢又软弱。我不爱他——都不记得我曾经爱过他——但是,一旦想着真的要离开他——"她突然困惑地停了下来。"真的离开他……"她低声重复道,声音中透着犹疑。

"不,没有用的。"她再次抬起头来看着我,脸上的表情十分决绝,"所以我再也不能和你聊天了,"她平静而绝望地告诉我,"我不能让你觉得莫名其妙,你不应该受此待遇。可是,我们只能如此。"

"不是这样的,"我告诉她,"不需要如此。"

"可是事实就是这样。"

她苦涩地、绝望地为自己辩解道,拒绝所有的安慰。"你难道看不出来吗?我一无是处,我偷东西,我之前还对你撒谎。我偷东西,我经常偷!"

我轻轻地说道:"我早就知道了。"

我们两个都不说话了,彼此都已领悟。

"事情会有好转的,"我终于开口说道,"保罗·马力并不统治整个世界。"

"说不定呢。"约瑟芬固执地反驳道。

我笑了。如果她能够把这种执拗表达出来,而不是忍气吞声地咽下去,那样的她会是什么样子呢?我也可以帮助她,我能感觉到她的思想,如此靠近,在欢迎我的加入,要想控制它是很简单的……我不耐烦地把这种想法抛在一边。我没有权利强迫她做任何决定。

"之前,你没有人可以倾诉,"我说道,"可是现在不一样了。"

"是吗?"从她嘴里说出这句话,就是承认失败。

我没有接腔,还是让她自己找出答案吧。

她静静地盯了我一会儿。那双眼睛倒映着莫劳德那边的河上射来的灯光。我又想起来了,只要稍加改变,她会很漂亮的。

"晚安,约瑟芬。"我没有回头看她,但是我知道,她在看着我上山,我也知道,等我转过街角,从她的视线中消失了之后,她还站在那里,看了很久。

第十五章

2 月 25 日　　星期二

雨水连绵不断地下个不停。似乎有一片天空倾斜了,打算将所有的苦难都倾倒出来,泼到下面水族馆里的生物身上。穿着雨衣和靴子的孩子们像是颜色鲜艳的塑料鸭子,唧唧喳喳、摇摇摆摆地走过广场,尖叫声一直传到沉沉压下的乌云上。我一边在厨房里忙碌着,一边留神看着街道上的孩子们。今天早上,我把窗口的展示品全部都拆了下来——女巫、姜饼屋以及所有动物形状的巧克力——好几张充满期待的光滑的小脸坐在一旁围观,阿努克和她的朋友们把这些东西分吃后,就去莫劳德那边沉积雨水的洼地里玩耍。亚诺·德鲁在厨房里看着我,一只手里拿着一片镀着金边的巧克力,眼睛闪着光芒。阿努克站在他身后,其他孩子站在她身后,一双双眼睛盯着我,互相窃窃私语。

"接下来是什么?"他有着和年龄不相称的成熟的声音,语气中透着漫不经心的虚张声势,下巴上还粘着一块巧克力。"接下来你打算做什么?我是说展示品。"

我耸了耸肩。"这是个秘密。"我答道。一边搅拌着可可酒,把它倒入专门用来装融化的可可砖块的搪瓷盆里。

"不是吧,说真的。"他坚持道,"你总要为复活节准备点什么吧,你知道的,鸡蛋啊什么的,巧克力母鸡、兔子,诸如此类的东西,就像阿根的商店里面卖的那种东西。"

他的话勾起了我小时候的回忆:巴黎那一篮篮包着金纸的巧克力蛋,货架子上摆满了各种形状的巧克力——兔子、母鸡、铃铛、杏仁蛋白水果和糖炒栗子,还有用金银丝线编织的鸟巢,鸟巢里面放满了蛋糕和焦糖,另外还有用糖制作的《一千零一夜》中可以骑的魔毯,这个似乎更适合出现在阿拉伯女孩的闺房里,而不是在耶稣受难日这种庄严的时刻。

"我记得母亲跟我讲过复活节巧克力的故事。"我们从来没有富余的钱买这些精致的东西,但是我总会有小小的惊奇——纸球里包裹着复活节礼物:硬币、纸花、涂了各种油彩的熟鸡蛋、一个装满彩纸的盒子(上面画着小鸡、小兔、站在金凤花中微笑的孩子),年年如此,每次我都小心地收藏起盒子,因为可以用它装巧克力葡萄干,那微薄的一小盒,每一粒葡萄干都会被我细细地、慢慢地品味,那种味道经久难忘,是它们帮助我度过辗转于城市与城市之间的那些陌生的夜晚和迷失的时光——饭店的霓虹灯标牌闪烁着,明明暗暗透过百叶窗照进房间,旁边是母亲缓慢的、悠长的呼吸,难捱的寂静。

"她曾经告诉我,耶稣受难日的前夕,所有的铃铛都会离开教堂的尖塔和塔楼,在夜幕的掩护下,扇动神秘的翅膀飞往罗马。"他点点头,脸上带着青少年特有的半信半疑的讥讽。

"它们排着队,飞到教皇面前,教皇穿着金色和白色的教服,戴着主教冠,手拿镀金拐杖、大铃铛、小铃铛、风笛、钟琴、塔钟,哆—西—哆—咪—唆,都耐心地等待着被赐予祝福。"

我的母亲完全沉浸在这些神圣的儿童故事中,她的眼睛因故事的荒诞给她带来的开心而散发出光彩。所有的故事都会让她开心不已——耶稣和伊奥斯特[1]以及阿里巴巴,将民间故事一次又一次地

---

[1] 伊奥斯特:盎格鲁－撒克逊民族的春之女神,"复活节"(Easter)一词便来源于她的英文名字——Eostre。

融入愉悦的信仰。水晶治疗、星际旅行、外星人抢劫、自然界的愤怒——所有这些说法，我母亲都深信不疑，或者假装深信不疑。

"教皇就会赐福于它们，每一个铃铛，而在黑夜中，法国有数以千计的尖塔在等待这些铃铛归巢，静静地等着，直到复活节的早上。"

而我——她的女儿——就惊讶地睁大双眼，听着她讲那些引人入胜的坊间传闻和野史外传，密特拉①、巴尔德尔②、奥西里斯、羽蛇神③——所有的神，和会飞的巧克力、飞来飞去的毯子交织在一起，出现在同一个故事里，同时还有三个女神和阿拉丁的水晶宝物洞以及耶稣死后三天升天的那个洞穴，阿门，胡言乱语，阿门。

"这些赐福幻化成各种形状和种类的巧克力，于是，铃铛们就底朝上，载着这些巧克力回家了。它们飞啊飞，飞了一整夜，最后，它们终于在复活节清晨飞到了塔楼和尖塔上，然后，它们调转过来，开始摇晃身体，大声喊出它们的喜悦之情。"

巴黎、罗马、科隆①、布拉格的铃铛，早晨的铃铛，代表哀伤的铃铛，在我们多年的放逐生涯中，不停地响着，提醒着我们周遭的变化。记忆中，复活节的铃铛声非常大，振聋发聩。

"巧克力飞过田野、越过城镇。铃铛一响，它们就会从空中掉下来。有些落到了地上，碎了。但是，孩子们做鸟巢，把它们高高地放在树上，接住落下来的鸡蛋、杏仁蛋白巧克力和巧克力母鸡、兔子、棉

---

① 密特拉：波斯的光明之神。

② 巴尔德尔：北欧神话中的光明之神。

③ 羽蛇神：玛雅人心目中带来雨季，与播种、收获、五谷丰登有关的神祇，也是太阳神的化身。

④ 科隆：德国的第四大城市。

花糖、杏仁……"

亚诺转过脸看着我,笑着,嘴巴咧得很大,一张脸生动无比。"太酷了!"

"这就是你在复活节得到巧克力的缘由。"

他的声音充满敬畏,带着突如其来的、无比的肯定和确信。"一定要做! 求求你了,一定要做!"

我熟练地将一块软糖放在可可粉中揉着。"做什么?"

"做那个啊! 复活节的故事。真是太酷了——有铃铛、教皇,好多好多的东西——你可以举办一个巧克力节,办它一个星期,我们去做鸟巢,寻找复活节的彩蛋,还有——"他太兴奋了,不知道该说些什么,使劲地拽着我的袖子。"罗切夫人,求你了。"

阿努克站在他身后,认真地看着我。她身后还有十几张脏兮兮的小脸,张着嘴巴,怯生生地恳求着。

"一个盛大的巧克力节日。"我考虑着这个想法。再过一个月,丁香花就要过季了。一直以来,我都会给阿努克做鸟巢,里面放着一个鸡蛋,用银色的糖衣写上她的名字。这是我们自己的狂欢节,来庆祝我们被这个地方接纳。其实这个想法我早就有了,只是,亲耳听到这个孩子提起,才让我感觉到它的真实。

"我们需要一些海报啊。"我假装犹豫不决。

"我们来做!"阿努克第一个站出来提议道,小脸因为兴奋而生动不已。

"还有旗子——彩旗——"

"还有横幅标语——"

"还有一个巧克力做的耶稣在十字架上——"

"白色巧克力做教皇——"

"巧克力羊羔——"

"滚鸡蛋比赛,寻宝比赛——"

"我们要把每一个人都邀请过来,肯定会——"

"太酷了!"

"实在酷毙了——"

我笑着挥了挥手臂,示意他们安静下来。苦涩的巧克力粉随着我的动作飘落下来。

"你们做海报,"我对他们说道,"剩下的交给我。"

阿努克两手张开,向我扑过来。她的身上带着盐和雨水的气味,同时混合着土壤中的亚铜气味和被水泡过的植物的味道。头发黏在一起,水珠沿着发尖向下滴。

"到我的房间去!"她在我的耳边尖声喊道,"他们能去吧,是不是? 妈妈,说他们可以去! 我们现在就可以开始啦,我有纸,还有蜡笔——"

"可以。"我说道。

一个小时之后,展示窗上贴上了一张大大的海报——由阿努克设计,亚诺执笔。海报上面用歪歪扭扭的绿色笔迹写着巨大的字:

盛大的巧克力节日将于星期天复活节开始啦!

欢迎每一个人参加!

现在就买,卖完即止!

这些文字周围跳跃着天马行空地想象出来的事物。穿着白色袍子、戴着高高的头冠的那个身形大概是教皇,他脚下密密麻麻贴着用剪刀剪成的形状各异的铃铛,所有的铃铛都在微笑。

整个下午,我一直在忙着加热新进的这批巧克力以及准备橱窗展示品。用绿色的纸巾做一层厚厚的小草。纸花——水仙和雏菊,阿努克的点子——被钉在窗棂上。原本用来装巧克力粉的罐子被涂成绿色,再一个接一个地堆积起来,做成陡峭的山壁,然后用褶皱的玻璃纸绕在上面,于是"小山"上覆盖了一层"冰雪"。一条用蓝色绸缎做成的小河,越过小山,在山谷中蜿蜒流淌,河上静静地停泊着一簇带屋子的小船,水中没有倒影。山下面,一行巧克力队伍——小猫、小狗、兔子,一些长着葡萄干做的眼睛,杏仁做的粉红色耳朵,用甘草鞭做成的尾巴,牙齿间放着糖做的花朵……还有老鼠。在所有的空地上,都放着小老鼠。它们有的沿着山坡向上跑,有的在山脚处"安营扎寨",有的甚至跑到了船上。粉色和白色的椰子糖做的老鼠、各色的巧克力老鼠、全身用巧克力软糖和樱桃奶油做的色彩斑斓的老鼠、精致地点缀着各种色彩的老鼠、身上点缀着白色糖霜的老鼠。吹箫人穿着华丽的红黄相间的衣服,一只手里拿着大麦糖做的笛子,一只手拿着帽子,居高临下地望着众多老鼠。我的厨房里收藏着几百个模子——用来做鸡蛋和人形的薄薄的塑料模子,用来做浮雕和甜酒巧克力的陶瓷模子。借助这些工具,我能够创造出任何一种面部表情并把它粘到空贝壳上,然后给它装上头发,用一根窄窄的管子修饰出细节部分,再单独造出它的躯干和四肢,做完之后,用电线和融化的巧克力把它们一一安插到合适的位置上去。最后,再来一个小小的保护层——一条红色的、用杏仁蛋白卷成的斗篷。一件上衣,一顶用同样的原料打造的帽子,脚上拖着一双靴子,旁边一根长长的羽毛拖到地面。我做的吹箫人长着红头发,穿着杂色的上衣,看着有点像洛克斯。

我实在是忍不住;橱窗已经很有吸引力了,但是我还是克制不住冲动,给它镀了一层金色,我闭上眼睛,感觉整个窗户都蒙上了一层金色的光芒,邀请着大家进来。仿佛有一座灯塔正在闪烁——到我这儿来。我想给予,想给人们带来幸福,这样总不会给谁带来伤害吧。我意识到,这种"欢迎"似乎正和卡洛琳对流浪者的敌意唱着反调,可是在快乐的时刻,我看不出这有什么不好。我想邀请他们过来。自从上一次和他们说了几句话之后,我偶尔看见过他们几次,可是他们看起来很是疑神疑鬼、偷偷摸摸——就像生活在城里的狐狸一样,很想去吃肉,却不敢靠近。大多数时候我看见的是洛克斯——他们的大使,搬着杂物箱或提着塑料袋,有时候是泽泽特,那个瘦瘦的、穿着眉环的女孩。昨天晚上,有两个孩子在教堂外面卖薰衣草,但是被雷诺赶走了。我想把他们喊回来,可是他们如惊弓之鸟,只是斜着眼睛、带着敌意打量了我一下,然后就沿着山坡一溜烟向莫劳德的方向跑去了。

我完全沉浸在自己的方案中,全心全意地布置着我的橱窗,竟然忘记了时间的流逝。阿努克待在厨房里,招待她的朋友们吃三明治,然后他们再次集体消失在塔尼斯河的方向。我打开收音机,一边认真仔细地用巧克力堆砌金字塔,一边独自哼唱歌曲。这座神奇的山里掩藏的无数诱人的宝藏向我打开:各种颜色的成堆的水晶糖、水果糖和像宝石一样闪闪发光的糖果。一个隐藏的货架挡住射来的阳光,架子上摆着可销售的商品。考虑到还有额外的定制,接下来我必须开始着手制作复活节的巧克力。幸好,房子下面有一个凉爽的地下室,可以在那里储存货物。我必须马上订购礼品盒、彩带、玻璃纸和配料了。我一直忙碌着,完全没听见阿曼达通过半掩的门走了进来。

"哦,哈罗,"她以惯有的直率方式打着招呼,"我来品尝你另一种特制的巧克力,不过我看到你现在很忙。"

我小心翼翼地从橱窗中走出来。"没有,当然不忙,"我对她说道,"我一直期待着你来呢。而且差不多做好了,还有我的背也受不了了。"

"哦,如果不麻烦的话……"今天的她有点反常。她的声音中透着一种干脆,还有一种故意装出来的漫不经心,似乎在掩饰着那高度的紧张。她头上戴着一顶彩带镶边的黑草帽,身上穿着一件大衣——也是黑色的——看起来像是新的。

"你今天很漂亮。"我打量着。

她听完笑了起来,声音脆生生的。"我跟你说吧,已经有一段时间没有听人这么夸奖我了,"她说道,一边伸出一根手指,指着其中的一个高脚凳,"你觉得我能够在不摔断腿的情况下爬到那个椅子上去吗?"

"我还是从厨房搬一把椅子过来吧。"我提议道,可是这个老人傲慢地拦住我。

"废话!"她看着高脚凳说道,"我年轻的时候可是攀爬高手。"她伸手拎起长长的裙子,露出结实的靴子和疙疙瘩瘩的灰袜子,"大部分爬的都是树。我小时候喜欢爬到树上,然后朝路过的人头上扔树枝,哈!"当她抓住柜台摇摆着坐到高脚凳上时,嘴里满意地嘟囔了一声。不经意间,她的黑裙子下突然冒出醒目的猩红色的边缘。

阿曼达终于半个屁股坐到了凳子上,脸上带着十分满足的表情。她小心翼翼地整理着裙子,遮住了抢眼的猩红色衬裙。"红色的丝绸女用内衣,"她说完露齿一笑,看着我的表情,"可能你会觉得我老糊涂了,可是我就喜欢这种东西。这么多年了,我一直在哀悼别人的离世——很奇怪,每一次只要我穿点体面的、颜色鲜艳的衣服,就一定有人挂掉,结果,我就只好放弃黑色以外的任何颜色的衣服。"她满脸笑意地看着我,"可是内衣嘛——这就不一样了。"她突然故作神秘地放低声音。"从巴黎邮递过来的,"她低声说道,"可花了我不少钱啊。"她偷偷地笑了起来,身子直晃。"对了,巧克力准备得怎么样了？"

考虑到她的糖尿病，我特意给她做了浓香的黑巧克力，只在里面稍稍加了一点糖。

阿曼达看出了我的犹豫，伸出一根手指谴责似的指着她的杯子。"不准减少配给！"她用命令的口吻说道，"给我上点真家伙。巧克力碎片，还有这些糖，所有的东西。难道你开始像别人那样，把我看成一个没有能力照顾自己的人？难道在你看来，我就那么老吗？"

我回答说她看着不老。

"那么，好吧。"她抿了一口味道浓郁、加了糖的巧克力，脸上明显露出心满意足的表情。"很好……嗯……非常好喝。这种东西可以补充能量，是吧？这是，你们叫什么来着，提神之物？"

我点点头。

"我听说，也是一种春药。"阿曼达恶作剧般地补充了一句，一双眼睛还故意透过杯子的边沿偷窥我。"那些咖啡馆里的老男人们最好给我小心点。要知道，不论年纪多大，都不妨碍行乐！"说完笑得前仰后合，声音都走样了，一双细小的手直发颤。她好几次伸手碰了碰帽檐，似乎想理一理帽子。

我偷偷瞥了一眼柜台下面的手表，但是这个动作还是被她捕捉到了。

"别期望他会出现，"她简短地说道，"我的外孙，我不是在等他。"可是，她的每个动作都证明，她没有说实话。她喉咙上的肌腱像一个古代舞者一样凸显出来。

接下来，我们两个随便聊了一点琐事：孩子们对巧克力节的想法——当我告诉阿曼达耶稣和白色巧克力教皇的故事时，她忍不住哈哈大笑——还有河上的流浪者。阿曼达好像替他们订购了食物——以她自己的名义，估计雷诺知道了，又要勃然大怒了。洛克斯提议向她支付现金，可是她更希望他把她家的屋顶修好，以此作为补偿，这样估计会把乔治斯·克莱蒙特气坏的——她透露道，说完淘气地露齿一笑。

"他喜欢把自己看成是唯一能帮我完成这件事情的人，"她满意地说道，"他们半斤八两，没有一个好东西，总是在我耳边唠叨，说什么房子下陷啦、潮湿啦。反正就是想让我从那间房子里搬出去，这才是他们的真正目的。让我从那间漂亮的房子里搬出去，然后住到某个脏兮兮的敬老院去，要知道，在那里连上个厕所都要得到批准才行！"她生气极了，黑色的眼睛突然使劲地闭了一下。

"好吧，我倒是想让他们看看，"她大声说道，"洛克斯住在河上之前，就是建筑工，他和他的朋友们绝对能把这项工作做好。我宁愿老老实实地花钱请他们修理，也不愿让那个弱智免费帮我做。"

她用略微颤抖的双手理了理帽檐。"我对他没抱任何期望，你知道的。"

我知道，她说的此人非彼人。我低头看了看表，四点二十分，天开始渐渐黑了。我原本十分有信心的……这就是多管闲事的下场，我狠狠地在心里责骂我自己。这么轻易给别人造成痛苦，也让自己难过。

"我从来没有想过他会来，"阿曼达继续果断地说道，语气十分坚定，"她一直很留意这件事，把他训练得很好。"她开始不安地在椅子上晃来晃去。"我已经耽误你好长时间了，"她简短地说道，"我要——"

"外——外婆。"

她的身子突然抽动了一下，差点摔下来。男孩静静地站在门口，他穿着牛仔裤和一件套衫，头上戴着一顶湿漉漉的棒球帽，手里拿着一本磨旧的硬皮小书。声音十分轻柔，似乎有些内疚。

"我必须等——等我妈——妈妈——出去。她在理——理发店呢。她要到六点才会回来。"

阿曼达看着他。他们没有碰触对方，可是我分明感觉到某种东西像电流一样从他们身上穿过。那种感觉实在太复杂了，很难清楚地感知，可是其中有温暖、有愤怒、有尴尬、有内疚——但是所有这些背后，却有一种柔软的承诺。

"你身上好像全都弄湿了，我给你弄一杯喝的吧。"我提议道，向厨房走去。我离开房间的时候，听到男孩再次开口了，声音很小，有点犹豫。

"谢谢你给我那本——书，"他说道，"我带来了。"他说着把书举起来，好似在举着一面白旗。书已经破旧了，但明显是被读了一遍又一遍，经常翻阅所致。阿曼达注意到了这点，脸上那凝固的表情消失了。

"把你最喜欢的诗读给我听听。"她说道。

厨房里，我一边往两个高脚杯中倒咖啡，搅和奶油和咖啡甜酒，故意动作很大地让罐子和瓶子发出声响，好让他们觉得无人打扰，一边听着他的声音，刚开始显得有点呆板，慢慢地，越来越抑扬顿挫、充满自信。他在读什么，我听不真切，很像祝福或抨击某种事物。我发现，当男孩朗诵时，他一点都不口吃。

我小心翼翼地将两杯咖啡放到柜台上。男孩看见我进来，突然停了下来，一句话刚好读了一半，用那种礼貌却带着怀疑的目光打量着我，他的头发像一匹害羞的小马驹的鬃毛一样遮住眼睛。虽然心存戒备，可是他还是礼貌地说了声"谢谢"，然后喝了一口巧克力，那模样，对我的怀疑多过于开心。

"我不应——应该喝这个的，"他含糊地说道，"我妈妈说——说巧——巧克力会让我长——长青春——痘的。"

"也会让我当场死翘翘,是吧?"阿曼达机智地说道,他的表情让她开心地笑了。"孩子,试试看,难道你就没有对你母亲说过的话产生过怀疑?还是她把你从我这里继承的仅有的一点理智都给洗掉了?"

卢克看起来十分为难。"我——这只是她——她的原——原话。"他断断续续地重复道。

阿曼达听完摇了摇头。"如果我想听卡洛谈什么高见,我可以自己和她约个时间。"她说道,"你有什么想说的?你是个聪明的小伙子,或者说曾经是。你怎么想?"

卢克又抿了一口巧克力。"我想,她或许在夸大其词,"他轻轻地微笑了一下,"你看起来精神很——很好。"

"也没有长青春痘。"阿曼达说道。

这个回答让卢克有点意外,把他逗乐了。我还是比较喜欢看见这样的他——那双眼睛闪烁着明快的绿色,那顽皮的微笑像极了他外婆。虽然他仍然没有完全卸下防备,但是,透过他那厚厚的一层矜持,我能偶尔瞥见那机敏的智慧和极强的幽默感。

他喝完了巧克力,可是拒绝再吃一块蛋糕——虽然阿曼达吃了两块。接下来的半个小时,两个人一直聊着天,而我则装作忙着自己的事情。我看到有那么一两次,他用充满好奇但又戒备的目光打量我,可是那闪烁的眼神一接触到我的眼睛,就立刻转开了。于是,我就让他们两个单独聊。

五点半的时候,他们开始互相道别。虽然两人都没有承诺下次再见,可是从他们分别之时的那种轻松惬意的样子上不难看出,两人心中都有这种想法。看到两人如此相像——如同多年未见的老朋友一样,带着一种谨慎抱了对方一下——我有点意外。他们两人有着共同的怪癖,同样直率的看人的方式,斜下来的脸颊,尖尖的下巴。当他的五官静止不动时,那种相似感就少了一些,可是整个五官一旦生动起来,他就变得和她非常相似,这样的他们,脸上就少了那种她十分不赞同的、淡淡的拘礼的表情。帽子下面,阿曼达的眼睛闪闪发光。卢克此刻看着几乎是放松的,他口吃降低到说话些许犹豫的程度,几乎不能察觉出来。走到门口时,他停了下来,大概是在犹豫着要不要和她吻别一下。像他这么大年纪的孩子,那种青少年特有的对于肢体接触的厌恶感仍旧十分强烈,最后,他羞怯地举起手,朝我们挥了挥表示再见,然后走了。

阿曼达转身看着我,脸上因为胜利而泛着兴奋的光芒。有那么一会儿,她的脸完全沐浴在爱、希望和骄傲之中。然后,那种和她外孙一样的矜持又重新回到她脸上,那是一种迫使自己做出来的随性,她说话时,故意用一种粗鲁的声调。"我很喜欢这样,薇安,或许我还会再来的。"说完又用她那直率的眼神看了我一眼,伸出手来碰了碰我的胳膊。"是你把他带到这里来的,"她说道,"要是我自己,还真不知道该怎么办。"

我耸了耸肩。"没有我,你们迟早也会见面的。"我说道,"卢克不是一个小孩子了,到了学习按照自己的方式做事情的年龄了。"

阿曼达摇了摇头。"不,是你的功劳。"她固执地坚持道。她站在离我很近的地方,近到可以闻到她身上那山谷百合的香水味。"自从你来了之后,这里的风就改变了,我能感觉到。每个人都感觉到了。所有的事情都在改变。啊!真好!"她低低地发出一声愉悦的欢呼。

"可是,我什么都没有做啊,"我声明道,跟着她笑着,"我不过是做着自己的事情,经营好自己的店,做我自己而已啊。"虽然此刻我正在和她说笑,可是我的心底仍然感觉到一丝不安。

"做什么都无所谓，"阿曼达答道，"反正就是你做的。看看你带来的改变，我、卢克、卡洛，还有河上的那群人，"——她一边说，一边突然把头转到莫劳德的方向——"即便是广场对面那个身处在象牙塔中的他也不例外。我们所有的人都在发生改变，被推动起来，像一座多年未曾转动过的老钟被上紧发条。"

这些和我一周前的想法是何其的相似，我使劲摇了摇头。"那不是我，"我抗议道，"那是他，雷诺，不是我。"

突然，一个影像在我的脑海中出现，它像一张被慢慢翻开的牌。牌上面是那个"黑衣男子"，站在他的钟楼里，将钟的发条拧得越来越紧，警告着这些改变，拉响了警铃，警告我们离开镇子……这个不安的影像过后，我又看见一个老人躺在床上，鼻子和胳膊上都插着管子，而那个"黑衣男子"站在床边，脸上带着一种悲伤，抑或是胜利的表情，而在他的身后，则是熊熊燃烧的烈火。

"那个人是他的父亲吗？"我的脑海中想到的第一句话就是这个，"我是说他去看望的那个老人，在医院里，他是谁？"

阿曼达震惊不已地看着我。"你是怎么知道的？"

"有时候，我对人——会有——一种感觉。"出于某种原因，我不愿意告诉她我用巧克力占卜的事情，也不愿意用母亲曾让我十分熟悉的术语。

"感觉。"阿曼达看上去十分好奇，可是没有继续追问下去。

"也就是说，真有一位老人了？"我真的误打误撞碰到了重要的事情了，一时间，我无法摆脱这种想法。或许，在我同雷诺的秘密斗争中，存在着某种武器。"他是谁？"我不死心地问道。

阿曼达耸了耸肩。"另一个神父罢了。"她说道，脸上带着不屑的鄙夷，没有再继续说下去。

第十六章

2月26日　星期三

　　今天早上开门的时候,洛克斯站在门口等着。他穿着一套牛仔工作服,头发用丝线绑在脑后。看样子,他似乎已经等了好一会儿了, 头发和肩膀上已经蒙上了一层晨雾的露珠。他朝我笑了一下——几乎算不上微笑的笑容,然后目光越过我,朝着正在店里玩耍的阿努克看去。

　　"嗨,小陌生人。"他对她打着招呼。这一次的笑容真切多了,也瞬间将他那防备的脸点亮了。

　　"请进来吧。"我招呼他进屋,"你来了就敲门啊,我没看见你站在门外。"

　　洛克斯用那种浓重的马赛口音小声嘀咕了一句什么,我没有听清楚。他小心翼翼地跨过门槛,动作很奇怪,优雅中透着笨拙,似乎身处室内令他感到十分不舒服。

　　我用高脚杯倒了一杯加了咖啡酒的黑巧克力递给他。"你应该把你的朋友也带来。"我轻快地说道。

　　他耸了耸肩,没有回答,四处看了看,用敏锐的目光——带着一丝疑惑,兴趣盎然地打量着周围的环境。

　　"为什么不坐下呢?"我问道,指着柜台前的高脚凳。

洛克斯摇了摇头。"不了,谢谢。"说完喝了一口巧克力。"事实上,我是想问你能不能帮我一个忙,应该是我们。"他的声音听着既有尴尬,又同时夹杂着怒气。"不是借钱,"他很快补充了一句,似乎以为我要开口拒绝,"我们肯定会付钱的,就是——原料——我们在这件事情上碰到困难了。"

他朝我的方向看过来,未聚焦的眼神中带着愤恨。"阿曼达——瓦辛夫人——说你会帮我们的。"他说道。

他把情况说了一遍,我静静地听着,间或点点头,鼓励他继续说下去。我开始明白,一开始的口齿不清仅仅是因为他对开口请人帮忙深恶痛绝而已。透过那浓重的口音,洛克斯说话非常清晰有条理。他曾答应过阿曼达要帮她把屋顶修好——他解释道。这不是什么难事,本来只需要几天时间就可以完成的。可是不幸的是,完成工作需要的木材、涂料和其他的材料只有乔治斯·克莱蒙特才有,他是当地唯一的供应商,可是他却断然拒绝——不论是阿曼达还是洛克斯都不行。如果妈妈需要修补房顶,他有理有据地告诉她,那她可以直接请他帮忙,而不是找一群骗人的流浪汉。这样就好像多年来,他没有问过——甚至求她让他免费修补房顶一样。让流浪者走进她的房子,上帝才知道会发生什么事情呢。抢夺值钱的东西、偷她的钱……一个老妇人因为一点可怜的家产而被人殴打甚至杀掉的事情也不是没有过。不,这是一个荒谬的阴谋,出于良心也不能——

"假装神圣的混蛋,"洛克斯狠狠地骂道,"一点都不了解我们——一点都不!按照他的说法,我们都变成小偷和谋杀犯了。我所有的一切都是自己挣回来的。我从来没有向别人乞讨过什么,我一直努力工作——"

"喝点巧克力吧,"我温柔地提议道,又给他倒了一杯,"不是每个人都像乔治斯和卡洛琳·克莱蒙特那样想的。"

"我知道。"他两只胳膊环抱在胸前,处于防卫状态。

"我以前请克莱蒙特帮我修理过房子,"我继续说道,"我会告诉他,我的房子还需要修理一下。你把需要的东西列个清单,剩下的交给我。"

"我会付钱的,"洛克斯又强调一遍,似乎付钱这个问题他怎么强调也不够,"钱真的不是问题。"

"当然了。"

他放松了一些,又多喝了几口巧克力。这回才第一次开始称赞巧克力好喝,然后又突然冲我古怪地笑了一下。"她对我们很好,我是说阿曼达。"他说道,"她帮我们订购食物,又帮泽泽特的孩子买药。你们那个长着扑克脸的神父来骚扰我们的时候,又是她挺身而出帮我们说话。"

"他不是我的神父,"我立刻打断道,"在他眼里,我和你一样,是兰瑟的闯入者。"洛克斯惊奇地看着我。"是真的。"我对他说道,"他把我看成堕落的象征,认为我是每天晚上开巧克力盛宴的那种人。当体面的人应该独自躺在床上的时候,我却沉溺于肉体上的荒淫无度。"

在城市的雨幕下,他的眼睛淡淡的,几乎看不见颜色。他笑起来的时候,眼里有淘气在闪烁。他说话的时候,阿努克居然静静地坐在一旁,这实在是很少见的情况。她听到这句话,也笑了。

"你想吃早饭吗?"阿努克细细的声音问道,"我们有巧克力面包,还有新月形面包,不过巧克力的好吃点。"

他摇了摇头。"我想不用了,"他说道,"不过还是谢谢。"

我在盘子里放了一块面包,然后放在他旁边。"免费的,"我告诉他,"尝一尝,我自己做的。"

似乎不该说这句话的。因为我发现他的脸再次向我封闭了,乍现的幽默又被惯常的毫无表情取代了。

"我可以付钱的,"语气中几乎带着一种反抗,"我有钱。"他把手伸进工作服的口袋里,捧出了一把硬币放到柜台上,硬币在柜台上滚了起来。

"把这个收起来。"我说道。

"我说了,我可以付钱的。"他开始固执起来,几乎要大发脾气了,"我不需要——"

我把我的手放在他的手上。一开始,我感觉到他还在试图抵抗,然后,他的眼睛看着我。"人不一定要去做每一件事的。"我柔声说道。我意识到,自己刚刚表达友情的方式伤害了他的骄傲。"我请你的。"他的脸上仍然挂着那种充满敌意的表情。"我对其他任何一个人都是这样的,"我坚持道,"卡洛琳·克莱蒙特、纪尧姆·杜普莱西,甚至还有保罗·马力·马斯喀特,也就是不准你进咖啡馆的那个男人。"他过了一会儿才完全理解我的意思。"你为什么非要特立独行呢,为什么别人都没有拒绝的时候,你还要拒绝呢?"

他的脸上露出羞愧的表情,低声用带着浓重口音的方言呼啦啦嘟嚷了几句什么。然后,又抬起头,看着我的眼睛,笑了。"对不起,"他说道,"我刚才没明白你的意思。"他不自然地顿在那里几分钟,然后才拿起那块面包。"可是下一次,你要到我那里做客。"他坚定地说道,"如果你拒绝我,那就等于把我狠狠地得罪了。"

这个小插曲过了之后,他又恢复了正常,不再那么拘束了。我们两个先聊了一点无关紧要的话题,但是很快就转到了其他事情上。我知道洛克斯已经在河上住了六年,刚开始独自一人四处游走,后来就和一群人结伴而行。他以前是建筑工,现在仍然帮人做些修修补补的工作挣钱,夏秋季节也会去帮人收割庄稼。我能看出来,他选择过这种流浪的生活是受某种情况所迫，不过我知道，最好还是不要追问细节。

店里的第一批常客到时，他立刻离开了。纪尧姆礼貌地向他问候了一下，纳西斯则简单地朝他点了点头表示欢迎，可是我没能劝说洛克斯留下来和他们聊聊天。洛克斯匆匆忙忙将剩下的巧克力面包塞到嘴里，然后大步走出店门，脸上又换上那种高傲和疏远的表情——他觉得在陌生人面前应该装出这个样子。

走到门口的时候，他突然转过身。"不要忘了我的邀请，"他告诉我说，说完似乎还考虑了一下，"星期六晚上，七点钟，带上小陌生人。"

我还来不及说声谢谢，他就走了。

纪尧姆今天一杯巧克力喝了很长时间。纳西斯走了，乔治斯进来，坐在他的位置上，然后阿诺德过来买了三块香槟软糖——"还是老规矩，三块香槟软糖。"带着一脸内疚的期待。纪尧姆依然坐在他惯常的位置上，不大的脸上是一副忧心忡忡的表情。我好几次想引他说几句话，可是都被他礼貌地"哼哼哈哈"带过，他肯定在想别的事情。查理坐在他的凳子下面，一副无精打采的样子，一动也不动。

"我昨天和雷诺神父谈话了，"他终于开口说道，如此突然把我吓了一跳，"我问他，我该拿查理怎么办。"

我看着他，等着他继续往下说。

"真的很难和他说清楚，"纪尧姆声音轻柔但却十分清晰地说道，"他觉得我太顽固了，总是拒绝听从兽医的意见。还有更糟的，他认为我太愚蠢了，毕竟不能把查理当成一个人。"他顿了一下，我感觉得出，他想控制一下自己的情绪。

"情况已经这么糟糕了吗？"

我想我已经知道答案了。

纪尧姆那悲伤的眼睛望着我。"我想是的。"

"我明白了。"

他习惯性地弯下腰，去挠挠查理的耳朵。小狗的尾巴象征性地摇了两下，然后发出几声轻轻的呜咽。

"是一只好狗。"纪尧姆朝我不知所措地轻轻笑了一下，"雷诺神父不是坏人，他的本意没有这么残酷的，可是那样说——那些话——"

"他怎么说的？"

纪尧姆耸了耸肩。"他说我这么多年来，因为那只狗一直在别人面前闹笑话。虽然我的所作所为对于他来说没有什么，可是把动物当成人一样溺爱实在是很荒谬，还把钱浪费在无用的治疗上。"

我突然怒气上升。"他这样说简直太恶毒了。"

纪尧姆摇了摇头。"他不明白的，"他又说道，"他其实并不太关心动物。但是查理和我已经生活在一起很多年了——"说到这里，他的眼睛里蓄满了泪水，他突然转过头，试图把眼泪藏起来。

"我这就准备去兽医家看看，喝完咖啡就过去。"他的杯子放在柜台上，已经空了有二十分钟了。"不一定非要今天去吧，是不是？"他的话中透着一种近乎绝望的情绪，"它还是很活泼的。它最近的胃口好多了，我知道它确实好多了。没有人能让我这么做。"现在的他，像一个倔犟的孩子。"那一天真正到来的时候，我会知道的，我会知道的。"

我无语了，无论再说什么，也不可能让他感觉好过一点。我也尝试过了。我弯下腰挠着查理，感觉到手下的它已经瘦得只剩下皮包骨头了。有些情况是可以治愈的。我把手指弄热，轻轻地摸索着，试着找出症结所在。那个肿块似乎变得更大了。我知道，它已经没有希望了。

"它是你的狗,纪尧姆。"我说道,"你应该是最了解它的。"

"说得对。"他脸上一瞬间又恢复了神采,"它的药可以止痛。它晚上已经不再叫得那么厉害了。"

我突然想起母亲生命中的最后几个月。她那苍白的脸,身子慢慢地消瘦下去,凸显出一根根精致、漂亮的骨头,渐渐发白的皮肤,那双明亮、兴奋的眼睛——"佛罗里达、纽约、芝加哥、大峡谷,还有那么多要看的地方呢!"还有晚上,她偷偷地哭泣。

"你也该休息了,"我说道,"这是毫无意义的——拿正当的理由为自己掩饰,定下短期的目标,看看能不能撑过一个星期。再过一段时间,真正让你伤心难过的不是别的,就是失去尊严。你需要休息。"

她是在纽约火化的,骨灰被撒到了纽约港。真好笑,你总是幻想,死去的时候躺在床上,身边围着一群你深爱的人。可是,真实的情况往往是,令人措手不及的、短暂的短兵相接,突然之间的彻悟,那种慢慢的恐惧如同摇晃的钟摆一样,骑着太阳,从你的身后慢慢爬了上来,不管你多么努力去躲避它,都是枉然。

"如果能选择的话,我宁愿选择毫无痛苦的的针头,以及友好的手,这样总好过死在孤独的夜晚,或者死在大街上出租车的车轮下面,没人停下来看第二眼。"我发现我大声说出了这些话,原本没打算说出的。"对不起,纪尧姆,"看到他那备受打击的样子,我赶紧说道,"我在想其他的事情呢。"

"没关系,"他平静地说道,拿出硬币放在他前面的柜台上,"无论如何,我正要去。"

说完,他一只手拿起帽子,另一只手抱起查理,走出门去,他的身子比往常更弯曲了,一个孤单的身影,手里抱着不知道是一堆杂货,还是一堆旧雨衣或者别的什么东西。

第十七章

我一直在观察她的巧克力店。我意识到自从她到这儿我就开始这样做了，一直在观察那门口进进出出的人以及那些偷偷摸摸的集会。年轻的时候，我经常去观察黄蜂窝，一边心怀厌恶和憎恨，一边又觉得神奇、不可思议，而现在，我带着同样的心情去观察这家店。开始时，他们都是偷偷摸摸去的，一般会选择在那些不容易被发现的时段，比如黄昏或者清晨去。表面上，大家都装成很自然的顾客，在里面喝一杯咖啡，给孩子带上一袋巧克力葡萄干。可是现在，他们进出那里完全大模大样，不再伪装。那些流浪者现在也公开去那里，而且经过我的窗口时总是朝关着的百叶窗投来挑衅的目光：那个眼神傲慢的红头发、瘦骨嶙峋的女孩、淡色头发的女孩，还有那个光头阿拉伯人。她喊他们的名字——洛克斯、泽泽特、布兰切和阿默德。昨天上午十点钟的时候，克莱蒙特的小车过来了，拉了一车的建筑材料，木头、涂料还有屋顶沥青。那个开车的小伙子一言不发地把货卸到她家门口，她给他开了一张支票。然后她那群笑得龇牙咧嘴的朋友就把盒子、木材还有纸板箱举到肩膀上，扛了起来，说笑着向莫劳德方向走去，而我只能眼睁睁地看着。这一切都是诡计，骗人的诡计。她肯定是出于某种原因才助纣为虐的。当然，她这样做是为了报复我。可是,除了不说话保持威严以及祈祷她的生意走下坡路之外,我没有任何办法。可是,她让我的任务更加艰巨了!我已经有一个阿曼达·瓦辛要去对付了——她把他们要买的食物记在了她的购物清单上。我去处理这个问题的时候,已经太迟了。这些河上"吉卜赛人"已经拿到了食物,而且足够他们吃上两个星期了。他们每天的供给——面包、牛奶——都是从上游的阿根带过来的。一想到他们还要待下去,我就怒火中烧。可是,我又能怎么办呢?特别是在这种人和他们做朋友的情况下。我的神父,您一定知道该怎么做吧,如果您能告诉我就好了。我知道,您从来不会逃避自己的责任,无论这让您有多么不舒服,如果您能告诉我该怎么做就好了。稍稍动一下手指,或者睫毛眨动一下,或者其他什么,任何一个能表示您对我的宽恕的提示都行。不?您不动。只有沉闷的噪音——呼哧呼哧,那是机器维持您呼吸的声音,它把气体送到您那日益萎缩的肺里。我知道,很快,有那么一天,您会醒来,您会痊愈,身心得到净化,您喊出的第一个名字会是我的。您看,我真的相信奇迹。我,这个从火里走过的人,我真的相信。

　　我决定今天去找她谈谈,像父亲和女儿谈话那样,理性而且不加任何诘难,她肯定会明白的。开始的时候,我们的立场错了,她和我的。或许我们可以再谈一次,重新开始。您看,我的神父,我已经很大度了,已经决定对别人抱以宽容之心了。可是,向那家店走去的时候,我从窗户外面看见了那个叫洛克斯的男人正和她在一起,他那双冷硬、傲慢的眼睛盯着我,脸上带着那种鄙视的嘲笑——那是他们那种人身上典型的表情。他手里大概端着一杯什么喝的。他的身上透着危险的信息,那身肮脏的工作服和长长的、蓬松的头发让他看起来十分暴力,有那么一瞬间,我替那个女人感觉到一阵突然的不安。难道她没有意识到,和这些人在一起,她要面临什么样的危险吗？难道她不在乎自己，不在乎她的孩子吗？我正准备转身离去，却突然看见橱窗上贴着一张海报。我假装研究海报，其实是站在外面偷偷打量她，打量他们。她穿着一件价格不菲的酒红色裙子，头发散落下来。她的笑声从商店里面传了出来。

我的眼睛又扫了一下那张海报。上面的字体很孩子气、很幼稚。

盛大的巧克力节日将于星期天复活节开始啦！
欢迎每一个人参加！
现在就买，卖完即止！

我又把海报读了一遍，然后愤怒慢慢升腾。虽然玻璃杯叮叮当当作响，可是，我仍然可以听到她的声音从店里传出来。她聊天聊得过于专注，依然没有注意到我。她背对着门站着，一只脚像跳舞一样抬了起来。她穿着一双软底的矮跟儿女鞋，上面系着一对小小的蝴蝶结，脚上没有穿袜子。

于星期天复活节开始

我现在完全看清楚了。她的阴险，她那该死的阴险。她肯定是从一开始就策划好的，这个巧克力节日，专门把它安排在要举行最神圣的教堂仪式的那天。从狂欢节到来的那天，她肯定就计划好了，想来削弱我的权威，嘲笑我的布道。她和她那些河上的朋友。

我本应该回去的，可是现在完全怒火中烧，于是我推开门，走进店里。一阵明快的似是嘲笑的铃声宣告了我的进入，她转身看着我，面带微笑。如果不是刚刚看到了证据表明她有多么邪恶，我真的会觉得那微笑是发自内心的。

"雷诺先生。"

里面的空气很热，满是巧克力的香味。这种味道和我小时候闻到的淡淡的巧克力粉的味道完全不一样，很像市场上咖啡店里销售的芳香咖啡豆一样，浓郁丰富的气味刺激着味蕾，那是一种意大利苦杏酒和提拉米苏混合的味道，那种烟熏烤制的气味钻进我的嘴里，让我有些垂涎。柜台上的银罐子里面装的就是这种东西，上面还冒着蒸汽。我忽然想起今天早上还没有吃早餐。

"小姐。"我真希望自己的声音再严厉一些。我的喉咙因为愤怒而紧绷，本来打算义正言辞地大吼一声，结果说出来的却是一句不满的牢骚，像一只礼貌的青蛙。"罗切小姐，"——她看着我，等着我继续往下说——"我看见你的海报了！"

"谢谢你，"她说道，"你要和我们喝一杯吗？"

"不！"

她继续诱骗我："如果你的嗓子敏感的话，就会发现，我的巧克力味道非常好。"

"我的嗓子不够敏感！"

"不会吧？"她故意装出很关心的样子，"我认为你的声音听着很沙哑。那上好的奶油？或者穆哈咖啡？"

我好不容易才恢复镇定自若。"不用麻烦你了，谢谢。"

红头发男子在她旁边低声笑了一下，用他那低贱的方言说了句什么。我注意到，他的手上沾了很多油漆，手掌的纹路和手指关节处都是淡淡的油彩痕迹。难道他在工作？我不安地自问道。如果答案是肯定的，那么，是在替谁工作？如果这里是马塞的话，警察就会以非法工作的罪名逮捕他。去他的船上搜查一下，会找到很多证据——毒品、偷来的钱财、色情作品，还有能把他永远送进监狱的武器。可是，这里是兰瑟，除非严重的暴力事件，否则警察是不会到这里来的。

"我看见你的海报了。"我再度开腔，最大程度地保持我的威严。她用那种礼貌的关心的表情看着我，一双眼睛雀跃不已。"我必须要说，"说到这里，我清了清嗓子，里面已经堆满怒气了，"我要说，我发现你的时间——你的活动时间——应当受到谴责。"

"我的时间？"她用那种无辜的表情看着我，"你是指复活节那天吗？"说完调皮地轻笑了一下。"我宁愿你们这些人去负责这个节日，你应该和教皇一起庆祝。"

我冷冷地盯着她。"我想你完全知道我在说什么。"

又来了，又是那种礼貌的询问的表情。

"巧克力节日，欢迎每一个人参加。"我的愤怒像煮沸的牛奶一样沸腾起来，一发不可收拾。突然之间，我感觉自己被这种热量赋予了权力和能量。我朝她伸出一根手指，指着她，"不要以为我猜不出来你这样做有什么目的。"

"让我想想。"她的声音很柔和，听着像是很感兴趣的样子，"针对你个人的人身攻击？故意试图削弱天主教教堂的地位？"她先是笑了一下，可是这种笑意很快被嗓门的突然提高背叛了。"上帝禁止巧克力店在复活节出售复活节彩蛋？"她声音气息不稳，像是在害怕，不过这个我也不太确定。红头发瞪着我。她努力平复了一下情绪，我刚刚看见的那瞬间泄露的恐惧被她的泰然自若吞没了。

"我相信，这个地方有我们的容身之处，"她平静地说道，"你确定不来一杯巧克力吗？我可以解释一下我的——"

我愤怒地摇了摇头，像一只被黄蜂蛰到的狗一样。她的冷静自持让我非常恼火，我听到脑子里有一种"嗡嗡"的声音，似乎有一阵晃动让屋子旋转起来。巧克力的柔滑香味让我更加气愤。有那么一会儿，我的嗅觉被不自然地增强了。我能闻到她身上的香水味，薰衣草的爱抚,她的皮肤上那种温暖的香料味。除此之外,还有一缕沼泽的气息,一股发动机的汽油味、汗味,还有油漆味,那是她那位红头发朋友身上散发出来的。

"我——不——我……"像是做噩梦一般,我忘记了自己刚刚打算说什么。我想,是什么关于尊重社区,关于齐心协力向同一个方向努力,关于正义、得体和道德之类的。可是我却什么也说不出来,只是大口地呼吸着,我的头一阵眩晕。"我——我……"我怎么也甩不掉这种种气息,而她正在把我的神经线条撕开,钻进我的脑子里。她倾身向前,装作一副很关心的样子,身上的香味对我再一次发起了攻击。

"你还好吗?"她的声音像是从很遥远的地方传来,"雷诺先生,你没事吧?"

我颤抖着双手,把她推开。"没事。"终于,我能够开口说话,"有点——不适,没事,那我要祝你——"我两眼茫然,跌跌撞撞地向门边走去。门框上挂着的一个红色香囊擦到了我的脸,再一次让我感受到了她异端邪教的力量,我怎么也摆脱不了那种荒唐的想法——那种可笑的东西就是让我不适的罪魁祸首,那些草药和骨头的味道交织在一起,悬在空气中,刺激着我的头脑。我摇摇晃晃地走在街上,大口地呼吸着。一碰到雨水,我的头脑就清醒了,可是我依然继续走着,走着。

我一直走到您这里才停下来,我的神父。我的心在怦怦地跳着,我的脸上汗水直流,但是,我终于完全摆脱她了。这就是您的感受吗,我的神父,那天在大法院的感受?难道诱惑就是这样一副嘴脸吗?

蒲公英在四处飘散,它们那苦涩的叶子从黑色的土壤中破土而出，那白色的根茎像叉子一样，深深地扎在土壤里。很快，它们就会开花。我要沿着河岸走回去，神父，去看一看那个小小的水上之城，现在它还在壮大，分布在涨潮的塔尼斯河上。上次和您谈话之后，又来了更多的船，以至于现在河上停泊的船都连成一座桥了，人都可以从上面走到对岸。

"欢迎每一个人"——这就是她的计划？把这些人聚集在一起，奢侈地庆祝节日？当时我们是多么努力地把那些残余的异教传统清除干净的，神父，我们是多么费心地进行宣传和劝导啊！鸡蛋、兔子，那些顽固的异教主义根源的代表，它们又露出了原本的嘴脸。过去的一段时期内，我们很纯洁。但是现在有了她，我们又要重新"清扫"一遍。这是一股更加强大的力量，再一次公然地与我们对抗。而我的那群信徒，那些愚蠢的、轻信的教徒，都在投靠她，开始听她的话——阿曼达·瓦辛、朱利安·纳西斯、纪尧姆·杜普莱西、约瑟芬·马斯喀特、乔治斯·克莱蒙特。明天早上的布道上，我就点他们的名字，还有其他曾经听她摆布的人。我会告诉他们，巧克力节只是一部分，还有更多腐蚀人心的东西。同河上的流浪者做朋友，故意藐视我们的习俗和传统，对我们的孩子造成的不良影响。所有这些征兆，我都会告诉他们，还有她的到来不知不觉中增加的影响，所有的一切。

她的巧克力节一定不会成功的。设想一下，如果面对这么强大的反对力量，她还能成功的话，那就太荒谬了。以后每个礼拜日我都会在布道会上提出谴责。我会把那些同她沆瀣一气的人揪出来，然后祈祷他们被救赎。那些流浪者已经开始引发不安了。马斯喀特抱怨说，他们的出现把他的客人吓走了。他们的营地太吵了，又是音乐，又是篝火，快把莫劳德那个地方变成水上棚户小镇了，河里飘着泄漏出来的黑亮的机油，垃圾沿着河水向下游漂去。他的妻子倒是挺欢迎这些人的——我听说了。幸运的是，马斯喀特没有被这群人吓倒。他告诉我，上周他们竟然大胆地想要踏足他家的咖啡店，而他很轻松地把他们赶走了。您看，神父，尽管他们在恐吓对手，可是他们也是胆小鬼。马斯喀特已经把通往莫劳德的那条路堵上了，不让他们过来。本来，一想到可能发生暴力事件，我应该感到震惊，神父，可是，从某种程度上而言，我又很期待它的到来。因为这样就给了我充足的借口，把警察从阿根叫过来。我应该和马斯喀特谈一谈，他应该知道要怎么做。

第十八章

3月1日　星期六

　　洛克斯的船是离岸边最近的一艘,它停靠的地方和其他的船之间有一段距离,正对着阿曼达的家门口,今天晚上,船首挂着像水果一样通红的纸灯笼。在我们来莫劳德的路上,就闻到了河岸边烧烤的味道。阿曼达家的窗户敞开着,俯瞰着河面,灯光从屋里投射出来,照在水上,形成了很多不规则的图案。让我意外的是,河边已经看不见垃圾了,每一块垃圾都被小心地收集起来,放在铁皮桶里烧掉了。从下游的一艘船上传来吉他的声音。洛克斯坐在岸边,看着水面。有几个人已经加入了他的队伍,我认出了泽泽特,和另一个叫布兰切的女孩,以及那个北非人阿默德。在他们身旁,一个便携式的黄铜锅架在煤火上,正煮着什么东西。

　　阿努克立刻朝篝火跑去。我听见泽泽特轻声地提醒着她:"小心点,宝贝,很烫的。"

　　布兰切递给我一大杯热的调味酒,我微笑着接过来。"尝尝看怎么样?"

　　酒很甜,带着特有的柠檬和肉豆蔻的味道,但是酒劲也很大,流过嗓子时火辣辣的。这么多天以来,这是我第一次看见明朗清晰的夜空,我们呼出的气体在静寂的空气中变成一条条白色的"龙"。河面上笼罩着一层薄薄的雾气,被船上的灯光照亮,这儿一片,那儿一片的。

"袋鼠也想要一点。"阿努克说道,指着装调味酒的平底锅。

洛克斯开朗地笑着:"袋鼠?"

"阿努克的小兔子,"我赶紧告诉他,"她——假想的朋友。"

"我觉得袋鼠不喜欢这个,"他告诉她,"或许它更喜欢来点苹果汁?"

"我来问问他。"阿努克说道。

洛克斯今天看起来有点不一样,今天的他更加放松,他正在察看锅里煮的东西,火光勾勒出他的轮廓。食物很丰盛,有在余烬上被分开炙烤的小龙虾,还有沙丁鱼、早熟的甜玉米、马铃薯、在糖里滚过然后在黄油里炸过的焦糖苹果、厚厚的煎饼和蜂蜜。我们捧着白铁盘子,用手抓着吃,喝着苹果酒,又喝了一些调味酒。几个孩子和阿努克一起,在河岸上玩着游戏。阿曼达也下来加入到我们的队伍中,天气有点冷,她把手伸到火盆旁取暖。

"如果我能年轻一点儿就好了,"她叹气道,"我不介意每天晚上都这样过。"她伸手从烤架上拿起一个滚烫的马铃薯,两手灵活地扔来扔去,让它凉一些。"小时候,我梦想中的生活就是这样的。一艘船屋,一大群朋友,每天晚上都有聚会……"她坏坏地看了洛克斯一眼,"我想,估计我会和你私奔的,"她说道,"我对红头发的男人总是没有什么免疫力。虽然我上了年纪,可是我敢打赌,我还是有一两下子可以教你的。"

洛克斯咧开嘴笑了。今天晚上的他,身上看不到一丝不自然的神态。他很幽默,一杯接一杯地喝着苹果酒,似乎非常感动能够做东来招待我们。他和阿曼达开着无伤大雅的玩笑,丝毫不吝啬用华丽的语言去赞美她,阿曼达笑得前仰后合。最后,他带着我们去参观他的船，船舱里被维护得很细致，也收拾得很干净，一间小小的厨房，仓库里放着水箱和食物储备，睡觉的地方带有一个有机玻璃屋顶。

"我买下这艘船的时候，它已经旧到不能再旧了，"他对我们说道，"我把它修了修，现在它和陆地上的房子一样好。"他的微笑有点凄凉，就像一个男人在向别人坦白一个傻里傻气的休闲活动一样。"所有这些工作，只有这样，我才能晚上躺在床上，听着水声，看着星星。"

阿努克兴奋不已。"我喜欢，"她大声说道，"我太喜欢这儿了！它不是什么粪什么的，不像亚诺的母亲说的那样。"

"一个粪堆，"洛克斯温柔地提醒她。我迅速扫了他一眼，可是他在笑。"不，我们不像有些人想象的那么糟糕。"

"我们一点儿都没有觉得你糟糕！"阿努克生气地喊道。

洛克斯耸了耸肩。

然后，音乐响起，那是用笛子、提琴还有用罐头和垃圾箱改造而成的鼓共同演奏而成的。阿努克也带着她的玩具喇叭加入了，孩子们疯狂地跳着舞，差点从岸边跳到了水里，结果被大人带到安全的地方。最后我们离开的时候，已经都十一点多了，阿努克累得眼睛都睁不开了，还是在努力地强撑着。

"没关系的，"洛克斯告诉她，"你什么时候想再来都可以。"

我向他道了谢，两手把阿努克抱了起来。

"不客气。"突然，他的眼睛看着我身后的山顶，脸上的笑容凝固了，两眼之间出现了一道轻轻的褶皱。

"怎么了？"

"我也不知道，可能是我多疑了。"

莫劳德这边的路灯少得可怜，唯一的光源就是共和国咖啡馆外面那一盏孤零零的黄色的街灯,灯光沉沉地打在狭窄的堤坝上。路灯那边,就是法郎布尔如瓦大街了,那条街很宽阔,街上灯火通明,照着街边的两排树木。他又仔细地观察了一会儿,眼睛眯了起来。

"我觉得刚刚好像有人从山上下来了,没什么,可能是灯光晃了眼睛吧。现在那边没人了。"

我抱着阿努克,沿着山坡向上走。我们身后还响着那轻柔的风琴声。泽泽特还在跳着舞,篝火越来越弱,但是依然能照出她的轮廓,她那疯狂的影子在她的脚下跳动着。我们经过共和国咖啡馆时,我发现门半掩着,虽然里面的灯已经全灭了。里面传出一阵轻微的关门声,好像有人偷偷监视着我们,不过,这也有可能是风在作祟。

第十九章

　　三月的到来,终于让这场雨收尾了。现在,天空露出了脸庞,云朵在空中快速地移动着,中间闪现出一片片蓝色,到了晚上,风就会呼啸而起,掠过角落,把窗户吹得咔哒作响。教堂的铃铛也剧烈地响着,似乎也感受到了这种突如其来的变化。风向标的标杆指着风云变幻的天空,铁锈摩擦的尖利声不停地刺激着人的耳膜。阿努克独自在她的房间里玩耍,自顾自地唱着一首和风有关的歌曲:

　　　　那里的好风,那里美妙的风;

　　　　那里的好风,我的名字就是我的生活;

　　　　那里的好风,那里美妙的风;

　　　　那里的好风,我等的人就是我自己。

　　母亲以前常说,三月的风是会让人生病的风。可是除此之外,感觉也挺好,风中有生命和新鲜空气的味道,还带来了远处大海咸咸的味道。很好的月份,三月,二月被它从后门赶走,春天开始在前门等待。正是改变的时间。

　　有五分钟了,我独自一人站在广场上,伸开双臂,感受着风吹拂我的头发。我忘记穿上外套了,结果红色的衬衣被风吹起,如鼓起的风帆。我是一只风筝,感受着清爽的风,慢慢升起,升到教堂塔楼的上方,升到我的上方。有那么一瞬间,我完全失去了方向,看见广场上那一抹猩红色的身影,立刻开始四处乱窜——降落,回到了自己的身上,气喘吁吁。我看见雷诺的脸,他正站在高高的窗户上向下望,那双幽暗的眼睛充满愤恨。他的脸色十分苍白,明亮的阳光打在他的皮肤上,几乎没有留下什么色彩。他的手紧紧地抓着身前的窗台,指关节泛着和脸一样惨淡的白色。

风已经吹进我的头脑里去了。我朝他愉快地挥了挥手,然后转身向店里走去。他一定会把这个看做是挑衅,我知道,可是今天早上,我不在乎。风已经将我的恐惧吹散了。我朝站在塔楼上的"黑衣男子"招手了,风雀跃地啄着我的衬衣。我开始兴奋不已,对未来充满期待。

这种新的勇气似乎也一定程度上感染了兰瑟的人们。我看着他们走进教堂,孩子们迎着风奔跑着,胳膊像风筝一样展开,狗对着空气狂吠不已,连大人的脸上也欢快了一些,眼睛也因为清爽而多了一丝流动的神采。卡洛琳·克莱蒙特穿戴着崭新的春衣和春帽,胳膊被身边的儿子挽着。过了一会儿,卢克偷偷瞟了我一眼,用手挡着脸,朝我微微一笑。约瑟芬和保罗·马力·马斯喀特像恋人一样挽着彼此的胳膊,可是她的脸扭曲着,棕色的贝雷帽下藏着那种反抗的表情。透过玻璃,他的丈夫瞪了我一眼,加快脚步向前走去,我看见他的嘴巴在蠕动。然后是纪尧姆,今天他没有带着查理,虽然他的手腕上还悬着那根明亮的塑料绳,没有狗的陪伴他看起来如此的孤独无助。阿诺德朝我这边看过来,点了点头。纳西斯停下步子,仔细地看了看门口那一盆老鹳草,又伸出粗壮的手指,摘下一片叶子,把它放在鼻子下面,闻了闻上面绿色的浆液。尽管他脾气不好,可是他却很喜欢甜食，我知道，等一会儿，他肯定会来喝一杯穆哈咖啡，再吃一块巧克力蛋糕的。

钟缓缓地响了，催着人们加快脚步——咚！咚！人们顺着教堂打开的大门走了进去，就在那时，我又瞥见了雷诺——此时的他，穿着一件白色的法衣，两手交叠，脸上挂着关切，站在那里迎接他们的到来。我感觉他又看了我一眼，隔着广场，眼睛迅速地向我飞过来又很快转过去，看到我的瞬间，那白袍子下面的脊背似乎微微僵了一下，不过我也不是很确定。

我待在柜台旁，手里握着一杯巧克力，等待着弥撒的结束。

这次的弥撒似乎比平时长一些。大概是复活节快到了，雷诺的要求也变得更多了吧。直到九十分钟后，第一批人才带着鬼鬼祟祟的表情出来，一个个低着头，风放肆地扯着他们的头巾和弥撒服，突然间又把他们的衬衣吹得鼓鼓囊囊的，催促着这群人走过广场。阿诺德经过门口的时候，朝我羞怯地笑了一笑：今天早上不吃香槟蛋糕了。纳西斯像往常一样走进来，可是却比平时更加沉默，只是从花呢子大衣的口袋里掏出一张纸，一边喝一边静静地看着上面的东西。十五分钟过去了，做弥撒的人还有一半仍然在里面没有出来，我估计他们应该是在等待忏悔吧。我又倒了一些巧克力，喝了起来。礼拜日本身就是漫长的一天，最好还是耐心地等待。

突然，我看见一个穿着花呢格子大衣的熟悉身影从半掩着的教堂大门里溜了出来。约瑟芬迅速向广场上看了一圈，没有看到其他人，就飞快地向我这里跑来。看见纳西斯，她稍微犹豫了一下，最后还是决定进来了。仍然是防卫似的紧紧地握着拳头，放在心口下面。

"我不能待在这儿，"她急忙说道，"保罗在忏悔室里，我只有两分钟的时间。"她的声音尖厉且急促，句子像一排多米诺骨牌一样，从她的嘴巴里匆忙地倒了出来。

"你一定要离那些人远一点，"她突然开口道，"就是那些旅行者。你一定要赶快告诉他们离开，提醒他们。"她的脸不停地动着，为了抢时间说话，两只手不停地张开又合上。

我看着她。"拜托了，约瑟芬。你坐下来，先喝一杯。"

"我不能！"她重重地摇了摇头，那被风吹乱的头发狂乱地散落在脸上。"我跟你说了我没时间。照我说的去做，拜托了。"她听起来既焦虑又疲惫，还一直望着教堂的大门，似乎怕被谁看见她和我在一起。

"他一直在训诫人们，让人们反对他们，"她飞快地小声说道，"反对你，说了一些事情。"

我满不在乎地耸了耸肩。"那又如何？我该在意吗？"

约瑟芬把拳头放在太阳穴上，似乎十分挫败。"你一定要去提醒他们，"她又说了一遍，"告诉他们赶紧走。还有阿曼达，告诉她，今天早上他念到她的名字了。还有你的。如果被他看见我在这里的话，估计也要点我的名了，还有保罗——"

"我不明白，约瑟芬，他能怎么样呢？为什么我要在意呢？"

"你只管告诉他们，好吗？"她的眼睛又谨慎地看了教堂一眼，从门口走出几个人。"我不能待了，"她说道，"我必须走。"她转身向门口走去。

"等一下，约瑟芬——"

她转过身，脸上带着模糊的悲伤。看得出，她快要哭出来了。"一直都是这样，"她用沙哑的声音哀伤地说道，"每一次，只要我交到一个新朋友，他就设法搞破坏。这一次还是无可避免。到时候，你可以好好的，可是我——"

我向前跨了一步，打算去安慰她。可是约瑟芬却突然向后一退，摆出一副笨拙的自我防卫的姿势。

"不可以! 我不能! 我知道你是好意,可是我就是——不能! "她努力平复情绪,"你一定要理解我,我在这里生活,我必须在这里生活。而你是自由的,你可以想去哪里就去哪里,你——"

"你也可以。"我温柔地回道。

她看着我,用指尖飞快地碰了一下我的肩膀。

"你不明白,"她没有丝毫愤恨地说道,"你不一样的。曾有一段时间,我以为我也可以学着变得不一样。"

她转过身,脸上的那种焦急已经不见了,而是换上了一种陌生的、近乎甜美的、茫然的表情。她再次把手插进口袋里。

"对不起,薇安,"她说道,"我真的试过了。我知道这不是你的错。"有那么一瞬间,我看见她的五官又重新变得生动起来,可是这种生动转瞬即逝。"告诉那些河上的人,"她催促着,"告诉他们快走。这也不是他们的错,我只是不想让任何一个人受到伤害,"约瑟芬低声地说,"好吗? "

我耸了耸肩。"没有人会受到伤害的。"我告诉她。

"好的。"她朝我痛苦地笑了一笑。"不要担心我,我很好,我真的很好。"说完又缓缓地苦笑了一下。我站在门口,她侧着身子从我旁边走过去的时候,我不经意瞥见她手里正拿着什么闪闪发亮的东西,然后看见她的上衣口袋里塞满了女士的珠宝、唇膏、小镜子、项链和戒指,从她的指缝中漏了下来。

"这个,给你的,"她欣喜地说道,将一把顺手偷来的财宝往我的手里一推,"没关系,我还有很多。"然后带着甜蜜的笑容走了,留下我捧着一把链子、耳环和一块块亮晶晶的塑料镀金的东西,傻傻地站着,这些东西从我的指缝中慢慢地掉下来,落到地板上。

那天下午晚些时候,我带着阿努克去莫劳德散步。旅行者的帐篷在灿烂的阳光下看着让人十分愉悦,洗净的衣服晾在两条船之间的绳子上,被风吹得啪啪作响,所有的玻璃和油漆在阳光下闪闪发亮。阿曼达家前院的花园里有个遮阳篷,她就坐在下面的摇椅上,静静地看着小河。洛克斯和阿默德在她家屋顶的斜坡上,正在重新排放已经松散的瓦片。我注意到早已腐烂的屋檐柱子和三角架都被换了下来,而且又重新刷上了明黄色。我朝房顶上的两个人挥了挥手,然后就坐在花园的矮墙上,阿曼达的身旁。阿努克立刻向河岸跑去,又去找昨天晚上和她一起玩耍的朋友了。

宽大的草帽下,老人的脸看上去有点浮肿,也十分疲惫。一张毛毯无精打采地搭在她的膝盖上,还没有动过。她简单地向我点了点头,一句话也没有说。如果不仔细看,几乎看不到她身下的椅子在前后摇晃,哒——哒——哒——哒。她的猫蜷缩着身子,睡在椅子下面。

"卡洛今天早上过来了,"她终于打破沉默开口道,"我想我应该感到荣幸吧。"说到这里,她突然焦躁地扭动了一下。

椅子摇晃起来,哒——哒——哒——哒。

"她以为她是谁呢?"阿曼达突然生气地蹦出一句来,"血腥的玛丽·安托瓦内特[1]吗?"

她恼怒地考虑了几分钟,摇椅又重新晃了起来。"想告诉我什么能做,什么不能做。还把她的医生带来——"她说着停了下来,用那双鸟儿一样穿透人心的眼神盯着我。"那个好管闲事的人。她总是这样,你知道的,总是和她父亲告状。"她嗷嗷地干笑了几声。"无论如何,她在这点上,和我没有一点共同之处,一点也没有。我从来都不

---

[1] 玛丽·安托瓦内特:法国国王路易十六之妻,骄纵奢华,法国大革命时被送上断头台。

需要什么医生——或者什么神父——来告诉我该怎么去思考。"阿曼达不服气地用手蹭了一下下巴，更加用力地摇着摇椅。

"卢克也来了吗？"我问道。

"没有。"她摇了摇头，"去阿根参加象棋锦标赛去了。"提到卢克，她那严肃的脸庞立刻柔软下来。"她还不知道他那天过去找我了，"她得意地说道，"而且她也不会知道的。"她笑了。"他是个好孩子，我的外孙，知道如何保守秘密。"

"我听说，在今天的布道上，我们两个都被点名了。"我对她说道，"被归为不受欢迎的一类人，我是这么听说的。"

阿曼达不屑地哼了一声。"我在自己的房子里做什么，那是我自己的事情，"她简短地说道，"我已经告诉雷诺，也告诉过他之前的那个安东尼神父了。当然，他们从来也听不懂，总是跟我兜售老一套垃圾，什么社区精神，什么传统的价值观，总是老一套令人厌烦的道德把戏。"

"那么也就是说，之前有过这种情况了？"我好奇地问道。

"哦，是的。"她说完点了点头。"那是很多年之前的事情了，雷诺那个时候差不多还是卢克那么大吧。那个时候，我们这里也来过流浪者，可是他们从来不作停留，除了这次。"她抬头向她那漆了一半的房子看了一眼。"一定会很漂亮的，是吧？"她得意地说道，"洛克斯说今天晚上完工。"说到这里，她突然皱起了眉头。"我自己可以选择让谁来为我工作，"她不满地说道，"他是个诚实的人，活也干得很不错。乔治斯没有权利对我指手画脚的，没有权利。"

她拿起手上未做完的毯子，一针没动又重新放了下来。"我没办法静下心来做事了，"她生气地说道，"天刚一亮，就被那些破钟吵醒，本来就够扫兴的，更何况一大清早看见的第一个人就是卡洛，还有她那一脸的假笑。'妈妈，我们每天都在为你祈祷，'"她学着卡洛说话，"'我们希望你能明白，我们真的很担心你啊！'真正担心的是他们在街坊邻居中的名声吧。有我这样的母亲肯定让她觉得十分丢脸，时刻提醒着她的过去。"

她得意地笑了一下，可是笑意根本没有到眼底。"只要我还活着，他们就知道还有人记得所有的过往，"她说道，"她和那个孩子碰到问题的时候，是谁帮忙解决的，嗯？还有他——雷诺，那个比白人还白人的先生。"她的眼睛亮晶晶的，充满敌意。"我敢说，我是记得那些陈年旧事的人中唯一一个还活着的。当然，本来知道这些事情的人就不多。要不是我知道如何管住自己的嘴巴，那件事肯定会成为轰动乡里的大丑闻。"说完，淘气地向我扫了一眼。"不要那么看着我，姑娘，一个秘密我还是守得住的。你以为他为什么不来管我了？他有很多手段可以用，如果他真想这么做的话。卡洛知道，她已经试过了。"阿曼达说完又非常开心地笑了起来——哈哈哈。

"我以为雷诺不是当地人呢。"我好奇地说道。

阿曼达摇了摇头。"记得的人已经不多了，"她说道，"他很小的时候就离开兰瑟了，这样对大家都好。"她停了一下，像是在追忆过去的事情。"但是，他这次最好不要耍花样，不要对付洛克斯或者他的任何一个朋友。"那个幽默的她不见了，这样的她给人一种苍老的感觉，像个爱发牢骚的、郁郁寡欢的老人。"我喜欢有他们在这儿，他们让我觉得年轻了许多。"那双瘦瘦的小手无意识地拔着膝盖上那条毯子上的毛。椅子下面的小猫感觉到了她的动作，从地上爬起来，纵身一跃，跳到了她的膝盖上，撒娇般地叫着。阿曼达挠了挠它的脑袋，它"喵——喵"直叫，又顽皮地用爪子扑她的下巴。

"拉里福莱特，"阿曼达叫道——后面我才意识到这是那只猫的名字——"我养了它十九年了，所以它的年纪几乎和我相当了——按猫的年岁来算的话。"说完对着小猫一阵咯咯笑，小猫听见了，叫得更大声了。"其实我对猫是过敏的，"阿曼达说道，"大概是因为气喘或什么原因吧。我跟他们说，我宁愿噎死，也不愿意放弃猫，虽然有些人我可以毫不犹豫地放弃。"拉里福莱特慵懒地抽动着胡髭。我朝河那边望去，阿努克在堤坝下面和两个黑头发的孩子玩耍着。阿努克是三个孩子中最小的一个，可是听着声音，她似乎正指挥大家玩呢。

"再待一会儿，喝点咖啡吧，"阿曼达提议道，"你来的时候我正打算去煮一点呢。还有柠檬茶，给阿努克喝。"

我在阿曼达家精致小巧的厨房里用铁锅煮着咖啡，厨房的屋顶很低，但是里面所有东西都很干净整洁，一扇非常小的窗户正对着前面的小河，使得屋里的光线像河底的水一样，带着一点墨绿色。未上油漆的黑色横梁上悬挂着一袋袋用棉布香囊装着的晒干的草药。白色的石灰墙上钉了一些钩子，上面挂着铜锅。厨房的门和其他房间的门一样，都在底部开了一个小洞，方便她的小猫自由通行。我用一个烤瓷的铁锅煮着咖啡，另一只猫蹲在一个高高的壁架上，好奇地看着我。我注意到那个柠檬茶是无糖的，盆里的甜味剂都是一种蔗糖替代品。虽然她一直叫嚷着没有关系，可是这样看来，其实她也采取了一些预防措施。

"讨厌的东西，"她恨恨地批评道，拿着一个手绘的杯子喝着咖啡，"他们说这些尝着和糖没什么区别，可是其实是有差别的。"她苦笑了一下。"卡洛来的时候带过来的，把我的橱柜检查了一遍，我想她的本意是好的，所以我也无可拒绝地做了一回傻子。"

我告诉她应该多多注意。

阿曼达不屑地哼了一声。"等你到了我这个年纪，"她告诉我，"一切就开始走下坡路了。如果不是这件事情，那也会是另外一件。生活原本就是这样。"说完又喝了一口苦咖啡。"兰波十六岁的时候说,他想带着最最强烈的情感,去尽可能体验更多的东西。而现在,我快八十岁了,也开始认为,他说的是对的。"她咧开嘴笑了,而我,再一次为她脸上洋溢的青春所震撼,那种青春同肤色或者骨骼状况没有多大的关系,更多的是取决于一种内心的明媚和期望,那种表情,只有那些还没有发现生活能带来什么的人们的脸上才拥有。

"我觉得你这把年纪可能无法加入外国兵团了,"我笑着告诉她,"兰波的经历有时候不是有点太过了吗?"

阿曼达淘气地瞟了我一眼。"是啊,"她答道,"我还可以玩得更过。从现在开始,我要放纵自己——要俗气一点——我要享受吵闹的音乐和俗气的诗歌,我要嚣张一点。"她得意地宣告着。

我笑了。"你真是荒唐,"我假装正经地说道,"难怪你家人对你绝望了。"

她和我一起哈哈大笑,笑得前俯后仰,她的摇椅也跟着晃个不停,可是,现在回想起来,我记住的不是她的笑声,而是她笑声背后不经意间被我看见的那种表情——那是被抛弃之后的无所顾忌,那是穷途末路之后的开心。

这之后,深夜时,当我大汗淋漓,从几乎快被我遗忘的黑暗的噩梦中惊醒过来之时,我才想起来,自己曾经在哪里见到过那种表情。

佛罗里达怎么样,甜心?大沼泽地、基韦斯特,还是迪士尼、切利、纽约、芝加哥、大峡谷、唐人街、新墨西哥、落基山?

可是在阿曼达身上看不到我母亲那种恐惧,看不到我母亲那种敏感地回避死亡,或者同死神斗争,也看不到她那种疯狂的"打一枪换一个地方"的迁徙,带着幻想赶往另外一个未知的地方。阿曼达身上,只有饥渴、欲望和对时间的可怕认知。

我很好奇,那个医生今天早上到底对她说了什么呢? 她到底明白多少? 我躺在那里想了很久,想着想着就睡着了,在梦中,我和阿曼达一起在迪士尼乐园里闲逛,而雷诺和卡洛两个人手牵着手,就像《爱丽丝梦游仙境》里面的红皇后和白兔子一样,手上戴着大大的白色卡通手套。卡洛那巨大的头上顶着一个红色的皇冠,阿曼达的两只手各攥着一支棉花糖。

从某处遥远的地方传来一阵纽约汽车的声音,喇叭鸣叫的声音越来越近。

"哦,天呐,不要吃了,那个有毒。"雷诺尖声叫道,可是阿曼达继续两只手抱着棉花糖使劲地吃,脸上很光滑,也非常沉静。我试图警告她,让她小心出租车,可是她只看着我,并且用我母亲的声音说道:"生命就像狂欢节,亲爱的,每年越来越多的人死于横过马路时,这是有数据证明的。"然后继续用那可怕的方式狼吞虎咽地吃着棉花糖,雷诺转过身,看着我尖叫,声音很尖厉,更具威胁性:"这都是你的错,你和你的巧克力节日,在你来之前,所有的事情都好好的,可是现在,每个人都快死了、快死了、快死了、快死了——"

我伸出双手为自己辩护。"不是我,"我低声说道,"是你,应该是你,你就是那个'黑衣男子',你是——"然后我穿过镜子向后倒去,塔罗牌从四面八方包围着我:九把剑——死亡、三把剑——死亡、高塔——死亡、战车——死亡。

我尖叫着醒了过来,阿努克站在我旁边,黑暗中她那朦胧的脸上有睡意和焦急。"妈妈,怎么了? "

她用温暖的胳膊抱着我的脖子。她的身上有巧克力和薰衣草以及宁静无忧的睡眠的味道。

"没事,做了一个梦,没事的。"

她用轻柔的声音给我哼着歌,我突然对这个颠倒的世界产生了一种心力交瘁的感觉,仿佛我已经融入到她的身体里面,就像鹦鹉螺钻进了它的壳里一样,在旋转着,她那双清凉的小手放在我的额头上,她的嘴巴贴着我的头发。

"出去——出去——出去,"她无意识地喃喃自语道,"坏东西,滚出去。没事了,妈妈,都走了。"我不知道这些东西她是从哪里学到的。我母亲以前经常这么说,可是我不记得自己曾经教过阿努克这个。而且,她用的时候,就像在用一个古老的、为人熟知的方法一样。我抱了她一会儿,被这种爱感动得全身无力。

"会没事的,对吧,阿努克?"

"当然。"她的声音像个大人一样,十分清晰有力。"当然会。"她把头放在我的肩膀上,带着睡意蜷缩在我的胳膊里,"我也爱你,妈妈。"

黎明的曙光之外,一轮月亮在灰暗的天际发出微弱的光芒。我紧紧地拥着女儿,她刚刚又重新入睡了,她头上的卷发摩挲着我的脸。这就是我妈妈惧怕的东西吗?我一边思索,一边听着鸟叫——一只啾啾地叫着,然后聚集了一群——她想要逃离的就是这个吗?不是她自身的死亡,而是自己的生活同别人之间那千万次细微的交集吗?那些断开的联系,不由自主的关联,那些责任?我们这么多年一直在逃离我们的爱人、我们的友谊以及那些随口说出却能改变生命历程的言语?

我试图将那个梦回忆起来,雷诺的脸——他那沮丧的、不知所措的表情,"我来晚了,我来晚了……"——他也在逃离或者走进某种令人无法理解的命运,而我,无意中成为了其中的一部分。可是,我能想起来的只剩下破碎的片段,一片片被大风吹散在空中,像飞舞的塔罗牌一样。我实在想不起来,那个"黑衣男子"到底是追人的人还是被追的人,现在连他到底是不是那个"黑衣男子"都很难确定。可是那个大白兔的脸反而回来了,和狂欢节车上那个受到惊吓、拼命想下车的孩子的脸一样。

"是谁带来这个变化的?"

混乱之中,我以为那是别人的声音,一秒钟之后,我才明白过来,那是我自己的声音,我刚刚喊出来了。可是,就在我躺回去想继续睡觉时,我确定,我听到了另外一个人的回答,那个人的声音听着有点像阿曼达,又有点像我母亲。

"是你,薇安,"这个声音温柔地对我说道,"是你。"

第二十章

3月4日　星期二

　　春天的谷子带来了第一抹绿色,大地看起来也更柔和,比您和我过去所见到的都要柔和。远处一看,那种绿色郁郁葱葱——几只早起的蜜蜂在空中飞来飞去,似乎想在空气中编织出什么东西,这样的田野看着令人昏昏欲睡。可是我们都知道,两个月之后,所有这些都会被太阳晒成短短的谷茬,地上光秃秃的,干裂得犹如上过红色的釉彩一般,连荆棘都不愿意在上面生长。一阵热风将这个国家所有的一切全部吹走,再吹来干旱,同时,它也会吹来那些令人讨厌的、死气沉沉的会滋生疾病的东西。我还记得1975年的那个夏天,我的神父,死亡的热浪,灼热、惨白的天空。那个夏天,我们遭遇了接连不断的瘟疫。那是从河上的流浪者开始的,他们在那漂流着的肮脏的茅屋里,慢慢地爬向河岸,最后搁浅在莫劳德那日益干涸的泥滩上。然后,疾病开始袭击他们的牲口,然后是我们的牲口,那是一种疯病,牲口染上之后,就会翻白眼,四肢轻微抽搐,身体渐渐肿胀——虽然它们已经不再喝水——然后开始流汗、打冷战,最后在一堆紫黑色的苍蝇中死去;上帝啊,空气中到处都充斥着那种化脓的气味,那种犹如烂水果的汁水一样既腐败又甜腻的气味。您还记得吗?那个夏天是那么热,无路可走的野生动物都从干涸的沼泽地跑出来找水喝。狐狸、臭鼬、黄鼠狼、野狗。这些动物大多全身发热发红，因为饥饿和干旱而不得不从栖息地逃出来。当它们踉跄着向河岸走去的时候，我们可以打它们，用石头砸它们或者把它们弄死。孩子们也拿石头砸流浪者，可是他们也和牲口一样，被困在那里，无路可退，他们一个接一个地回来。空中到处都是绿头苍蝇，还有他们为了阻止疾病传播而把东西烧掉时发出的恶臭。马儿最先倒下去，然后是奶牛、公牛、山羊和狗。我们把他们封锁在岸边，拒绝把东西或水卖给他们，拒绝为他们提供药品。他们被困在日益干涸的塔尼斯河的泥滩上，只能喝瓶装啤酒以及河里的水解渴。我记得自己曾经站在莫劳德那边，看着他们，夜晚那些沉默的、无精打采的身影待在篝火旁边，偶尔还能听到某个人的呜咽声——一个女人或是小孩，我猜——从黑糊糊的河水上传过来。

有些人，那些软弱的人——其中就有纳西斯，开始说什么博爱，说什么怜悯。可是您的立场十分坚定，您知道该怎么做。

弥撒上，您把那些拒绝合作的人的名字点了出来。马斯喀特——老马斯喀特，保罗的父亲——挡着不让他们进咖啡馆，后来他们知道了原因。夜里，流浪者们和村民打了起来，教堂被人玷污了，可是您仍然坚定地挺了下来。

有一天，我们看见他们试图把船从泥滩上举起来，再放到水面上。河里的泥还是太稀，结果他们陷了下去，一直陷到大腿根处，他们挣扎着，寻找黏糊糊的石头。有人把绳子套在他们的桅船上，使劲拉着，有人从后面用力推着。看见我们站在旁边观望，有人就用他们那粗哑刺耳的声音骂我们。但是他们又硬撑了两个星期才走了，那些破船留在这儿了。一场火，您说的，我的神父，那个醉汉和他那邋遢的女人——那艘船的主人生的火，无意中烧了起来，火苗在干燥的空气中蹿了起来，直到整个河面上都映照着飞舞的火光。那是一场事故。

有人在背后议论,有人一直在议论,说您在布道的时候表扬了这件事,还赞赏地朝老马斯喀特和他年轻的儿子点了点头,认为他们干得漂亮,地方选得好,既看不见也听不见。但是,那天晚上他们没听见什么,也没看见什么。大部分人都没有。大家总归松了一口气。后来冬雨来临,塔尼斯河的河水再次涨了起来,甚至连那些笨重的大船也被淹没了。

神父,今天早上,我又去了那个地方,那里吸引着我。它和二十年前的样子有点不同,有种神秘的寂静,似乎有所期盼。我经过那里的时候,那些窗户上油腻腻的窗帘会被猛地拉上。我似乎能听见一声低低的、连续的笑声从安静的地方向我传过来。我也会足够坚定吗,我的神父?虽然我所有的目的都是好的,我会失败吗?

三周了,我已经在这荒野中花了三周的时间了,我应该把那些犹豫软弱全部从身上清除掉。可是,恐惧仍然阴魂不散。昨天晚上,我又梦见她了。哦,不是那种色情的春梦,而是一种令人无法理解的噩梦。神父啊,是她带来的混乱,让我身心俱疲,那种狂乱。

乔林·德鲁告诉我,她那个女儿也不是善类,一直在莫劳德那里乱跑撒野,谈论宗教仪式和异端邪说。乔林说,那个孩子从来不去教堂,从不学着如何祈祷。她对那个孩子说起复活节和耶稣复活的事情之时,那个孩子竟然咯咯地笑了起来,反而对她说了一大堆各种异端邪说的废话。而这个巧克力节,现在每家商店的窗户上都贴着一张她的海报,孩子们都兴奋疯了。

"让他们疯去吧,神父,你也曾经年轻过啊。"乔治斯·克莱蒙特竟然纵容地说道。他的妻子斜着精心修整的眉毛下面的那双眼睛瞅着我。"哦,我也没有看到这样会带来什么实质性的坏处。"她傻笑着说道。事实情况是，我猜测，他们的儿子对那个感兴趣了。"任何能帮助宣传复活节所传达的意义的——"

　　我不会试着让他们明白的，因为反对孩子们的庆祝等于是给人留下笑柄。我已经听到纳西斯嬉皮笑脸地把我们这群人称为"反巧克力一族"了，他这个叛徒。可是，这样还是让我很心痛。心痛的是她居然利用教堂的节日来削弱教堂的力量，削弱我的影响力。我已经在拿自己的威严冒险了，所以也不敢再轻举妄动了。日复一日，她的影响力越来越广，其中多半也是那个小店的功劳。一半是咖啡，一半是自信，这家店总给人一种安逸的感觉，让人信赖。孩子们喜欢那些各种形状的巧克力，而且一般用零花钱就能买得起。成年人喜欢它的氛围——小小的淘气、低声倾诉的秘密、发一发牢骚。有几户人家已经开始每个礼拜日订巧克力蛋糕做午餐了，我看见他们做完弥撒之后，就去那里取系着缎带的盒子。兰瑟居民从来就没有吃过这么多的巧克力。昨天，丹尼斯·阿诺德一直吃、一直吃！而且在忏悔室吃！我都能闻到她呼吸里面的甜味，可是因为在忏悔室里不能说话，我只好假装没有听到。

　　"原谅我，我的神父，我有罪。"我能听到她咀嚼的声音，她咂摸巧克力时牙齿之间发出的轻轻的"吧嗒吧嗒"的声音。她在那里忏悔一些我连听都没有听说过的琐碎的罪恶，我越听越生气，整个封闭的忏悔室里巧克力的味道越来越浓重，她的声音里都带着黏糊糊的巧克力味，结果让我的口腔也跟着分泌口水。终于，我忍无可忍。

　　"你在吃什么东西吗？"我突然问道。

　　"没有，神父。"她几乎愤慨地说道，"吃东西？为什么我——"

　　"我确信听见你在吃东西。"我连声音都懒得放低，在黑暗的忏悔室里面半蹲地站着，两只手抓着壁架。"你把我当什么，傻子吗？"我再次听见舌头吸吮唾液的声音，这让我大为恼火。"我能听见你吃东西,夫人,"我毫不客气地说道,"你以为你的声音别人听不见吗,你以为你是隐形的吗?"

"我的神父,我向你保证——"

"别说了,阿诺德夫人,别再继续撒谎了!"我咆哮道,突然之间,巧克力的味道消失了,舔舐东西的声音也消失了,只剩下愤怒的抽噎声和喘气声以及"噼里啪啦"惊恐的逃窜声——她从忏悔室跑出去了,高跟鞋踩在镶花地板上,发出吱吱的打滑声。

我独自一人待在忏悔室里,试图回想那个气味、声音和证据,还有愤怒——我正当的气愤。可是,在黑暗的包围中,我只能闻到烧香的味道和蜡烛的烟味,哪里还有一丝巧克力的影子?我犹豫了,开始怀疑自己的判断。这不是很荒谬吗?一想到这里,我突然大笑不止,笑得直不起腰,我完全没有料到自己会这样,这样的自己也让我惊慌不已。我浑身发抖,全身是汗,胃里在翻腾。我突然意识到,她是唯一一个能完全理解这种局面幽默之处的人,这种想法再一次激起我的愤怒。我应该借口说身体微恙,先结束忏悔。我摇摇晃晃地返回法衣室,一路上,不少人面带诧异地打量着我。我必须要更加小心一些,兰瑟这里可不缺流言蜚语。

从那之后,再也没有类似的事情发生。那天夜里我有点低烧,所以,在忏悔室里的突然爆发应该就是这个导致的。这种小事故我当然不会让它再发生第二次的。为了预防类似事件的发生,我进一步减少了晚餐的量,以防出现消化问题,导致这种事情出现。可是,我仍然从周围感觉到一种蠢蠢欲动,甚至是某种期待。春风让孩子们更加躁动了,一个个伸展胳膊,在广场上"扬帆"航行,像小鸟一样唧唧喳喳地呼喊着彼此的名字。大人似乎也变得十分轻浮,不安地从一个极端到跑到另一个极端。女人们高声聊着天,一看到我从旁边走过,就立刻不好意思地噤声了,有些人快哭了,有些人一副想打架的样子。今天早上，我本想和约瑟芬·马斯喀特聊聊，当时她就坐在共和国咖啡馆的外面，没想到这个呆板、笨拙的女人居然不客气地和我顶嘴，用那双冒火的眼睛盯着我，说话的声音也因为气愤而发抖。

"别和我说话，"她咬牙切齿，"难道你做的还不够吗？"

我为了保持自己的威严，因此没有回嘴，担心和她陷入口角大战。不过，我却发现她变了，现在变得强硬了，脸上那种无精打采也消失了，转而换上了一副仇恨的表情。敌人阵营又改变了一个人。

他们为什么看不到呢，我的神父？他们为什么看不到这个女人正对我们做着什么呢？破坏我们的社区精神，还有我们的意志力。她在利用每个人内心的软弱，为自己赢得同情，赢得忠诚的顾客——上帝救救我吧——我也很渴望，可太软弱了。一方面，为了河上贫穷的、无家可归的流浪者们做关于友善、宽容和怜悯的布道；另一方面，堕落却日益根深蒂固。魔鬼不是通过灾难而是人性的懦弱操纵人类，神父，这一点您比任何人都清楚。没有我们的信念提供力量并帮我们保持心灵的纯洁，我们会在何处？我们的安全能否有保障？这种疾病感染到教堂本身，还要多长时间呢？我们已经目睹过腐败传播的速度有多快。很快，他们就会开始游说众人接受异教礼拜，选择其他的信仰体系，废止忏悔这种不必要的惩罚，赞美人的本我。他们的思想看似前卫、无害且自由，可是却会让他们在自信满满、毫无反抗的情况下沿着那条"好心的"道路通往地狱，最后悔之晚矣。

很讽刺，不是吗？一周之前，我还在质疑自己的信仰。我当时过于专注自身反而忽略了所有的迹象。我太懦弱了，没能履行自己的职能。其实《圣经》已经清楚地告诉我们该如何去做了。杂草和小麦怎么可能和平共生呢？任何一个园丁都会告诉我们同一个答案。

第二十一章

3月5日　星期三

　　卢克今天又来和阿曼达聊天了。现在的他似乎更自信了,虽然有时候说话还是结结巴巴,可是已经很放松了,至少能偶尔开几个规规矩矩的玩笑,只是他开玩笑时还带着点吃惊,好像还不习惯幽默家这个角色。阿曼达的精神状态非常好,现在她已经不戴那个黑色的草帽了,而是换上了水洗绸的头巾。她的双颊是玫瑰色的苹果红——虽然我怀疑这是不是她皮肤的原本颜色, 就像她的嘴唇变得格外鲜艳一样,总觉得像是人为的,而非单纯的兴高采烈所致。在短短的时间里,她和她的外孙发现,两人之间的共同之处远比他们之前想象得要多。没有卡洛出面干涉,两个人似乎相处得十分自然。这让人很难相信上个星期他们见面时还几乎不点头呢。可是现在,他们之间多了一种强烈的感情,轻松的语调,有亲密在流动。政治、音乐、象棋、宗教、橄榄球、诗歌——他们从一个话题跳到另一个话题,就像宴会上的美食家,因为无法忍受放弃任何一种美食而把每一道菜都尝个遍一样。阿曼达将自己的魅力化作一道道激光,向卢克射去——偶尔来点粗俗的东西,然后又变得很博学,忽而又成了一个迷人可爱的女子,忽而又像个老顽童,忽而庄重严肃,忽而又很机智。

毫无疑问,这就是一种诱惑。

这一次,注意到时间的是阿曼达。"太晚了,孩子,"她突然说道,"你该回去了。"

卢克一句话还没有说完,脸上露出十分懊恼的神情。"我——没有意识到,已——已经这么晚了。"他无措地顿了一下,似乎还不愿意离开。"我想我应该离开了,"他无精打采地说道,"如果晚了,妈——妈妈又要发火了,或者——说什么。你知道她——什么样。"

阿曼达聪颖地克制住自己,没有去考验孩子对卡洛的忠诚,尽可能不对她发表任何谴责和评价。她仅仅露出一个阿曼达式的邪恶的微笑,这就表示隐晦的批评了。"不要总是说'我应该怎样',"她说道,"告诉我,卢克,难道你就没有想过叛逆,哪怕一点点吗?"她的眼睛满是笑意。"你这么大的年纪,应该要叛逆一点:留长发,听摇滚音乐,去吸引女孩子,或者其他什么。否则到了七老八十,你想做也来不及了。"

卢克摇了摇头。"太冒险了,"他简单地说道,"我还是——保着小命好了。"

阿曼达听完哈哈大笑。

"那么下周了?"这一次,他轻轻地吻了一下她的脸颊,"同一天?"

"我想我能过来。"她笑了。"我明天晚上要办一个暖房酒会,"她突然对他说道,"来答谢每一个帮我修补房顶的人,你也可以过来,如果你愿意的话。"

卢克犹豫了一会儿。

"当然,如果卡洛不允许的话……"她故意冷笑着把尾音拖得很长,两只闪亮的眼睛直直地、挑衅地看着他。

"我相信我能——能编一些理由的,"卢克说道,在她那玩弄的目光下鼓足了勇气，"应该会很——很好玩的。"

"肯定会的，"阿曼达开心地说道，"每一个人都会去的，当然除了雷诺和他那批《圣经》尾随者。"她冲他淘气地笑了一笑，"无论如何，对我来说这是一个很大的惊喜。"

他听完脸上浮现出内疚且觉得好笑的表情，傻笑着。"《圣——圣经》尾随者，"他重复道，"外婆，这真的很——很酷——酷。"

"我一直很酷的。"阿曼达骄傲地答道。

"我会尽力而为。"

阿曼达把剩下的巧克力喝完，我也准备关门了，就在这时，纪尧姆进来了。我这一周几乎没有见到过他，他的样子有点狼狈，面无神采，毡帽下面的眼睛充满悲伤。他永远都那么拘泥于礼数，总是先和往常一样严肃而正经地向我们问候一下，可是我能看出来，他碰到麻烦了。他的衣服仿佛是直直地挂在弯曲的肩膀上的，如同肩膀下面没有躯干一样。他那小小的脸上睁着一双大大的眼睛，充满痛苦，就像卷尾猴的眼睛。虽然身边没有查理的陪伴，但是我注意到他的手腕上仍然套着牵狗的绳子。阿努克在厨房里好奇地偷瞄他。

"我知道你要关门了。"他一字一顿、清晰地说道，那种语气就像是他钟爱的英国电影中勇敢的战争新娘一样，"我不会耽搁你太久的。"我给他倒了一杯最黑的浓黑咖啡，又在旁边放了一两块他最喜欢吃的佛罗伦萨小饼干。阿努克高高地坐在高脚凳上，用嫉妒的眼神看着这些东西。

"我不急。"我对他说。

"我也不着急，"阿曼达用一贯直率的语气说道，"但是，我也可以回去，如果你介意的话。"

纪尧姆摇了摇头。"不，当然不介意。"说完，他又朝她笑了一下，以示肯定。"不是什么大事。"

我等着他继续往下说，但是心里已经差不多猜到他要说什么了。纪尧姆拿了一块佛罗伦萨小饼干，食不知味地咬着，一只手在嘴巴下面捧着，防止饼干渣掉下来。

"我刚刚埋葬了老查理，"他声音极小地说，"埋在我的小花园里的一株玫瑰下，它肯定会喜欢的。"

我点点头。"我相信它会喜欢的。"

现在，我似乎能够闻到他身上的那种悲伤，那种像泥土和霉菌一样强烈的酸涩味。他拿饼干的那只手的手指甲里，还粘着一点泥土。

阿努克悲伤地看着他。"可怜的查理。"她说道。

纪尧姆似乎没有听见她的话，"最后，我不得不抱着它，"他兀自继续说道，"它没法走路，我抱着它的时候，他就在我的怀里哀叫。昨天晚上，它一直不停地哀叫，我就整晚陪它坐在那里，可是我明白。"纪尧姆的脸上充满歉意，同时带着一种复杂的、难以言表的悲痛。"我知道这样很愚蠢，"他说道，"只是一只狗而已，正如神父先生所说。这样不停地谈论它的确很愚蠢。"

"不是这样的，"阿曼达突然开口道，"朋友就是朋友，查理就是一个很好的朋友。你别期望雷诺能明白友谊这种东西。"

纪尧姆感激地看了她一眼。"你能这么说真是太好了。"说完转过身看着我。"你也是，罗切夫人。上个星期，你就试图警告我了，可是我那时候听不进去。我总是忽略那些征兆，总是幻想能让查理长生不老。"

阿曼达看着他，黑色的眼睛里带着一种奇怪的表情。"有时候，生存是最糟糕的一种选择。"她轻轻地插了一句。

纪尧姆点点头。"我应该早点带它过去的，"他说道，"给它留一点尊严。"他的微笑中含着赤裸裸的痛苦。"至少这样，我们两个都可以不用经历昨晚的痛苦了。"

我不知道此刻要对他说些什么，我认为他也不需要我来说点什么，他只是想找个人倾诉。所以我就省掉了那些陈词滥调，什么也没说。纪尧姆吃完了佛罗伦萨小饼干，又极度虚弱地微笑了一下。

"太糟糕了，"他说道，"可是我就是很有胃口，就好像一个月没有吃饭了。我刚刚埋葬了我的狗，居然还能吃——"他困惑不解地停住了。"感觉非常不好，"他接着说道，"就像耶稣受难日当天吃肉一样。"

阿曼达咯咯地笑了起来，伸出一只手，朝纪尧姆的肩膀拍一拍。站在他身边的她显得尤为坚定和能干。"你跟我来，"她命令道，"我有面包、熟肉酱，还有上好的卡门贝干酪，正准备吃呢。哦，还有，薇安，"她下命令似的转向我，"我还要来一盒这些巧克力之类的东西，什么名字来着？佛罗伦萨？一大盒。"

这是我目前唯一能提供的东西，或许它能给这个刚刚失去最好朋友的人一点小小的安慰。我悄悄地用指尖在盒盖上画出一个符号，祈求好运以及保护。

纪尧姆想开口拒绝，可是阿曼达直接把他打断了。"胡说八道！"她的提议无法拒绝，她的活力不自觉地感染了这个虚弱的小男人。"那你打算怎么办呢？坐在屋子里面独自哭泣吗？"她说完摇了摇头，"不行，我已经很久没有招待过男性朋友了，很想再体验一下。"她想了想，又加了一句："另外，我还有点事情想和你谈谈。"

阿曼达成功了。这其实就是一个普遍真理。我一边把佛罗伦萨饼干放在盒子里，并用长长的银色丝带把它系起来，一边望着他们。纪尧姆开始接受她的热情了，虽然有点迷惑，可是充满感激。"瓦辛夫人——"

坚定的声音:"阿曼达,夫人让我忽然觉得自己老了很多。"

"阿曼达。"

这也算是小小的胜利。

"你也可以把这个省了。"她轻轻地将小狗的链条从纪尧姆的手腕上解下来。她的同情虽然很强烈,可是却不让人有高人一等的感觉。"现在没有必要带着这个没用的负担了,它改变不了任何事情。"

我看着她引领纪尧姆走出店门,走到一半的时候,她回过头朝我眨了一下眼睛。突然,他们两人的情绪感染了我。他们淹没在夜色当中。

几个小时之后,我躺在床上,透过阁楼的窗户看着天空慢慢地旋转。阿努克和我都没有睡着。纪尧姆来过之后,阿努克的表情一直很严肃,完全失去了往常活泼的样子。她将连着我们两个房间的门开着,我带着一丝担忧,等待着那个避免不了的问题。自从母亲去世之后,我也经常在那些夜晚里,不断地问自己这个问题,但是我没能想清楚。可是,那个问题迟迟没有出现。过了很长时间,我以为她睡着了,这时候她悄悄溜到我的床上,将一只冰冷的小手塞进我的手里。

"妈妈?"她知道我也没有睡着,"你不会死的,对吗?"

我在黑暗中轻轻地笑了一下。"没有人能保证不死的。"我温柔地答道。

"至少没那么快吧,"她固执地说道,"至少要活很多很多年。"

"希望不是。"

"哦。"她静静地消化着这个答案,蜷缩着身子,钻进我的怀里,"我们会比那些小狗活得久吧,是不是?"

我说是的。然后又是一阵沉默。

"你觉得查理现在会在哪里呢，妈妈？"

我原本可以和她撒个谎，安慰她的谎言，可是我发现自己没办法这么做。"我不知道，阿努克。我更喜欢这样认为：我们会重新开始生活，活在一个年轻、健康的全新的身体里，或者变成一只小鸟，或者一棵大树。但是没有人真正知道会是什么样。"

"哦。"小小的声音带着一点疑惑，"连狗也是这样吗？"

"我认为是的。"

这是一个很好的幻想。有时候，我发现自己也沉迷于这个想法，就像是活在自己幻想中的孩子；我发现自己能在面前这个小小陌生人身上看见母亲那鲜活的脸孔。

她开心地说道："那我们就可以帮助纪尧姆找到他的狗。我们明天就可以开始啊。难道这样不能让他好受很多吗？"

我试着和她解释，这没有她想的那么简单，可是她已经下定了决心。"我们可以去所有的农场找，看看哪些狗生了小狗。你觉得我们能认出查理来吗？"

我叹了一口气。到了现在，我应该要习惯这种转弯抹角的表达方式。她的深信不疑让我想起母亲，我的眼泪几乎掉出来了。"我不知道。"

她固执地说道："袋鼠肯定能把它认出来。"

"去睡觉吧，阿努克，明天还要上学呢。"

"他一定可以，我知道他一定可以的，袋鼠什么都看得见。"

"嘘。"

最后，她的呼吸声终于渐渐缓了下来。熟睡的脸庞也转向了窗子的方向，从她那潮湿的睫毛中，我能看见星光在闪烁。如果我能为了她而十分确信的话，可是，永远没有十拿九稳的事情。我母亲如此深信的魔法最终没有能够拯救她，所有我们一起经历的事情都可以解释为巧合。没有什么事情是简单的,我告诉自己;塔罗牌、蜡烛、焚香、咒语,这些仅仅是小孩子的把戏,不过是用来驱赶黑暗的。可是,一想到阿努克的失望,我就一阵心痛。她那熟睡的脸庞是如此的宁静、充满信赖。我都能想象出我们明天傻乎乎地检查小狗的情景,一想到这里,我的心就毫无来由地一阵抗拒。我不应该告诉她那些我尚且没有证实的事情……

我小心翼翼地从床上溜下来,尽量不吵醒她。地板很光滑,我光着脚踩在上面很凉。我轻手轻脚地打开门,门轻轻地响了一下,虽然她嘴里喃喃地说着什么,可是并没有被吵醒。我有责任,我告诉自己。虽然不是情愿的,可是我也作出了承诺。

我母亲的东西还都放在她的盒子里,包在檀香木和薰衣草里。她的塔罗牌、香草、书本、精油、她占卜用的有香味的墨汁、神秘的符号、符咒、水晶、各种颜色的蜡烛。可是我几乎很少打开装蜡烛的盒子,对于那种荒废的希望来说,味道太浓烈了。可是为了阿努克——阿努克让我很想她——我想我应该试一试。我突然觉得有点滑稽。现在的我应该在睡觉,应该在为明天忙碌的一天储存能量。可是纪尧姆的脸庞一直在我脑海中浮现,阿努克的话更是让我睡不着。这些东西是有危险的,我绝望地对自己说道,一旦用了这些几乎已经被我遗忘的法术,我就会显得越发另类,而且也会让我们更加难以在这里继续生活下去。

仪式的过程已经被我遗弃很久了,可是现在却都轻松地回来了,这是我没有预料到的。画一个圈——一杯水、一小碟盐和一根点燃的蜡烛放在地板上,这几乎是一种安慰,带我回到了过去的日子——那时候,所有的事情都有一个简单的原因。我盘着腿坐在地板上,闭上眼睛,放慢呼吸。

我母亲非常喜欢仪式和符咒,我却不是那么情愿做这些事情。

我被控制了——她会咯咯地笑着对我说。我感觉现在的自己和她如此接近，闭上眼睛，手指上的灰尘闻着都是她的气息。或许这也是今天晚上的一切都变得如此简单的原因吧。对真正的魔术不了解的人们都把它看成是过分夸张的过程。我估计我母亲——一个热爱戏剧的人——就是因为这样，才喜欢这个表演吧。可是，真正的魔术一点也不戏剧化，它不过就是将思想完全集中在一个你渴望的东西上。没有所谓的奇迹，没有突然出现的妖魔鬼怪。在我头脑的眼睛里，我能十分清楚地看见纪尧姆的狗，周围散发着迷人的光芒，可是没有狗出现在那个圈里面。或许明天，或许后天，一个看似巧合的情况下，就像我们在这儿第一天时想象的那种橘黄色的椅子或者红色的吧台高脚凳一样。或许什么都不会来。

　　看看放在地板上的手表，我才意识到现在已经将近凌晨三点半了。我在这里待的时间比预想的要长，因为蜡烛已经快烧完了，我的四肢也十分冰冷僵硬。但是，我心中的不安已经消失了，心中出奇的平静和满足，我也不明白这是为什么。

　　我重新爬回床上，阿努克的"王国"扩大了，她的胳膊伸得很长，占据了整个枕头——因为冷的原因身体蜷缩在一起。我这个爱盘根问底的小陌生人将会得到抚慰的。我轻轻地躺回到床上，有那么一瞬间，我觉得好像听到了母亲的声音，离我非常近，低语着什么。

第二十二章

　　流浪者要走了。今天早上我从莫劳德经过的时候,他们已经在做准备了,捕鱼的桶被堆了起来,那没完没了的晾衣绳也收起来了。有些人昨天晚上就趁着夜色离开了——我听见他们那汽笛和喇叭的声音了,就像是最后一次公然反抗,十分迷信地等待第一缕阳光。我经过那里的时候,刚刚七点钟。在黎明那淡淡的灰绿色曙光中,他们看着很像逃亡的人,脸色苍白,阴沉地打包剩下的东西。昨晚那些俗艳和廉价的魔幻现在全部回归到单调乏味,所有魔幻的魅力全部被蒸发得无影无踪。雾气中飘着汽油和灼烧的味道。船帆被风吹得啪啪作响,清晨的引擎发出一阵轰隆隆的声音。有几个人连看都不看我一眼,只是紧绷着嘴巴、眯着眼睛,专注着手中的活计,没有一个人说话。在这堆游荡的人群中,我没有看见洛克斯的身影。或许,他和更早的那一拨人一起走了吧。河上大概还剩下三十艘船,每艘船上都载满了堆积如山的行李。那个女孩泽泽特在一艘破旧的大船旁边忙碌着,把上面一堆黑糊糊的不明物体搬到她自己的船上。一篮子小龙虾放在烧焦的垫子上,摇摇晃晃似乎快要掉下来了,还有一盒杂志。她朝我抛过来一个仇恨的眼神,可是一句话也没说。

　　不要以为我对这群人一点同情心都没有。我的神父,我和他们没有丝毫的个人恩怨,可是我也有一群人要考虑。我不能浪费时间主动给一群陌生人布道,去承受他们的嘲笑和羞辱。我也不是那么不可接近的人,他们任何一个人来我的教堂,我都会欢迎,只要他们的忏悔是出于诚心的。如果他们需要指导,他们知道可以过来找我。

我昨天晚上辗转难眠。自从斋戒开始之后,我晚上就很少能睡好。经常凌晨从床上爬起来,翻出一本书,希望能够借助阅读入睡,或者游荡在幽静黑暗的兰瑟的街道上、塔尼斯河的河岸边。昨天晚上,我比平时更加焦躁,知道自己肯定又要一夜无眠,所以十一点的时候就走出家门,打算沿河边走上一个小时。我绕开莫劳德地区和流浪者的帐篷,穿过田野,走到河的上游,即使这样,身后他们热闹玩耍的声音仍然清晰可辨。我转过头,仍然能看见河下游岸边的篝火,橘黄色的火光勾勒出许多舞动的身形。我看了看手表,意识到自己已经走了一个小时了,于是我转身,循着来时的足迹回去。我没有打算从莫劳德穿过去,可是如果还从田野走回去的话,回家的时间就要多上半个小时,我已经被虚弱折磨得反应迟钝、脑袋晕眩了。更糟糕的是,冷空气和睡意齐齐向我袭来,让我突然感到一阵饥饿,我知道,清晨的那点咖啡和面包根本无法填饱肚子。正是因为如此,我才选择了莫劳德这条路,神父,我脚下那厚重的靴子深深地陷在河岸的泥土里,我的呼吸也越来越沉重。很快,我就走近他们了,看清楚到底发生了什么事情——原来他们在聚会。船上挂着灯笼、插着蜡烛,让眼前的嘉年华盛会有了一种奇怪的虔诚的感觉。空气中飘着木头焚烧的味道,还有烤沙丁鱼的香味,这味道让我心痒难耐;除此以外,还能闻到浓烈的、苦苦的巧克力味在河面上飘荡,那是薇安·罗切带去的吧。我早就应该猜到她会去那里的,要不是她,这群流浪者早就不得不离开了。此刻她正在阿曼达·瓦辛家下面的河堤上,穿着一件长长的红色风衣,头发松散,这样的她,置身于火焰之中,看着十分像一个异教徒。一会儿,她转过身面向我,我看见她张开的手上突然冒出一阵蓝色的焰火,手指上有什么东西正在燃烧,把周围的人全都映照成紫色……

一瞬间,我被吓得动也不敢动。各种荒谬的想法——神秘的祭祀、魔鬼的崇拜、把人活生生地烧死来祭拜某个残忍的、古老的神——跳进我的脑海中,我几乎是夺路而逃,脚下厚厚的泥土让我跌跌撞撞,我伸开双手,怕摔倒在我藏身其中的黑刺灌木丛中。然后,她又转过身去背对着我,火焰在我的注视下渐渐地熄灭了,我松了一口气,感到宽慰和释然,还有因为自己那些荒谬的想法而生出的一丝尴尬。

"圣母啊!"刚才的紧张反应过去了,我差点膝盖一软就跪了下来,"煎饼,上面带着火焰的煎饼而已,仅仅如此。"

我压抑住自己的笑声,刚刚的歇斯底里让我几乎喘不过气来。胃里面一阵绞痛,我用拳头抵着肚子,阻止笑声溢出。我看着她继续点燃另外一堆煎饼,又把它们灵活地从煎饼锅上弄下来分给众人,流动的火焰从一个盘子跳到另一个盘子。

煎饼,这就是他们对我做的,神父,让我听到、看到那些原本不存在的东西。这就是她对我做的,她还有她那些河上的朋友。可是,她看起来那么无辜。她的脸是那么坦然和开心。她的声音从河面上传过来——她的笑声和其他人的混在一起——听上去是那么的迷人和充满活力,还透着幽默和喜悦。我不禁开始幻想,如果我的声音同大家的掺和在一起,如果我的笑声同她的混合在一起,会是什么效果呢?今夜突然变得孤单起来,非常冷,也非常空旷。

如果可以的话,我不禁想着,我不是藏在这里,而是能够走出去加入到他们当中。吃吃喝喝——一想到食物,我就突然一阵欣喜若狂,嘴巴里口水直流。真想放纵自己去吃煎饼,靠在铜火盆边上取暖,从她那金色皮肤射出的光芒中汲取温暖。

这就是诱惑吗,神父? 我告诉自己,要抵制住这个诱惑,要用自己强大的内心将它打败,我告诉自己,我的祈祷——求求您,噢,求求您,噢——也是希望被救赎,而不是出于欲望。

您也感受到了吗? 您祈祷了吗? 那天,当您在大法院屈服的时候,那种快乐也像流浪者的篝火一样明亮温暖吗? 或者,您是不是因为筋疲力尽而脆弱地啜泣了,在黑暗中发出最后一声不为人知的哭泣呢?

我不应该责备您的。一个人——即使身为神父——也无法永远阻止潮涨潮落。我太年轻了,还不了解诱惑带来的孤单,也无法参透嫉妒的酸涩。我太年轻了,神父。我敬仰您。与其说这是人的本性行为——或者说,这是和谁一起行动——不如说这仅仅意味着一个事实:您也有能力犯错。您也不例外,我的神父。清楚了这一点,我认识到,万事万物,没有什么是安全的。没有人,连我自己也不例外。

我不知道自己看了多久,神父。太久了,因为到我最后想动的时候,我的手脚已经完全没有知觉了。我看见洛克斯也在人群中,还有他的朋友布兰切和泽泽特、阿曼达·瓦辛、卢克·克莱蒙特、纳西斯、阿拉伯人、纪尧姆·杜普莱西、那个文身的女孩、戴着绿头巾的胖女人。连那些孩子——主要是河上的孩子,但是也有其他的孩子,比如亚诺·德鲁,当然肯定少不了阿努克·罗切——也在那边,有些都快睡着了,有些还在河边跳着舞,或者吃着厚厚的大麦煎饼卷香肠,或者喝着热乎乎的生姜柠檬茶。我的味觉突然超乎寻常地灵敏,几乎可以把每一道菜都闻出来——铜火盆的灰烬中烤着的鱼、烤山羊奶酪、黑色的煎饼和浅色的煎饼、热巧克力蛋糕、油封鸭和特制梅尔盖兹香肠。人群中,阿曼达的声音清晰可辨,她的笑声听着像一个过分疲劳的孩子。灯笼和蜡烛看着像圣诞节彩灯,排列在水边。

一开始,我还以为那一声叫喊是出于兴奋。那是一声明亮尖利的笑声,或者是歇斯底里的狂喊。有一刹那,我以为某个孩子掉进水里去了。然后,我就看见了火光。

那是离河岸最近的一艘船,它和其他参与狂欢的船只隔着一段距离。或许是一只灯笼掉了下来,或者是一根香烟不小心燃起来,或者是一根蜡烛上的火花落下来,点燃了一卷干帆布。不知道到底是怎么烧起来的,可是火势蔓延得非常快。前一秒还在船顶上,而下一秒,火花就蔓延到了甲板上。一开始,那火像是轻纱薄雾一般的蓝色,就像燃着的煎饼一样,可是它越烧越旺,变成了鲜艳的明黄色,就像在炎热八月的夜晚燃烧着的草堆一样。那个红头发男子洛克斯是第一个反应过来的人,我估计那艘船就是他的。还没有等到火烧到变了颜色,他就已经站了起来,从一艘船跳到另一艘,试图赶到起火的那艘船上。一个女人在他身后焦虑地叫喊着,可是他置若罔闻。他的身手轻得出奇,三十秒左右就跳过另外两艘船,使劲拉扯那根把几艘船连在一起的绳子,把船一艘艘地分开,然后继续向前跑。我看到薇安·罗切正伸开双臂看着,其他人则围成圈,安静地站在河堤上。那些脱离码头的帆船缓缓地向河下游漂去,河水随着船身的来回摆动而波浪起伏。洛克斯的船已经来不及抢救了,被烧焦的一片片黑色残骸随着一阵阵热浪散开在河面上。尽管如此,我看到他还是抓出来一卷烧了一半的帆布,并试图用它将火焰扑灭,可是,火势实在太大了。一个火星蹿上了他的牛仔裤,又一个火星跳上了他的衬衣,他赶紧扔掉帆布,用双手将身上的火苗扑灭,然后用一只手挡着脸,试图接近船舱。我听见他用浓重的口音生气地喊了几句亵渎神灵的话。这时候,阿曼达开始喊他,声音里面充满担忧,我听到像是什么汽油和油罐之类的。

害怕和得意,如此甜蜜地挠着我的心口,我的心里。这和上一次实在太像了——同样橡胶燃烧的味道,大火高声咆哮的声音,河面上倒映的火光……我几乎以为自己又回到了少儿时代,那时,您还是我们的神父,我们两个冥冥之中担负起了相同的责任。

十秒钟过后,洛克斯从火势熊熊的船上跳进水里,我看见他向岸边游回来,汽油罐几分钟之后才爆裂,随后就是一声沉闷的巨大响声,没有出现我预期的绚丽的火花。然后,他从我的视线中消失了几分钟,被河岸上一缕缕飞快滚动的浓烟遮住了。我站了起来,此刻再也不怕被他们看到了,我伸长脖子寻找他的踪影。我想我还祈祷了一下。

您看,神父。我并非没有一点同情心,我也为他担忧。

薇安·罗切早已跳入水中,停滞的塔尼斯河水一直淹没到她的臀部,她身上的红大衣一直湿到腋窝,她一只手放在额头上,在河面上搜寻着。她身后,阿曼达用苍老的声音焦急地喊着。等看到他们把湿漉漉的他拖到堤岸上,我也感到如释重负,膝盖一软,竟然摔倒在河岸的泥地里,保持着祈祷的姿势。可是,目睹他们的船只燃烧时的振奋,真的是太愉快了,和记忆中的那次一样,那种偷偷观看的快乐、心中明了的喜悦……黑暗中,我突然觉得自己充满力量,神父,从某种程度上来说,这场事故是我引发的——大火、混乱、那个男人的逃生——某种程度上,是因为我把那个遥远夏天里的指令重新颁布了一次。这不是奇迹,它的发生毫不突兀。这是一种征兆。当然,是一种征兆。

我借助阴影遮掩身体,静悄悄地往回走。从一群旁观者、哭泣的孩子、气愤的大人、安静地手拉着手的流浪者——他们看着火光飞舞的河面,像是某个邪恶的童话故事中傻眼的孩子一样——旁边,一个人想在不被人注意的情况下溜走,还是很容易的。一个人,或者两个人。

走到山顶的时候,我看见他了。他浑身是汗,咧开大嘴笑着,因为刚刚的辛劳工作而满脸通红,眼镜上也沾满污渍。他那花格子衬衣的袖子卷到了胳膊肘上面,在血红的余火下,他的皮肤呈现生硬的红色,犹如抛光的雪松一般。看到我,他似乎毫不吃惊,仅仅是朝我笑了笑。一个傻乎乎、顽皮的笑容,就像是一个孩子做了坏事,被纵容他的父母当场捉住一样。我闻到他的身上带着浓重的汽油味。

"晚上好,我的神父。"

我不敢和他打招呼,仿佛一旦如此,我就有义务承担一种责任,而如果保持沉默,这种责任就可以免除。我低下头,当作一个不情愿的"共犯",从他身边匆匆走了过去,我察觉到马斯喀特的目光在我身后打量着我,脸上带着汗水和沉思,可是当我终于忍不住回过头去看时,他却已经走了。

一根蜡烛,滴落的蜡油;一根香烟从水上方划过,掉落在一堆干柴里;其中一个灯笼,外面罩着一层透明的纸,甲板上散落着未燃尽的余烬……任何一样东西都可以引起这场火灾。

任何一样。

第二十三章

今天早上我又去看望阿曼达了。她正待在起居室里,坐在摇椅上,其中一只小猫懒散地躺在她的膝盖上。自从莫劳德那场大火之后,她一直看起来都很虚弱,却带着一种决然的神情,那圆圆的苹果脸慢慢凹陷下去,眼睛和嘴巴也陷了下去。她穿着一件灰色的家居服,脚上套着笨重的黑色长筒袜,头发稀疏,还未梳理起来。

"他们走了,你看到了。"她的声音没有一点起伏,听着几乎是漠然,"河上一条船也没有了。"

"我知道。"

我从山上下来,在通往莫劳德的路上,看见他们不在,心里还是吃了一惊,就像马戏团的帐篷搬走以后,地面上留下来的一块枯黄的草地一样。河面上只剩下洛克斯那条烧剩下的船,它那浸泡在水中的残骸有几英尺沉浸在水下,黑糊糊的船身贴在河底的淤泥上,清晰可见。

"布兰切和泽泽特搬到下游了。他们说今天可能会回来一下,看看火到底是怎么烧起来的。"

她慢慢地将长长的灰头发编起来,手指像棍子一样僵硬和呆板。

"那洛克斯呢？他怎么样了？"

"非常生气。"

他当然很生气。他知道这场火绝不是一场单纯的事故，可是没有证据，他知道，即使有证据，又能怎么样呢？布兰切和泽泽特让他暂时先在她们家船上挤一挤，可是他拒绝了。阿曼达家的房子还没有修完呢，他淡淡地说道。他说必须先把这件事做完。自从失火的那晚之后，我还没有和他说过话。看见过他一次，时间很短，他在河岸上烧着旅行者们留下来的垃圾。他的表情很阴郁，也很冷淡，眼睛被烟熏得红红的，我和他打招呼，他没理睬我。他的头发有一些被火烧掉了，所以他干脆把头发剪短了，只留了一寸长，因此现在看起来有点像刚刚点燃的火柴一样。

"他现在有什么打算吗？"

阿曼达耸了耸肩。"我不知道。我想他这几天一直睡在路边某一栋废弃的房屋里吧。昨天晚上我在他的门廊上留了一点吃的，今天早上东西不见了。我也提议给他一点钱，不过被他拒绝了。"她不耐烦地扯着刚刚编完的辫子。"真是一头倔犟的小蠢驴。我都这么一大把年纪了，要钱有什么用呢？给他一点，和给克莱蒙特家有什么区别。你知道他们的，估计最后还是会落入雷诺的捐款箱里。"

她说完不屑地哼了一声。"脑子不开窍，就是这样。红头发的男人都是这样，跟他们说不通的。"她烦恼地摇了摇头，"他昨天怒气冲冲地走了，从那之后就没见过他了。"

我不由自主地笑了。"你们两个半斤八两，"我说道，"一样的倔犟。"

阿曼达不以为然地看了我一眼。"我？"她抗议道，"你竟然把我和他比，那个顽固的胡萝卜头——"

我笑了，连连认输。"我来看看能不能找到他。"我对她说道。

我在塔尼斯河上找了一个小时，没有找到他。我连母亲的方法都用过了，可是还是没有发现他的踪影。不过我却发现了他睡觉的地方，那是离阿曼达家不远的一所房子，是那堆丢弃的房子中相对而言不那么破旧的一个。墙上透着水汽，滑滑的，不过屋顶看起来还不错，有几扇窗户上还装着玻璃。我四处转了转，注意到房子的门是被人撞开的，起居室的壁炉最近也生过火。我还发现屋里有人居住的其他痕迹：一卷烧焦的从火里抢救出来的帆布、一堆浮木、几件家具，估计是房主搬走时丢下的。我喊了几声洛克斯的名字，可是没人应声。

八点半我必须开店营业，所以不得不放弃搜寻。洛克斯想出来的时候自然会出来的。回到家的时候，纪尧姆正在门外等待，虽然店门没有上锁。

"你应该进去等我。"我对他说道。

"哦，不。"他表情严肃地自嘲了一下，"那样就算擅自闯入了。"

"活得大胆一点，"我笑着建议道，"进来尝一尝我新做的酥皮泡芙。"

自从查理死后，他似乎清瘦了很多，身体萎缩得越来越小，他那苍老的娃娃脸透着顽皮，可是却因为悲痛而日益干枯。不过他仍然保留了幽默，这种充满渴望、自我解嘲的特质让他不至于自怨自艾。今天早上，他一直在谈论河上流浪者的遭遇。

"今天早上的弥撒，没有听到雷诺神父提及一个字，"他一边拿着银色的咖啡壶倒咖啡，一边说道，"昨天没有，今天也没有，一个字都没有提。"我承认，这种沉默的确有点反常，特别是考虑到雷诺过去对那些流浪者们的兴趣。

"或许,他知道什么事情,可是不能说,"纪尧姆猜测道,"你知道,忏悔室里的秘密。"

他见到过洛克斯,他告诉我说,和纳西斯在他的育苗圃前面聊天,或许他能给洛克斯提供一份工作。我希望如此。

"他经常雇人做一些散活,你知道的,"纪尧姆说道,"他是个鳏夫,没有孩子。除了马塞的那个侄子外,没有人帮他管理农场。而且,夏天农忙的时候,他也不在意请谁帮忙。只要这些人干活可靠,他也不在乎他们是不是去教堂。"纪尧姆扯起嘴角微笑一下,每次他要说一些他自认为大胆的话,就会露出这个表情。"有时候我会想,"他沉思道,"从最纯粹的意义上来说,纳西斯到底是不是一个比我和乔治斯·克莱蒙特——甚至是雷诺神父更好的基督教徒?"他喝了一口巧克力。"我是说,至少纳西斯在帮助别人,"他严肃地说道,"他为那些需要钱的人提供工作,让流浪者在他的田地上搭建帐篷。每个人都知道,这么多年以来,他一直和他家的女管家有私情,他对上教堂这事从来都是无所谓的,纯粹把它当成一种会见顾客的手段,但是至少他在帮助别人。"

我揭开装酥皮泡芙的盘子,放到他碟子里一块。"我不认为有所谓的好的或者坏的基督教徒之分,"我告诉他,"只有好人与坏人之分。"

他点了点头,用拇指和食指捏起那一小块圆饼。"或许吧。"

停顿了很长时间。我给自己倒了一杯巧克力,又加了一点诺瓦蔷薇甜露酒和榛子碎末。这种味道很温暖,令人陶醉,那种感觉就像是看到深秋阳光下的柴堆。纪尧姆细细品尝着他的酥皮泡芙,用沾着水的食指蘸着盘子里的酥皮碎屑。

"如果真是这样,那我这么多年来一直深信不疑的东西——罪恶和救赎以及身体的禁欲,可以说都没有任何意义,你说是吗?"

我笑他太认真了。"我想,你和阿曼达聊过天,"我轻轻地说道,"我也想说,你和她都有权利选择自己的信仰,只要这些信仰让你开心就行。"

"哦。"他小心翼翼地看着我,好像我要长出新的犄角,"请恕我鲁莽,你——你信仰什么?"

骑着魔毯,古老的文字魔法,阿里巴巴和圣母幻想,星际旅行和置身于红酒杯碎片中的未来⋯⋯

佛罗里达? 迪士尼? 埃佛格雷兹? 亲爱的,这里怎么样? 这里呢,亲爱的?

佛陀、弗罗多挺进魔都城、圣礼的变体、复活节的兔子、外星人、壁橱里藏着的秘密、翻转塔罗牌时的复活与生命⋯⋯我一度相信这个,一度相信那个,或者假装相信它们,或者假装不相信。

只要你喜欢的,妈妈,只要能让你觉得开心。

可是现在呢? 此时此刻我相信什么呢?
"我相信,快乐才是唯一重要的事情。"我终于开口道。
幸福,简单如一杯巧克力,如心中的痛苦,苦涩、甜蜜,却鲜活生动。

下午约瑟芬过来了。阿努克从学校回来,一刻也没有在家待,直接跑到莫劳德去玩了,身上紧紧裹着一件红色的夹克袄,带着我一项严格的要求——如果开始下雨,一定要往回跑。空气中有新伐木材的味道,那味道从建筑物的角落偷偷地、低低地绕过来。约瑟芬穿着一件大衣,扣子一直扣到脖子,头上戴着一顶红色的贝雷帽,脖子上那条红色的新围巾呼呼拍打着她的脸颊。她走进店里的时候,脸上带着一种自信,脸颊绯红,眼睛在风中闪烁,这会儿,她成了一个容光焕发、魅力四射的女人。没过多久,这种错觉就消失了,她又变成了原本的那个她——两只手用力地插在口袋里,脑袋低垂着,像是要用它去撞击前方某个要攻击她的人。她扯下贝雷帽,一头狂野的乱发散落出来,同时还有前额上一条新的鞭痕。她看起来既恐慌又欣喜。

"我做到了,"她一股脑地说道,"薇安,我做到了。"

我突然感觉不妙,以为她正准备告诉我,她刚刚谋杀了自己的丈夫。她的嘴唇贴着牙齿,仿佛吃到酸涩的水果。恐惧像冷热流一样交替袭击着她。

"我离开保罗了,"她宣布,"我终于做到了。"

她的目光如炬。认识约瑟芬这么久,这是我第一次见识到本色的她,过去十年,保罗·马力·马斯喀特把她折磨成一个苍老难看的女人。因为生活在恐惧之中而长期疯疯癫癫,可是那疯癫的外表下,仍然隐藏着健全的心智,能让一颗心保持清醒。

"他知道了吗?"我一边问,一边拿下她的大衣。衣服的口袋很重,虽然没有——我心里想道——装着珠宝。

约瑟芬摇了摇头。"他以为我去了杂货店,"她上气不接下气地说道,"店里的微波炉比萨没有了,他打发我去买一点回来。"她说着笑了一下,带着孩子气的调皮。"我就拿了一点家用钱,"她继续说道,"他把钱放在吧台下的饼干盒子里。九百法郎。"她在大衣下面穿着一件红色的套头衫和一件黑色的百褶裙。印象中,这是我第一次看见她穿牛仔以外的衣服。她看了一眼腕上的手表。

"我想喝一杯巧克力浓咖啡,"她说道,"还有一大包杏仁巧克力。"她把钱放在桌子上。"在公交车开走之前,我还有不少时间。"

"公车?"我困惑地说道,"去哪里?"

"阿根,"她的表情很决绝,也很谨慎,"然后就不知道了。马塞吧,或许,反正离他越远越好。"说完怀疑而惊讶地朝我看了一眼。"薇安,别又说什么我不应该这样做,你是一直鼓励我的那个人。如果不是你让我有了这种想法,我是无论如何也不会想到这么做的。"

"我知道,可是——"

她的话听着有点像在控诉。"你对我说,我是自由的。"

话是不错。可以自由地跑,自由地因为一个基本上算是陌生人的话而逃跑,像一个断了线的气球一样随着风向漂泊。突然之间,那种恐惧让我坚定了我心中的想法。难道这就是我所坚持的东西的代价吗?让她去重蹈我的覆辙吗?我到底给了她什么样的建议啊?

"可是你过去很安全。"我艰难地说出这几个字,在她的脸上看见了我母亲的影子。放弃自己的安全,只为了换取一点点的见识,为了看一眼海洋……然后呢?风儿总是把我们带回到同样一堵墙的脚下。纽约的一辆计程车、一条黑暗的小巷、一场猛烈的霜冻。

"不要以为出走便可以摆脱这一切,"我说道,"我知道,我试过了。"

"可是,我不能再待在兰瑟了,"她厉声说道,几乎要哭出来了,"不要再和他一起生活,现在不行。"

"我记得那种生活,不停地漂泊,不停地逃离。"

她也有自己的"黑衣男子",从她的眼睛里,我能看见他。他的声音里有着不容抗拒的威严,他一发号施令,你便动弹不得,让你变得温驯和不安。为了摆脱这种恐惧,你带着希望和绝望逃跑,不停地跑,最后却发现,无论到哪里,他都像一个恶毒的孩子一样藏在你心里。最后,妈妈明白了。在每一个街角,在每一条被子上,都能看见他的影子。广告牌上有他的笑脸,快速行驶的轿车的车轮后面有他注视的目光。心每跳动一下,他就会离你更进一步。

"一旦开始逃跑,你就要永远地跑下去。"我激动地对她说道,"住在我这里吧,和我住在一起,同我一起战斗吧。"

约瑟芬看着我。"和你一起?"她惊讶的样子几乎有点滑稽。

"为什么不呢?我有一间空房,还有一张行军床——"我还没有说完,她就开始摇头了,我想抓住她,迫使她住下来,可是终于还是克制住了这一冲动。我知道我能成功。"就住一段时间,到你找到其他地方,找到工作为止——"

她歇斯底里地笑着。"工作?我能做什么呢?除了打扫卫生——煮饭——倒烟灰缸,还有倒啤酒,挖挖花园,每个星期——五晚上和我丈夫做爱——"她笑得更狂乱了,两只手用力地抓着肚子。

我试着去抓她的胳膊。"约瑟芬,我说真的,你会找到事情做的。你不必——"

"你有时候应该看看他。"她笑不可抑,说出来的每一个字都仿佛一颗仇恨的子弹,冷冷的声音中充满自我厌恶。"一头愤怒的猪!一头长满毛的肥猪!"说完,她用力地哭着,和刚才嘎嘎的笑声一样急促,她使劲闭着眼睛,两只手用力压在脸颊上,仿佛以此阻止身体内部的爆炸一样。我静静地等待着。

"床上的事情做完了,就把我扔在一旁,我就开始听见他打呼噜的声音,每天早上,我都用力——"她的脸扭曲着,嘴巴抽搐着,想挤出一些声音——"我都用力——抖掉——他身上的臭味——从床单上抖掉,我总是不停地在想:我到底怎么了?约瑟芬·巴尼特到底怎么了,那个原本在学校里那么开朗的女孩,那个一直梦想当一名舞蹈家的女孩——"

她突然把脸转向我,通红的脸庞激动不已,可是声音却很平静。

"听起来很愚蠢吧,可是我常常想,肯定有什么东西出错了,或许有一天,有一个人会来告诉我,这一切都是假的,这一切都是另外一个女人的梦,这些从来都没有发生在我身上过——"

我抓着她的手。她的手十分冰凉,颤抖不已,一只指甲折断了,从伤口上流出的鲜血蜿蜒到手心。

"可笑的是,我一直在回想,自己曾经是不是爱过他。可是什么都没有,一片空白,什么都没有。我记得其他的事,他第一次打我,哦,我记得那个——可能你会认为,即使和保罗·马力,也应该有些回忆吧,总有些理由能解释这些过往,可是回想这些纯粹是浪费时间。"

她突然不说话了,低头看了看手上的表。"我说的太多了。"她惊讶地说道,"我没有时间喝巧克力了,否则就赶不上车了。"

我看着她。"喝点巧克力吧,别去赶车了,"我对她说道,"我请你喝,真希望这是香槟酒啊。"

"我必须走!"她固执地说道。两只拳头在肚子上用力抵着,脑袋低垂着,像是一只准备决斗的公牛。

"不要。"我看着她,"你一定要待在这里。你必须和他面对面地斗争,否则,不论你跑到哪里,都摆脱不了他的影子。"

她回过头看着我,表情有点挑衅的意味。"我不可以,"她的声音中透着绝望,"我不能那么做。他肯定会说三道四,他肯定会把一切都毁了——"

"你还有朋友呢,"我轻柔地说着,"虽然你还没有意识到,可是,你确实已经坚强很多了。"

然后约瑟芬坐了下来,一脸深思熟虑的样子,坐在了红色的高脚凳上,脸趴在柜台上,眼泪无声地流下来。

让她哭吧。我没有去安慰她,告诉她没有关系。有时候,有些事情还是顺其自然比较好,就让她尽情地哭吧。我没说什么,只是走进厨房,慢慢地准备着巧克力浓咖啡。等我倒上咖啡,加了白兰地和巧克力,把杯子放到白色的托盘上,又在每个托盘上放上包着的糖块出来的时候,她已经平静下来了。这也算是一种小小的魔法,我知道,有时候它非常有效果。

"你为什么又改变主意了?"等她的咖啡喝了一半的时候,我开始问道,"上一次我们聊到这个问题的时候,你好像还肯定地说,自己不会离开保罗。"

她耸了耸肩,不敢看着我的眼睛。"是不是因为他又打你了?"

听到这里,她终于抬起头,惊讶地看着我。一只手伸到额头,那块被打破的地方红肿不已,看着十分醒目。"不是的。"

"那是为什么呢?"

她的眼光又开始游移不定,不敢直视我。她用手指敲着咖啡杯,似乎在察看那里是否真的有一个杯子一样。"没什么,我不知道,没什么。"

她在撒谎,太明显了。我下意识地想去了解她的想法,几分钟之前她在想什么我还很清楚。我必须要知道,是不是我让她这么做的,是不是我迫使她这么做的——尽管我的本意是好的。可是,此刻她的思维很混乱,模糊不清。我什么也看不见,除了一片黑暗。

逼她说根本没用。约瑟芬的性格很固执,不愿意被人催促。她会告诉我的,如果她愿意的话。

马斯喀特到了晚上才过来找她。不过那个时候,我们已经在阿努克的房间里给她铺好了床——阿努克暂时会睡在我旁边的行军床上。她已经接受了约瑟芬的突然到来,正如她接受许多其他事情一样。我知道短时间内,这会让我女儿很难过,因为这也是她第一次拥有自己的小屋,不过我答应她,这样的状况不会持续太久。

"我有个好主意，"我对她说道，"或许，我们可以把屋顶上的阁楼装修一下作为你的房间，再弄一个梯子爬上去，上面开一个活动天窗，屋顶上再开几个圆圆的小窗户。你觉得怎么样？"

这是一个危险而迷人的信号，因为它意味着我们打算在此处长久居住。

"那我在上面可以看见星星吗？"阿努克满怀期待地问道。

"当然。"

"太好了！"阿努克说道，连忙跳上楼去告诉袋鼠。

在狭窄的厨房里，我们几个坐在桌子旁边。这张桌子是上一任面包店的店主留下来的，用一大块松木做成，做工比较粗糙，因为切东西的缘故，刀子在上面留下了纵横交错的疤痕，刀痕里填满了长年累月留下来的面团，面团早就凝固了，变得和水泥一样，反而让桌子的表面呈现大理石一样的纹路。盘子并非配套的：一个是绿色的、一个是白色的，阿努克的是花色的。几个杯子也都各不相同：一个高脚杯、一个低脚杯、另一个上面还带着阿莫拉法式芥末的标签。可是，这的确是我们第一次真正拥有这些东西。我们以前用的都是饭店的器皿、塑料的刀叉。即使在尼斯，那个我们住了一年多的地方，我们用的家具都是借来的，或者从店里租来的。对我们而言，能拥有自己的东西给我们带来的新奇感依然很强烈，这是多么宝贵的一件事，多么令人陶醉。我羡慕桌子能拥有自己的疤痕，还有烤焦的痕迹，那是滚烫的烤面包用的锡铁盘留下来的。我羡慕它带给人的沉静安稳的时间感，我希望自己可以说：这是我五年前弄上去的；这个痕迹是我留下来的；这个环形是湿的咖啡杯留下来的；这个是被烟烤焦的；这个粗纹木材上的阶梯形状的刀疤是我砍的；这是阿努克刻下的她名字的缩写，就在桌子腿下面一个不容易看见的地方，那时她还只有六岁；这是七年前的那个夏天，一个温暖的日子里，我用刻刀留下的痕迹。你还记得吗？你还记得那年夏天河水都干涸了？你还记得吗？

我羡慕桌子能一直安静地待在一个地方。它已经在这里待了许多年了，它就属于这里。

约瑟芬帮我准备了晚餐：用风味油调制的绿豆和西红柿沙拉、从星期四的市场上买来的红色和黑色的橄榄、胡桃面包、纳西斯送来的新鲜的罗勒、山羊奶酪、波尔多红酒。我们边吃边聊着，不过没有提保罗·马力·马斯喀特。相反，我一直在跟她讲我们的故事——我和阿努克的，我们去过的地方，尼斯的巧克力，阿努克出生之后我们在纽约的日子，还有更早以前的生活：巴黎、那不勒斯以及所有我和母亲在长长的环球之旅中曾经短暂停留过的地方。今天晚上，我只想回忆那些幸福的过往，那些有趣的、美好的事情。我们四周已经有太多悲伤的回忆了。我点了一根白色的蜡烛，放在桌子上，把坏情绪统统赶走，蜡烛的气味勾起人们对于过往的回忆，给人以慰藉。我和约瑟芬说起乌克运河，万神殿，艺术之家，可爱美丽的菩提树下大街，新泽西的渡轮，从路边摊上买来用纸包着的热乎乎的越南酥饼，吕安松林沿海的马路，在圣佩得罗街头上跳舞。我注意到，她脸上的表情不再像刚开始那样呆滞了。我还说起了母亲如何在里弗利附近的一个村子将一头驴卖给当地的农民，而那头驴子又如何不停地到处找我们，一次又一次，几乎找到了米兰。然后又说起了里斯本卖花人的故事，以及我们如何搭乘一位花农的冷藏车离开里斯本，四个小时后，把几乎冻僵的我们送到了波尔图那炎热的白色码头。她听着听着，开始微笑起来，最后哈哈大笑。我们——母亲和我——有一段时间手头很宽裕，那时候，欧洲阳光普照，充满希望。今天晚上，我对她们说起了这些过往:在圣利摩的时候,那个开着白色豪华轿车的阿拉伯绅士如何对着我母亲唱小夜曲,我们哈哈大笑,母亲十分开心,之后我们又用他给的钱生活了很久。

"你的见识真广啊。"她的声音里充满羡慕,又夹着一点敬畏,"而且你还这么年轻。"

"我和你年纪差不多。"

她摇了摇头。"我已经一千岁了。"说完,她微笑了一下,既甜美,又充满渴望。"我想做一个冒险家,"她说道,"跟着太阳行走,什么都不带,只拿一个旅行箱,一点都不用去想明天的我会身处何处。"

"相信我,"我温柔地告诉她,"你会累的。过一段时间你就会发现,哪里看起来都一样。"

她露出怀疑的神情。

"相信我,"我说道,"我说真的。"

事情并非完全如此。各个地方都有自己的特点,回到自己曾经居住过的城市,就像是去一个老朋友家里。可是渐渐地人们看着都一样,这里的脸庞和一千英里以外的城市里的脸庞一模一样,连表情都一样。官员们都是面无表情,用敌视的目光打量人;农民们都是一脸好奇;游客们都是表情呆滞,觉得什么都平淡无奇。情人、母亲、乞丐、瘸子、小贩、慢跑者、孩子、警察、出租车司机、皮条客……全部都一样。要不了多久,你就会感觉自己有点像个妄想狂,觉得这些人似乎一直暗中尾随着你,从一个镇子到另一个镇子,变的只是外面的衣服和长相,可是不变的是本质,这些人清一色地做着同样单调的事情,偷偷地眯着一只眼睛窥视着我们——我们这些闯入者。一开始,我觉得有点优越感,因为我和他们属于不同的种族,我们是旅行者,比起他们,我们看到过和经历过更多的事情。他们这些人,满足于过着那种悲惨的生活:睡觉——工作——睡觉,这样无休止地循环下去;满足于照料整洁的花园、清一色的城市住宅以及追求渺小的梦想。我们看他们时,总是带着一点藐视。然后,过了不久,这种藐视就变成了羡慕。第一次感觉到羡慕之时,觉得很可笑,那种感觉来得太突然,就像忽然被蜜蜂蜇了一口,可是也几乎立刻就平息了。当时在公园里,一个女人朝婴儿推车里的孩子弯下腰,两个人的脸上都被某种东西照亮了——不是阳光的作用。然后,就有了第二次,第三次:两个年轻人在海边,胳膊挎着胳膊;一群办公室白领,正在享受午餐时刻,面前摆着咖啡和新月形小面包,咯咯地说笑着……过不了多久,这种感觉变成经常发作的疼痛。不,不管跑到多远的地方,这些地方也没有失去它们的共性。一段时间之后,开始受到侵蚀的是人的心。有时候在饭店里,早晨看着镜子里的脸,会觉得有些模糊,似乎和太多偶然碰到的脸庞重叠了。上午十点,床单会被拿去清洗,地毯要被打扫。每次经过一个地方,住进一个饭店,登记的名字都会变化。一路走来,我们不留任何痕迹,像个幽灵一样,连影子都没留下。

　　我沉浸在回忆当中,直到被前门传来的急促敲门声惊醒。约瑟芬惊得要站起来,眼睛里开始流露出恐惧,双手紧握,贴在肋骨上。这是我们一直在等待的,吃饭、聊天,不过都是维持表面的正常而已。我站了起来。

　　"没事,"我告诉她,"我不会让他进来的。"

　　她的眼神中充满恐惧。"我不会和他说话的,"她低声说道,"我不能。"

　　"可能还是避免不了,"我答道,"但是没关系,他总不能穿墙进来吧。"

　　她的脸颤动着笑了一下。"我连他的声音都不想听到,"她说道,

"你不知道他什么样。他会说——"

我迈开步子,向黑暗中的店铺房间走去。"他是什么人,我完全清楚。"我语气坚定地说道,"不管你怎么想,他这样的人并不少见。旅行的好处之一就是,过一段时间之后,你就会渐渐意识到,不管到哪里,大多数人们其实都差不多。"

"我只是讨厌吵架,"约瑟芬静静地吧语道,我打开商店的灯,"我讨厌大喊大叫。"

"很快就会结束的,"我说道,重重的砸门声又响了起来,"阿努克可以给你倒点巧克力。"

门上面上了保险栓。那是我们来这里之后装上去的,我已经习惯了城市里的安全措施,虽然在今晚之前从来都不需要这个。借着店里的门缝透出去的光,我看见了马斯喀特那张愤怒的脸。

"我妻子在这里吗?"他的声音听着醉醺醺的,十分粗野,呼出的气味令人恶心。

"是的。"没有什么可以托辞的理由。还不如现在就摊牌,让他知道现在是什么状况。"恐怕她要离开你了,马斯喀特先生。我愿意让她在我这里睡上几个晚上,直到你们的事情解决好。看起来这应该是最好的解决办法了。"我尽量让自己的声音听起来公正有礼。我太了解他这种人了,可以说,母亲和我同他们在一千个地方打过一千次交道了。他昏昏然地瞪着我。不一会儿,卑鄙的狡猾就重新出现在他的眼中,他眯着眼睛,两手摊开,表示他不会构成任何威胁,自己很温和,心情也不错。那一瞬间,他几乎让人觉得他很有魅力。然后,他又朝着门口跨了一步,我都能闻到他呼出的夹杂着啤酒、香烟和愤怒的味道。

"罗切夫人。"他的声音柔和,几乎算是在恳求了,"我想请你帮我转告我家的那只肥猫,让她赶紧从这里滚出来,否则的话,我就进去把她抓出来。如果你要是拦住我,你这个烧了乳罩的婊子——"他朝着门狂吠道。

"把这个链子拿掉。"他一边嘻嘻哈哈地笑着,一边谄媚地向我求情,他的愤怒在燃烧,释放出轻微的化学药剂的臭味。"我说,把这他妈的链子拿掉,否则我就把门撞开了!"他愤怒的声音有点女气,他那哇哇大叫的声音就像是一头愤怒的猪。

慢慢地,我把现在的状况解释给他听。他一边诅咒,一边挫败地尖叫着。他使劲地踢了几次门,把链子弄得哐哐作响。

"如果你今天闯进我家,马斯喀特先生,"我平静地对他说道,"我就把你当成危险的入侵者。我厨房的抽屉里面还有一罐东西,是遇到危险的时候用来自卫的,以前住在巴黎的时候,我总是带在身边,也用过一两次,那个东西威力很大。"

我的威胁镇住了他。我估计,他一直觉得只有他才有权利威胁别人。"你不明白,"他向我哭诉道,"她是我妻子,我在乎她。我不知道她跟你说了些什么,但是——"

"不管她和我说了什么,这些都不重要,先生,这是她自己的决定。如果我是你,我就赶紧回家,而不是在这里出丑。"

"浑蛋!"他嘴巴贴着门喊道,唾沫星子直接向我喷过来,像个热乎乎的榴霰弹一样,"这都是你的错,你这个婊子,是你向她脑袋里灌输所有这些解放自由的狗屁话。"他捏着嗓子,愤怒地学着约瑟芬的声音说道:"噢,薇安是这样说的,薇安那样看的。让我和她谈一分钟,我们就知道她愿不愿意改变决定了。"

"我不觉得这——"

"没关系。"约瑟芬的声音在我身后响起,声音轻柔,两只手紧紧地握着一杯巧克力,好像要用体温把它暖热一样,"我还是和他谈几句吧,不然他无论如何也不会走的。"

我看着她。她平静了很多,眼睛明亮。我点点头:"好的。"

我站到一边,约瑟芬来到门前。马斯喀特开口想说话,但是她直接打断了,声音异常平静和犀利:"保罗,你听我说。"

她的口气阻吓了他的汹涌怒气,他的嘴张开又合上。"走吧,对你,我没有什么好说的。好吗?"

她的身子在发抖,可是声音却十分平静。我突然为她感到十分骄傲,伸出手捏了一下她的胳膊,想给她更多的鼓励。马斯喀特沉默了一会儿,然后又开始哀求起来,但是,我仍然能听到那哀求下面的愤怒,就像是很远的地方传来的广播信号中夹杂的嗡嗡嗡的干扰声一样。

"约瑟[1],"他轻柔地喊道,"这样太傻了。你出来,我们好好地聊一聊。你是我的妻子啊,约瑟。难道这样还不值得你再相信我一次吗?"

她摇了摇头。"太晚了,保罗,"她语气决绝地告诉他,"对不起。"

说完,她轻轻地但果断地把门关上了,虽然他又使劲砸了几分钟的门,一会儿咒骂,一会儿诱骗,一会儿威胁,说到伤心处,甚至还哭了起来,越来越把他自己编的说辞当真了,但是我们没有再理他。

将近半夜,我听见他还在外面叫嚷,一块泥巴团砸中窗户,闷闷地发出砰的一声,干净的玻璃上留下一块泥污。我站了起来,想看看外面怎么样了,结果看见马斯喀特在下面的广场上蹲着,像幸灾乐祸的妖怪一样,两只手深深地插在口袋里,裤子腰带以上的地方,露出一圈软塌塌的肚子。他似乎喝醉了。

---

[1] 约瑟:约瑟芬的昵称。

"你不可能永远待在里面的！"我看见,他身后的一扇窗户亮起了灯,"你总有一天要出来的！到那时候,你们这两个婊子！到那时候,咱们走着瞧！"我下意识地迅速弹了一下手指,想把他那邪恶的诅咒弹回去。

走开,邪恶的东西,回去找他。

这是从我母亲那里学到的另一个习惯性做法。可是,没有想到的是,这样做却让我安心了许多。我平静地躺了下来,久久无法入睡,一边听着女儿那轻柔的呼吸声,一边看着月光在树叶间移动,投下不断变幻的影子。我觉得自己想用水晶占卜了,从变幻的图案中寻找暗示,寻求鼓励……人在晚上,总是很容易相信这些东西——"黑衣男子"站在外面看着,风向标在教堂的塔楼上吱扭地叫着。可是我什么也没有看到,什么也没有感觉到,最后终于再次进入梦乡,在梦中,我看见雷诺站在一个老人的病床前,一只手拿着十字架,另一只手拿着一盒火柴。

第二十四章

3 月 9 日　星期日

　　阿曼达今天早上很早就来找我闲聊,顺便喝点巧克力。她头上戴着一顶崭新的金色草帽,上面装饰着一条红色缎带,看着十分清爽,也比昨天显得有活力多了。她随身携带的拐杖像是一件装饰品,上面系着一条大红色的蝴蝶结,仿佛一面挑衅传统的旗帜一样。她点了一份维也纳巧克力和一片我自己做的黑白夹层蛋糕,然后舒舒服服地坐到了高脚凳上。约瑟芬站在厨房里,面带一丝忧虑地看着外面,在决定下一步该怎么办之前,她会先在我的店里帮几天忙。

　　"我听说昨天晚上出了点事情,"阿曼达突然说道,那双亮晶晶的黑眼睛里流露出的善良让人忘记了她的唐突无礼,"那个愚蠢的马斯喀特,我听说,站在外面大喊大叫。"

　　我开始和她解释整个过程,语气尽力保持平淡。阿曼达听着,面露赞赏之情。

　　"我唯一的疑问就是,为什么她要等这么多年才离开他。"等我说完之后,阿曼达说道,"他的父亲和他一样,一肚子坏水。为所欲为,两个人都是,想做什么就做什么。"她开心地向约瑟芬点了点头,此刻约瑟芬正站在走廊上,一只手端着一罐热牛奶。"我一直觉得,总有一天你会看透的,丫头。"她说道,"现在,可别让别人再把你劝回去了。"

约瑟芬笑了笑。"别担心,"她说道,"我不会的。"

自从我和阿努克搬到这里以后,这是这么多个礼拜日以来,小店迎来客人最多的一个。我们的常客——纪尧姆、纳西斯、阿诺德和其他几个人——没有说什么,只是友好地向约瑟芬点点头,之后便像往常一样继续了。

纪尧姆在午饭时出现了,身边还有阿努克。前几天一直处于骚动之中,和他说话的机会不多,但是,今天他刚踏进店门,我就被他身上的突然改变惊呆了。那萎萎缩缩、委靡不振的表情不见了,现在的他,走路的步伐透着轻快,脖子上还围了一条亮红色的围巾,这样的他突然有了一种时髦的感觉。站在我这边,可以看见他的脚下有一片淡黑色的东西——袋鼠。阿努克从纪尧姆身边跑过来,身上的小书包左右乱晃,她从柜台下钻过来,朝我的脸上吻了一下。

"妈妈!"她两只手围着嘴巴,对着我的耳朵说道,"纪尧姆发现了一条狗!"

我转过头看着他,阿努克整个人挂在我的胳膊上。纪尧姆此刻站在门边,脸因为兴奋而泛着红光。在他脚下,一条白棕相间的杂种狗——现在顶多算是一只幼犬,可爱地伸着舌头。

"嘘,阿努克,这不是我的狗。"纪尧姆脸上的表情很复杂,夹杂着开心与尴尬,"我在莫劳德发现它的,估计是有人想遗弃它。"

阿努克正在给小狗喂糖块。"洛克斯发现它的,"她突然冒出一句,"听见它叫着向下游走。他这么告诉我的。"

"哦?你看见洛克斯了?"

阿努克心不在焉地点点头,只忙着和那条小狗玩耍,小狗开心地叫了一声,在地上打了一个滚。"它好可爱啊,"她说道,"你打算养着它吗?"

纪尧姆笑了,脸上有一丝悲哀。"我想不会的,亲爱的,你知道的,自从查理——"

"可是它走丢了,到处都找不到了——"

"我相信,肯定有很多人愿意给这么漂亮的一条小狗提供一个温暖的家。"纪尧姆说着弯下腰,温柔地拉了拉小狗的耳朵,"它真是一个友好、可爱的小家伙,多么有生命力啊!"

阿努克不死心。"你打算给它取个什么名字?"

纪尧姆摇了摇头。"我认为我不会养它太长时间的,所以应该不需要名字了,我的宝贝。"

阿努克朝我露出一个滑稽的表情,我对她摇了摇头,无声地警告着。

"我觉得,也许你可以在商店窗户上放一张卡片,"纪尧姆说道,然后在柜台旁坐了下来,"看看有没有人来认领,你知道的。"

我给他倒了一杯穆哈咖啡,把杯子放到他面前,两边放上佛罗伦萨小饼干。

"当然了。"我笑道。

过了一会儿,等我再看的时候,那只小狗已经坐在纪尧姆的膝盖上,吃着小饼干。阿努克向我眨了眨眼睛。

纳西斯从他的苗圃里给我带了一篮子莴苣菜,看见约瑟芬,他从大衣的口袋里掏出一小把深红的银莲白递给她,低声地说,这些花儿应该会让这里更有生气。

约瑟芬脸红了,看起来很开心,向他道谢。纳西斯笨拙地搪塞着,表情有些尴尬,粗声粗气地说不用谢。

传达善意的人们过后,好奇的人接踵而至。做弥撒的时候,约瑟芬·马斯喀特搬到巧克力店的消息传播开来,因此,整个早上一直都有人来。乔林·德鲁和卡洛·克莱蒙特穿着春装、围着丝绸头巾过来了,邀请我参加棕枝主日①的募捐茶会。

阿曼达看见她们,咯咯地笑了起来。"天哪,天哪,这简直是礼拜日早上的时尚游行活动啊!"她感叹道。

卡洛露出一副反感的表情。"你真的不应该到这里来,妈妈。"她用责备的语气说道,"你知道医生是怎么说的,是不是?"

"我知道!"阿曼达回道,"怎么啦,对你来说,难道我不是死得还不够快,所以你送过来一根带着骷髅的拐杖来破坏我整个早上的心情吗?"

卡洛上了粉的脸立刻红了。"真的,妈妈,你不应该说这些话——"

"如果你管好自己的事情,我就管好我的嘴!"阿曼达突然巧妙地说道,卡洛匆匆转身离开,因为走得太快,高跟鞋差点把地上的花砖剁碎了。

随后,丹尼斯·阿诺德进来了,问我们还需不需要多买一点面包。

"以防万一,"她说道,眼睛里却闪烁着好奇,"你现在有客人嘛。"我告诉她,如果我们需要面包,肯定知道去哪里买。

然后就是夏洛特·爱德华、丽迪·雅佩林,乔治斯·杜莫林:一个想提前买生日礼物;一个想详细询问一下巧克力节日的事情——这个主意非常有创意,夫人;另一个说她的钱包掉在圣杰罗姆教堂前面了,问我有没有看见。我让约瑟芬站在柜台后面,又给了她一条干净的黄围裙,防止她的衣服上溅上巧克力,而她居然也能应对自如。

_____

① 棕枝主日:复活节前的星期日。

她今天稍微打扮了一下，红色的宽松上衣和黑色的裙子非常简洁，也很职业，黑色的头发小心翼翼地用一根丝带绑着。她的微笑也比较职业，头高高地抬起，尽管她偶尔还会带着焦虑和期盼的眼神瞥一眼敞开的大门，可是她的举止一点儿也不让人觉得她是一个为自己或者为自己的名声担忧的女人。

"不知羞耻，她就是这样的人，"乔林·德鲁匆匆走出门口的时候，对卡洛·克莱蒙特不屑地说道，"非常厚颜无耻。只要一想到那个可怜的男人要忍受这些——"

约瑟芬背过身，我看见她的身子僵了一下。周围很安静，因此乔林的话大家都听见了，尽管纪尧姆假装咳嗽了几声，试图把她们的声音掩盖住，可是我知道，她还是听到了。

周围变得很安静，气氛有点尴尬。

然后阿曼达开口了。"哦，丫头，你知道，即使这两个人不同意，你也成功了，"她愉快地说道，"欢迎来到和正统轨道背道而驰的一边！"

约瑟芬用怀疑的眼神迅速地瞥了她一眼，确定一下这个笑话不是在讽刺她，然后，她大笑了起来。她的笑声非常开朗、无忧无虑；让我没有料到的是，她随后抬起手，捂住嘴巴，好像在察看这个笑声是否发自她自己。这个举动让她笑得更厉害了，其他人也跟着笑了起来。当门上的铃声响起，弗朗西斯·雷诺静静地走进店里时，我们仍在笑着。

"神父先生。"还没有看见他，我就看到她的脸色骤变，脸上又换上那种充满敌意和迟钝的表情，她的手又回到了之前习惯放的地方——心窝处。

雷诺板着脸点了点头。"马斯喀特夫人，"他特意强调了第一个词，"很遗憾今天早上没在教堂看见你。"

约瑟芬咕哝了几句无礼的言辞，听得不是很清楚。雷诺又朝柜台走近了一步，她看到了，连忙转身，似乎想逃回厨房，然后，想了想，转身直接面对他。

"这样才对，丫头，"阿曼达赞赏地说道，"别理会他的那些说教。"她看着雷诺，不苟言笑地站在那里，手里拿着一块蛋糕。"你别责怪那丫头，弗朗西斯。如果要说什么的话，那你应该给她你的祝福。"

雷诺不理睬她。"听我说，我的女儿，"他诚恳地说道，"我们应该谈一谈。"他的眼神带着厌恶，扫了一眼门上挂的那个红色的好运香袋。"不过不在这里谈。"

约瑟芬摇了摇头。"对不起，我还有事情要做。而且，不管你说什么，我都不想听。"

雷诺的嘴巴继续顽固地抵抗着。"你此刻最需要的就是教堂。"说完冷冷地朝我的方向瞥了一眼。"你的意志力变弱了，你开始让别人诱惑你去堕落了。婚姻誓词的圣洁——"

阿曼达再一次哼哼两声打断了他的话。

"婚姻誓词的圣洁？你是从哪里把这个东西挖出来的？我以为，你是众人里面——"

"请注意，瓦辛夫人。"终于，他那平淡的声音有了一丝情绪上的起伏，一双眼睛像冰块一样寒冷，"我会感激不尽的，如果您能——"

"你家人从小是怎么教你说话的？"阿曼达干脆地说道，"你妈妈从来没有教你嘴里吃着马铃薯说话吧，是吧？"她咯咯地笑了一下。"装模作样，好像自己比别人高出一等，没有吧？让你去了那所华丽的学校，就把我们全都忘了？"

雷诺听完，身子一僵。我能感觉到他身上正紧绷着怒气。几个星期下来，他消瘦了很多，印堂凹陷下去，皮肤像铃鼓一样向两边拉着,下巴上几乎没有肉,连关节都清晰可见。长而柔软的头发斜斜地搭在前额上,让他看起来暗暗有种天真的感觉,剩下的卷发就那么散落在头上。

"约瑟芬,"他的声音轻柔却咄咄逼人,直接把我们忽视了,就像我们都不存在一样,"我知道,你想让我来帮助你。我已经和保罗·马力谈过了,他说你现在压力很大,他说——"

约瑟芬摇了摇头。"神父。"呆呆的表情从她的脸上消失了,现在的她十分平静,"我知道你是好意,但是我不会改变主意了。"

"可是婚姻的神圣……"他现在的样子有些不安了,身子向柜台倾去,脸上的表情十分纠结痛苦。他的手紧紧地抓着柜台上面的垫子,似乎在寻求某种支撑。他又偷偷地向门上那鲜艳的香囊瞥了一眼。"我知道你现在有点混乱,你是受到了别人的影响。"然后又意味深长地继续道,"如果我们可以私底下谈谈——"

"不用了。"她语气坚定地说道,"我要和薇安住一段时间。"

"住多久?"他的声音有一丝沮丧,可是仍然不死心,"罗切夫人或许是你的朋友,约瑟芬,可是她是一个商人,她还要经营生意,照顾孩子。她能容忍一个陌生人住在家里多久呢?"这一招比前面的招数见效多了。我看见约瑟芬面露迟疑,那种不确定的眼神又回来了。那种表情我在母亲的脸上看见过无数次了,所以绝对不会错,那是不信任、害怕的表情。

"我们需要的只是彼此。"我的脑海中又回想起那次,在一间不知名的旅店房间里,四周一片漆黑,天气很热,母亲激动时说的这句话。"我们要别人有什么用呢?"说出这些话很勇敢,黑暗中,不知道她哭了没有。但是,我却感觉到她的身体在颤抖,不留意几乎察觉不到,她在被子底下将我紧紧地抱住,就像一个正在发烧、忍受痛苦的女人。或许,正因为如此,她才想要逃离他们,那些想和她做朋友、想关爱、想去了解她的善良的男人、女人们。我们互相感染着，极度不愿意去相信别人，带着骄傲到处逃避着。

"我为约瑟芬提供一份工作，请她来这里帮我。"我尽量让声音听着可爱且冷淡，"我要准备复活节的巧克力节日，需要有个人帮忙。"

他终于揭去面纱了，满脸都是赤裸裸的仇恨。

"我会教她做巧克力的基本知识，"我不管他，继续说道，"她可以帮我看着店，这样我就可以在后面继续忙了。"约瑟芬看着我，脸上有些茫然的吃惊。我朝她眨了眨眼睛。

"她会帮我忙的，而且我相信她现在也需要一点钱，"我说道，"至于住在这里嘛，"——我直接对着她说道，两只眼睛直直地盯着她——"约瑟芬，欢迎你常住，愿意住多久都可以。你能在这儿，我很开心。"

阿曼达听完咯咯地笑了起来。"所以啊，你看，神父，"她开心地说道，"你不用再浪费时间了。没有你，事情一样进行得很顺利啊。"她说完带着十足的淘气抿了一口巧克力。"喝点这个东西吧，对你有好处。"她建议道，"你瘦了不少啊，弗朗西斯，又开始经常拿圣餐酒酗酒了吧？"

他朝她笑了一下，脸像一只攥紧的拳头。"非常好笑，夫人。很好，您还没有丢掉幽默感。"

说完，他后脚跟一转，灵活地转过身去，朝周围的顾客点了点头，简单地打了个招呼，然后就走了，就像一部可恶的战争片中彬彬有礼的纳粹军人一样。

第二十五章

3 月 10 日　　星期一

　　他们的笑声跟着我走出商店,走到街道上,就像一堆唧唧喳喳的鸟。巧克力的味道,就像我的怒火一样,让我的头轻飘飘的,却又情绪高涨。我们是对的,神父,这完全证明我们是正确的。她在对准和我们关系最近的三个地方还击——社区的人、教堂的节日和现在最神圣的宣誓之一——她终于露出真面目了。她那致命的影响力实在传播得太快了,已经在十几、二十个容易受影响的人中播下了种子。今天早上,我在教堂的院子里看见了今年的第一株蒲公英,它挤在墓碑后面的一丝空隙中繁殖起来。生长的速度比我预想的要快,已经有一根手指那么粗了,它在石头下面的黑暗处探寻着。再过一个星期,它会长得更加强壮。

　　今天早上,我在圣餐仪式上看见马斯喀特了,虽然他没有过来忏悔。他看起来憔悴、愤怒,穿着那一身礼拜服,一副很不舒服的样子。他妻子的离去让他很不适应。

　　我从巧克力店出来的时候,他正在外面等着我,倚靠在大门旁边的小拱门上吸着烟。

　　“怎么样,神父?”

　　“我刚刚和你妻子谈过了。”

"她什么时候回家？"

我摇了摇头。"我不想让你空欢喜一场。"我轻轻地说道。

"她是一头倔犟的母牛，"他气愤地说道，扔掉手中的香烟，又用脚跟使劲踩了踩，"请原谅我的措辞，神父，可是事情就是这样。只要想起我曾为那个疯狂的婊子放弃的东西——她花了我多少钱——"

"她的心里也不好受。"我意味深长地告诉他，想起我们曾经在忏悔室里的多次忏悔。

马斯喀特无所谓地耸耸肩。"哦，我又不是天使，"他说道，"我知道我有缺点。可是，神父，你告诉我，"他动容地摊开双手，"难道我就没有苦衷吗？每天早上一醒来，就要对着她那张愚蠢的脸？一次又一次地发现她的口袋里装满从市场上偷来的东西——唇膏、香水瓶子和珠宝？教堂里每个人都看着我，笑话我，嗯？"他一脸胜利地看着我。"嗯，神父？难道我就没有自己的苦衷吗？"

这些东西过去我听得多了。她是懒惰的荡妇；她愚蠢不已；她喜欢偷东西；她不喜欢做家务。在这些问题上，我没有义务去发表自己的观点，我的角色就是提供建议以及安慰。可是，他的那些借口始终令人反感，还说什么，要不是有她的拖累，他现在肯定早已经取得更大的成就，做出更勇敢的事迹了。

"我们不是来指责她的，"我的语气中带着一丝指责的意味，"我们应该尽量想办法来拯救你的婚姻。"

他听完立刻表示顺服。"对不起，神父，我——我不应该说那些话。"说完还露出一口古象牙般的牙齿以示诚恳，"别以为我不喜欢她，神父。我是说，我希望她能回来，是不是？"

哦，是的。回来给他做饭、给他熨衣服、管理咖啡店，同时向他朋友证明，没有人能耻笑保罗·马力·马斯喀特，没有人。我鄙视他这种虚伪。他当然一定要把她赢回来，至少这点我是赞同的，但不是出于这些原因。

"如果你想要她回来,马斯喀特,"我语言犀利地告诉他,"那你就别再用这种十分愚蠢的方式了。"

他隐忍着不悦。"我没有觉得这样有什么必要——"

"别像个傻子一样。"

上帝啊,神父,您以前怎么会有耐心对付这样一群人呢?

"威胁、亵渎神明,昨天晚上那令人羞耻的醉酒行为?你觉得这样能对你目前的情况有多大帮助?"

他突然冒出一句:"她做的这些事情,我一定不会轻饶,神父。每个人都在说我老婆把我抛弃了,还有那个爱管闲事的婊子罗切……"金丝边眼镜后面那双刻薄的眼睛骤然眯了起来。"如果她那家精致的小店有什么不测的话,那也是她活该,"他断然地说道,"永远摆脱那个婊子。"

我眼神尖锐地盯着他。"哦?"

这和我的想法实在是太接近了,我的神父。上帝帮帮我吧,当我看见那条燃烧的船……那是一种原始的快乐,那种快乐和我的身份完全不符,那是异端的快乐,那是我完全不应该体验到的。我一直在和这种快乐斗争,神父,在每天早上。我自己把它制伏了,可是,就像蒲公英一样,它又重新滋生起来,生出恶毒的小根茎。或许——或许正因为这一点——正因为心里明白——我回答的声音才出乎意料的尖利。"你在盘算什么呢,马斯喀特?"

他嘟囔了一句什么,几不可闻。

"一场火,或许?一场恰到好处不经意的火。"我感到胸口的怒火喷薄欲出。那种感觉填满我的口中,像是金属、又像是腐败的甜腻味道。"就像那场解决掉流浪者的大火?"

他得意地笑了一声。"或许,可怕的火灾突发,比如这些老旧的房子。"

"听我说，"突然之间，我觉得毛骨悚然，他一定是把我那天晚上的沉默当成了一种鼓励和认同，"如果我认为——甚至是怀疑——在忏悔室外面，你曾经涉足这类事情——如果那家商店发生任何事情——"我抓着他的肩膀，手指几乎挖进他那肥厚的肉里。

马斯喀特脸上露出委屈的表情。"可是神父你说过——"

"我什么也没有说过！"我听见自己的声音回荡在广场上，"过——过——过！我赶紧放低声音。"我完全没有打算让你——"说到这里突然觉得喉咙一阵发堵，于是我清了清喉咙。"现在不是中世纪时代了，马斯喀特，"我果断地说道，"我们不能——按照自己的意愿去解释上帝的旨意或者——我们国家的法则。"我故意重重地补充了一句，一边直视他的眼睛，他的角膜和牙齿一样黄。"我的话你听清楚了吗？"

他愤恨地说道："是的，我的神父。"

"因为，如果发生任何事情，马斯喀特，任何事情，窗户被砸了，失火了，任何事情……"我整整比他高一头，比他年轻，身体也比他健康。因为体型上的威胁，他立刻本能地回应了我。我轻轻一推，把他抵在石墙上。我完全没办法克制住自己的怒火。如果他要是再敢——他要是再敢——代替我行使职责，神父。就是他，就是这个可悲的、自欺欺人的酒鬼。是他把我逼到这个地步，让我不得不正式宣布，去保护一个原本是我敌人的女人。我使劲克制住自己的怒火。

"离那家店远一点，马斯喀特。如果必须做什么，我会去做。你听明白了吗？"

他恭顺了一些，刚刚的咆哮也蒸发了。"是的，神父。"

"把所有的事情交给我来处理。"

还有三个星期就到她的盛大节日了。就剩下三个星期了。我还有三个星期去考虑如何去打消她的影响力。在教堂布道反对她，这个已经做过了，可是一点作用都没有，反而显得我很滑稽。有人告诉我，巧克力不是关乎道德的问题。甚至连克莱蒙特家的人也觉得我的顽固坚持有点不正常——她假惺惺地笑着，说我看起来有点反应过度，而他咧开嘴巴笑了起来。薇安·罗切对此完全不理会。她没有尝试去融入到这里的生活当中，相反却总是拿着她那外来人的地位炫耀着——隔着广场鲁莽地问候我，怂恿阿曼达这样的怪人，身后总有孩子跟着，这些小孩被她教得越来越没规矩了。在人群当中，一眼就能认出她。别人在街道上都是慢慢地走，唯独她是来回地跑着。她的头发散开着，她的衣服永远都是被风吹得鼓鼓的，都是野花的颜色——橘黄色、黄色，还有方格子的图案和花卉图案。在自然界中，麻雀中间的长嘴小鹦鹉很快就会因为鲜艳的羽毛而遭灭顶之灾。可是在这里，她却被人所接受、所喜爱，甚至所爱戴。有些事情，发生在其他人身上可能就会惹人讨厌，可是如果对象换成她，那么就会被原谅，因为她是薇安。连克莱蒙特都无法抵挡她的魅力，而他的妻子讨厌她，完全不是因为道德上的优势，她的讨厌完全是出于嫉妒，而这种嫉妒对卡洛一点好处都没有。至少薇安·罗切不是虚伪的人，不会利用上帝之名来提高自己的社会地位。而且，即使是我也对她有点同情，甚至有点喜欢，这是我的身份所不容许的，一有这种念头，我的危机感就陡然上升。我不能心存怜悯。愤怒也好，喜欢也罢，都是不相宜的。我必须大公无私，这是为了社区，也为了教堂。这才是我首先应该遵守的准则。

第二十六章

　　我们好多天都没有同马斯喀特说过话了。有段时间,约瑟芬连巧克力店的店门都不愿意迈出一步,现在劝一劝,即使没有我的陪伴,也愿意走上大街,去面包店,或者穿过广场去花店转一转了。因为她不愿意回共和国咖啡店, 所以我就把自己的衣服借了几件给她。今天, 她穿了一件蓝色套衫和一件花布裙,看起来既精神又漂亮。不过几天而已,她以前那种乏味、仇视的表情就不见了,那种自我防卫的呆板姿态也不见了。现在的她看起来更挺拔、更整洁了,也不再弯腰弓背了,衣服也不再是里一层外一层,所以看着也不像以前那么短胖了。我在厨房忙碌的时候,她就会帮我看店。我已经教会了她如何调制各种巧克力,也教会她制作几种简单的甜品。她的手很巧,动作也很麻利。我开玩笑地和她提到第一次见到她那敏捷的"顺手牵羊",她的脸立刻红了。

　　"我永远不会从你这里偷东西的!"她的义愤很真诚动人,"薇安,你不会以为我——"

　　"当然不会。"

　　"你知道我——"

　　"当然。"

她和阿曼达,过去几乎互不了解,现在却成为了很好的朋友。这位老妇人现在每天都会来报到,有时候聊聊天,有时候吃一块最爱的杏仁蛋糕。她经常和另一位常客纪尧姆一起进门,今天卢克也来了,他们三个坐在角落里,要了一壶巧克力和一些奶油糖皮小点心。笑声和惊叹声不时地从他们这个小组中传来。

就在我快关门的时候,洛克斯进来了,一脸的小心谨慎和畏首畏尾。自从上次大火之后,我还是第一次这么近距离地看到他。他的变化太大,令人吃惊。他瘦了许多,头发黏在脑后,阴沉着脸,毫无表情。一只手上缠着一块脏兮兮的绷带,一边脸上仍然留着一块潮红的印迹,有点像严重晒伤后留下来的疤痕。

看见约瑟芬,他有点吃惊。"对不起,我以为薇安——"他突然转身准备离开。

"请不要走,她在后面呢。"自从在店里工作之后,她的举止放松多了,可是说话的样子还是有些尴尬和胆怯,或许,是看见他的缘故吧。

洛克斯犹豫了一下。"你是咖啡店的人,"他终于开口道,"你是——"

"约瑟芬·巴尼特,"她打断道,"我现在住在这里。"

"哦。"

我从厨房里走出来,发现他用那双淡色的眼睛若有所思地打量着她。不过他没有进一步深究,约瑟芬看见我,松了一口气,赶紧去了厨房。

"能再次看见你,真好,洛克斯。"我直率地说道,"我想请你帮个忙。"

"哦?"

他这一声"哦"颇有含义,礼貌地表达了他的怀疑和猜测。他的样子像一只紧张的、准备随时反击的小猫。

"我的房子需要修整,不知你是否可以——"这句话怎么开口才合适呢? 我知道,只要他觉得别人在可怜他,那他无论如何也不会接受。

"这和我们的朋友阿曼达没有任何关系,是吧? "他的声音很轻,却很生硬。说完,他转头看着阿曼达和其他人坐的地方。"又是偷偷地做好事吧,是不是? "他尖刻地说道。

说完又转过脸来看着我,脸上写满戒备,毫无情绪起伏。"我不是来找工作的。我是想问你,那天晚上有没有看见什么人在我的船旁边晃悠。"

我摇了摇头。"对不起,洛克斯,我什么人都没看见。"

"好吧。"他转身要走,"谢谢。"

"洛克斯,等一等。"我在他身后喊住他,"你难道就不能留下来喝杯东西再走吗? "

"改天吧。"他的声音很粗暴,几乎算得上无礼了,我感觉到他的愤怒快要爆发了。

"我们还是你的朋友,"他快走到门边的时候,我说道,"阿曼达、卢克和我。防备心不要这么强,我们想帮你。"

洛克斯突然转过身,脸色铁青,眼睛愤怒地眯了起来。"听着,你们这些人,"他用低沉而愤恨的声音说道,他的口音很重,几乎听不清他说什么,"我不需要任何帮助,一开始我就不应该和你们牵扯到一起。我之所以留下来待这么久,完全是因为想找出来是谁烧了我的船。"

说完这些,他就走了,跌跌撞撞地打开门,笨拙地走下台阶,留下一串十分愤怒的铃声。

他离开后,我们互相看着彼此。

"红头发的男人啊，"阿曼达似有感触地说道，"和驴子一样倔犟。"

约瑟芬看着很害怕。"好可怕的男人，"她最后说道，"你又没有放火烧他的船，他有什么权利把事情怪在你的头上？"

我耸了耸肩。"他现在无依无靠，又在气头上，也找不到该怪罪的人，"我轻轻地说道，"这种反应也很正常。他觉得我们是因为觉得对不起他，才想帮他。"

"我只是讨厌这样的场景，"约瑟芬说道，我知道，她又想起了他的丈夫，"我很高兴他走了。你觉得他会立刻离开兰瑟吗？"

我摇了摇头。"我认为不会，"我说道，"毕竟，他能去哪里呢？"

第二十七章

我昨天下午去了莫劳德,想找洛克斯谈谈,结果和上一次一样无功而返。还是那所废弃的房子,他把门从里面锁上了,百叶窗也关上了。我能想象出他像一只小心翼翼的野兽躲藏在黑暗里的样子。我喊着他的名字,我知道他听见了,只是不回答我。我本来想在门上给他留一张字条,可是最后还是决定放弃了。如果他想来,那也必须是心甘情愿的才行。阿努克和我一起来的,她手上拿着一艘纸船,那是我用杂志的封面给她折的。我站在洛克斯门口的时候,她就拿着那艘船,跑下河岸,把它放在水里,用一根柔软的树枝控制着船的距离,让它不至于漂流得太远。洛克斯不愿意出来,我只好回店里,因为约瑟芬已经开始在店里忙着做这个星期的巧克力了,只得留阿努克一个人在这边玩耍。

"小心鳄鱼。"我认真地警告她。

阿努克从黄色的贝雷帽下朝我咧着嘴笑着。一只手拿着玩具喇叭,一只手抓着那根指挥棒,嘴里还发出一阵没有节奏的警报声,跳跃着,一只脚换到另一只脚,越玩越兴奋。

"鳄鱼！鳄鱼袭击！"她欢叫道,"炮手准备！"

"站稳了,"我警告道,"别掉下去。"

阿努克夸张地抛给我一个飞吻,又重新去玩自己的游戏了。我走到山顶上回头看时,她还在那里用草根轰炸鳄鱼,随着战斗的继续,还能听见那小喇叭发出的细细的怒号声——啪——啪——啦!夹杂着她自己配的声音效果——噗!咕!

　　没有想到这个游戏还是能让我吃惊,小小的她在激烈地冲锋陷阵。如果我眯着眼睛,避开阳光的照射,似乎还能看见那些鳄鱼,看见它们在水中猛扑上来的长长的棕色身体,还有大炮的火光。她在屋子与屋子之间跑来跑去,红色的大衣和黄色的贝雷帽从暗处一下子闪出来,一下子又消失了。我几乎能看清她周围那些若隐若现的动物们。我正看得入神,她突然转过身,朝我挥了挥手,大声喊了一句:“我爱你!”然后又回头继续认真地玩着自己的游戏。

　　我们下午没有营业,约瑟芬和我加紧忙碌起来,为下周准备好充足的甜点和蛋糕。我已经开始做复活节巧克力了。约瑟芬对工作也越来越得心应手了,装饰动物形状的巧克力,包好装进盒子里,系上五彩丝带。地下室是个绝佳的储藏柜,凉爽但不至于太冷,所以巧克力不会像存放在冰箱里面那样留下白霜;而且还很干爽,也没有阳光,所以我们可以把所有的特色货品都储藏在那儿,把它们装在纸箱子里,这样还能剩下空间来放一些家用必需品。地板是古旧的石板铺成的,已经被打磨成和橡树一样的棕色了,踩在上面,又凉又滑。天花板上挂着一个小灯泡。地下室的门是用粗糙的松木打造的,底部开了一个洞,方便小猫的来来往往。这个地窖连阿努克都很喜欢,里面有石头和陈酒的味道,她用粉笔在旗子和白色的石灰墙上画了彩色的人物、动物、城堡、鸟儿和星星。阿曼达和卢克在店里聊了一会儿,然后一起离开了。他们现在见面的次数比以前多了,有时候也不一定在店里见面,卢克告诉我,上周他到她家里去了两次,每一次都在花园里工作一个小时。

"她的花床要整——整理一下，现在房——房子修好了，"他热心地告诉我，"她现在没办法像以前那样翻地了，不过她还是说今年想要一点花——花，不想再看那些杂草。"

昨天，他从纳西斯的苗圃里面移了一些植物，把它们种在阿曼达家墙根下那块新挖的土地上。

"我种了薰——薰衣草、樱草花、郁金香和水仙，"他说道，"她最喜欢鲜艳带着浓香的花。她不是所有的都喜欢，所以我又种了丁香花、桂竹香和金盏花，这些花她能注意到。"他羞怯地笑了一下。"我希望在她生日——生日前能全部种好。"他继续说道。

我问他阿曼达的生日是什么时候。

"三月二十八日，"他答道，"是她八十一岁生日。我已经想好礼——礼物了。"

"哦？"

他点了点头。"我想给她买一件丝——丝质的衬裙。"他有些谨慎地说道，"她喜欢内衣。"

我压抑住想笑的冲动，告诉他这听起来是个好主意。

"我要去阿根买，"他认真地说道，"我要藏起来，不能被母——母亲看见，否则她又要骂我了。"说完突然咧嘴一笑。"或许我们可以给她开个派对，你知道的，欢迎她开始下一个十年。"

"我们可以问问她的意思。"我提议道。

下午四点钟，阿努克回来了，看样子玩得很累、很开心，满身是泥，连腋下都是。我跑去放洗澡水，而约瑟芬给她沏柠檬茶。我先把阿努克的脏衣服脱下来，又小心地把她放在加了蜂蜜的热水中，洗完澡，我们全都坐了下来，一起吃巧克力卷和奶油鸡蛋面包配山莓酱、李子和甜杏——这些都是从纳西斯的温室里摘下来的。约瑟芬似乎心事重重,把她的甜杏放在手掌中轻轻地翻来翻去。

"我一直在想那个男人,"她终于开口道,"你知道的,就是早上来的那个。"

"洛克斯。"

她点点头。"他的船着火了……"她试探性地说了一句,"你不会认为这是一次单纯的事故吧,是不是?"

"他不这么认为,他说闻到了汽油味。"

"你觉得,他会怎么做,如果他查出来——"她费力地问道,"——是谁做的?"

我耸了耸肩。"我真的不知道。为什么,约瑟芬,你知道是谁做的吗?"

她赶紧矢口否认:"不知道。可是如果有人真的知道——却不告诉……"她又慌乱地语无伦次,"他会——我是说——可能……"

我看着她。她躲过我的眼神,继续心不在焉地滚着手里的杏子,一遍一遍地滚着。我突然从她的思想中看到一缕烟。

"你知道是谁做的,是不是?"

"不知道!"

"是这样的,约瑟芬,如果你知道什么——"

"我什么都不知道。"她的声音没有起伏,"我希望是我做的。"

"没关系的,没人责怪你。"我尽量将声音放轻柔,劝导着她。

"我什么都不知道!"她突然执拗地叫道,"我真的不知道。除了,他出去了一会儿,他说,他不是这里的人,他不应该来这里——"说到这里她突然打住了,牙齿明显在打颤。

"我今天下午看见他了,"阿努克嘴里塞满面包说道,"我看到他的房间了。"

我带着好奇转向她。"他和你说话了？"

她重重地点了点头。"当然了，他说他下次会给我做一艘船，一艘不会沉下去的木船。当然，如果那个混蛋不在那艘船放火的话。"她模仿着他的口音，很像。在她嘴里，他话里面的幽灵在奔腾跳跃。我转过头，忍着笑意。

"他的房子非常酷！"阿努克继续说道，"地毯中间有一堆火。他说我要是喜欢可以随时过去玩。哦。"说完，她后悔地用手掩住嘴巴。"他说只要我不告诉你就可以。"然后又夸张地叹了一口气，"我说了，妈妈，是不是？"

我笑着抱着她。"你说了。"

我看到约瑟芬脸上的恐慌。

"我认为你不该进他的房子，"她焦急地告诉她，"你不了解那个男人，阿努克，他可能会很暴力的。"

"我觉得没事的，"我朝阿努克眨了眨眼睛，"只要她告诉我了。"阿努克也朝我眨了眨眼睛。

今天举行了一个葬礼，河下游的米莫萨斯有一位老人去世了，出于恐惧抑或是尊重，丧事进行得很慢。克劳斯尔德在花店里说，去世的人是一位九十四岁的老人，她是纳西斯已逝的母亲的亲戚。我看见纳西斯了，还穿着那件老式的花呢夹克，唯一做的让步就是打了一条黑领带，雷诺此刻正一脸严肃地站在门口，身上穿着黑白相间的法衣，一只手拿着银色的十字架，另一只手伸开，仁慈地迎接前来哀悼的人。人不多，大概有十二个老妇人，我一个都不认识，其中一个还坐在轮椅上，由一位金发碧眼的护士推进去；有些人胖胖的，像阿曼达一样如小鸟般唧唧喳喳说个不停；有些岁数非常大，已经瘦得几乎只剩下骨头了。所有人都穿着一身黑衣：黑色的袜子、贝雷帽还有头巾；有些人戴着手套，有些人绞着两只苍白的手，并将它们紧紧地贴在塌下去的胸部上，与格吕内瓦尔德[1]画中的处女相同的姿势。她们向圣杰罗姆教堂走去，紧紧地挨着彼此，轻轻地交谈着，站在我的位置上只能看见她们的脑袋，在这些低垂的脑袋里，那张灰色的脸庞偶尔会向这边转过来，从那个安全的位置上，用黑亮的眼睛疑惑地向我瞥一眼，而她身后的那名护士——似乎很有能力，十分开心的样子——站在后面推着轮椅。她们似乎没有任何悲痛的情绪。坐在轮椅上的那位，手里拿着一小本黑色的弥撒书，嘴里高声诵读上面的内容进入教堂。其余的人则保持缄默，经过雷诺的身边，她们向他点点头，然后走进去，有些人递给他一张镶着黑边的便条，让他在主持仪式时读出来。村里唯一的灵车到得很晚，里面放着一口盖着黑布的棺木，棺木上稀稀拉拉地撒着几朵小花。一个铃铛孤单地响了起来。我在空空的店里守着，听见一阵管风琴的声音，弹奏出几声懒洋洋的、即兴的调子，就像鹅卵石投进井里的声音一样。

约瑟芬从厨房里拿出一堆巧克力奶油蛋筒，静静地走了进来，全身发抖。"有点让人毛骨悚然啊！"她说道。

我想起了城里的火葬场，还有那里面的管风琴音乐——一首巴赫的《托卡塔曲》——闪光的廉价的骨灰盒，带着油漆和鲜花的味道。神父把母亲的名字念错了——简·罗阿切。整个过程不到十分钟就结束了。

"死亡应该被人们庆祝，"她对我说过，"就像生日一样。等我的那一天到来的时候，我希望能像火箭一样升天，然后落在星云上，听见每个人大喊：'啊！'"

---

[1] 马蒂亚斯·格吕内瓦尔德：16世纪德国宫廷画家。

在七月四日那天晚上,我把她的骨灰撒在了海湾上。岸边有焰火、棉花糖,还有樱桃炸弹射向天上蹿去,空中闪烁着火药燃烧的亮光,河面上传来热狗和炸洋葱的香味,也夹杂着一阵若有若无的垃圾味道。这就是她曾经梦想过的美国,一个巨大的游乐场,霓虹灯闪烁,放着音乐,一大群人唱着歌、跳着舞,有所有她喜欢的华而不实的、感性的、花哨的东西。我等待着节日最精彩的部分到来,天空终于被一阵焰火盛开的声音震得发颤,周围只剩下光和各种色彩,我把它们轻轻地撒到身后的流水中,看着它们变成蓝色、白色、红色,然后沉下去。我本想说些什么,可是似乎已经没有什么可说的了。

"实在有点阴森森的。"约瑟芬说,"我讨厌葬礼,从来不参加这种仪式。"我没有说话,只是看着安静的广场,听着管风琴的声音,只是它吹的不是那首《托卡塔曲》。殡仪员的助理把棺木抬进教堂。棺木看起来不是很重,他们的脚步很是轻快,踏在鹅卵石小道上,几乎没有尊重之意。

"我真希望我们离教堂远一点。"约瑟芬不安地说道,"一想到这种事情就在隔壁进行,我就受不了。"

"在中国,人们在葬礼上穿成白色,"我告诉她,"他们散发的礼物都用鲜艳的红纸包着,代表好运。他们会放鞭炮、聊天、说笑、跳舞、哭泣。最后,每个人都从火葬的棺木前跳过,一个接一个,随着烟雾的升起,为逝者祈福。"

她好奇地看着我:"你也去过那里吗?"

我摇了摇头。"没有。但是我们在纽约认识了很多中国人,对他们而言,庆祝死亡就是庆祝死者的生平。"

约瑟芬似乎有点不相信。"我不知道有人居然会庆祝死亡。"她终于开口道。

"只是你不去庆祝而已。"我告诉她,"庆祝的是生活本身,整个生活,甚至它的结束。"我从保温盘上拿起巧克力壶,倒了两杯巧克力。

过了一会儿,我从厨房拿出两个蛋白甜筒,在巧克力外皮的包裹下,蛋卷仍然很热,上面放着厚厚的鲜奶油香提和碎榛子仁。

"这样好像不对,这样做,在这种时刻。"约瑟芬说道,可是我发现她还是吃了。

哀悼者离开教堂的时候,已经将近中午了,在明晃晃的阳光下,人们睁不开眼,都有些恍惚。巧克力和蛋白甜筒都吃完了,空气中的阴郁气氛又延续了一阵子。我看见雷诺又出现在门口,那位老妇人坐着她们的小型巴士回去了,车的一侧用鲜艳的黄色写着"米莫萨斯"。广场上又恢复了往日的模样。纳西斯送走哀悼者之后,就进来了,他的领口太紧,所以出了很多汗。我向他表示哀悼,他耸了耸肩。

"其实我和她不熟,"他漠不关心地说道,"是我妻子的伯祖母吧。二十年前进了敬老院,脑子已经不清楚了。"

敬老院,我看见约瑟芬听见这个名字时做了一个鬼脸。除了那些可爱的含羞草之外,也只是一个等死的地方,就是这些。纳西斯没有和我们继续说下去,那个女人很早之前就"死了"。

我倒了一杯没加糖的黑咖啡。"你想来块蛋糕吗?"我提议道。

他考虑了一会儿。"哀悼的时候,最好还是不要吧。"他含糊其词地说道,"是什么样的?"

"杂草莓奶冻,上面有一层焦糖。"

"或许可以来一小片。"

约瑟芬看向窗外空空的广场。"那个男人又在那里晃悠了,"她说道,"那个莫劳德的人。他准备进教堂了。"

我从门口向外面望去。洛克斯赫然站在圣杰罗姆的大门边上,他看起来十分不安,两只脚不停地换来换去,两只胳膊紧紧地抱着身体,似乎天气很冷一样。

不对劲。我突然感到一阵恐慌。确实有什么事不对劲。我正看着,洛克斯突然之间向我这边跑过来。他几乎是冲到门前,却停在那儿,低着头,全身僵硬,脸上带着内疚与悲哀。

"阿曼达,"他说,"我想我刚刚把她杀了。"

我们盯着他,愣了好一会儿。他两只手轻轻地摆了一个无助而尴尬的动作,似乎想把这些糟糕的想法挥去一样。

"我打算去喊神父。她没有电话,我想或许他——"他停住了。痛苦让他的口音更重了,他的话几乎变成了让人难以听懂的外来语,混杂着很奇怪的喉音和呜咽,听着有些像阿拉伯语、西班牙语或者法国某个地方的俚语,也或者是三者混合的神秘语种。

"我能明白她——她让我去冰箱——里面有药——"他又停住了,似乎更加不安了。"我没有碰到她,我从头到尾都没有碰到她。我也不会——"他费力地把这个词吐出来,就像在吐掉一颗掉了的牙齿。"他们会说我攻击她了,我想拿她的钱。不是这样的。我给她拿了一点白兰地,她就——"

他又停住了。我看到他正在努力控制自己的情绪。

"没关系,"我平静地告诉他,"你可以在去她家的路上告诉我。约瑟芬留下来看店。纳西斯可以从花店给医生打个电话。"

他固执地说:"我不会再回去的,我已经做了我能做的。我不想——"

我抓着他的胳膊,使劲拽着他。"我们没有时间去讨论这个了。我需要你跟着我。"

"他们会说这是我的错。警察——"

"阿曼达需要你。现在,你必须去!"

去莫劳德的路上,我把整个故事弄清楚了。洛克斯对他前几天在巧克力店的发怒有些惭愧,看见阿曼达家的门开着,就决定去看看她,却发现她意识模糊地躺在摇椅上。他试着叫醒她,她只说了几个字:"药……冰箱……"冰箱的顶层有一瓶白兰地,他倒了一杯,从她的嘴里灌了一些进去。

"然后她就倒下去了,我没法把她带过来。"他渐渐恢复了正常,"然后我才想起来,她有糖尿病。我很可能没有帮上忙,却杀了她。"

"你没有杀了她。"我跑得上气不接下气,左边的胸部突然一阵剧痛,"她会没事的,你找人找得很及时。"

"如果她死了呢?你觉得谁会相信我?"他的声音沙哑。

"省省力气吧。医生很快就会过来的。"

阿曼达家的大门仍然敞开着,一只猫在房子周围走来走去。在它前面,房子静悄悄的。一根松弛的排水管把雨水从屋顶上导下来,我看见洛克斯扫了它一眼,突然用很职业的口吻说道:"我要把这个修好。"他停在门口,像是等着被邀请进去一样。

阿曼达躺在炉子边的地毯上,她的脸色死气沉沉,呈现蘑菇色,嘴唇青紫。至少,他把她放在了恰当的位置上,脑下枕着一个扶手枕头,脖子放在可以顺畅呼吸的角度。她一动不动地躺着,可是她嘴唇上呼出的一丝不新鲜的空气告诉我,她仍然有呼吸。那块编织了一半的挂毯扔在她旁边,一杯咖啡洒在地毯上,在上面留下一个逗号形状的污渍。眼前的场景安静的诡异,就像一部无声电影中暂停的一幕一般。她的皮肤冰凉滑腻,薄如绉纱的眼睑下,黑色的虹膜清晰可见。她身上黑色的裙子拉到膝盖上面,露出了红色的褶皱。看见她黑袜子下面那双早就患有关节炎的膝盖,还有褐色的家居服下面那鲜艳的丝质衬裙,我的心里突然涌上一阵悲哀。

"怎么样?"洛克斯因为焦虑怒吼道。

"我想她会没事的。"

他的黑眼睛中满是不信任和怀疑。

"她的冰箱里肯定还有胰岛素，"我对他说道，"她说的药可能是那个，快拿过来。"

她把胰岛素和鸡蛋放在一起。一个家用塑料盒里面装着六小瓶胰岛素和一些一次性注射器。另一边放着一盒巧克力蛋糕，盖子上面还写着"天上人间糖果巧克力店"。除此之外，里面几乎没有其他可以吃的东西，只有一盒开罐的沙丁鱼、一张抹着熟肉酱的纸和几个马铃薯。我在她的肘关节内侧注射了胰岛素。对于注射我已经非常熟练了。母亲重病的后期，尝试过很多种疗法——针灸、顺势疗法、创造性的目视观察疗法——我们最后还是回到了最好用的老方法：吗啡，如果在药店买不到，我们就去黑市上买，尽管母亲讨厌毒品，可是却很喜欢使用吗啡，那个东西会让她的身体热得发晕，让纽约的高楼在她眼前摇晃，就像海市蜃楼一样。我抱着阿曼达，她轻得几乎没有重量，头软软地晃了两下。一边脸颊上的胭脂让她看着十分滑稽。我用两只手按压着她又冷又硬的双手，活动着她的关节，搓一搓她的手指。

"阿曼达，醒过来，阿曼达。"

洛克斯站在一边看着，犹豫着，脸上的表情既困惑又充满希望。她的手指摸起来像一串钥匙。

"阿曼达，"我故意让声音听起来威严而尖锐，"你现在不能睡，你必须醒过来。"

终于，一阵最轻微的颤动，像是两片树叶碰到彼此一样。

"薇安。"

洛克斯也在我们旁边跪了下来。他的脸色灰白，可是眼睛却异常明亮。

"哦,再说一遍,你这个顽固的老太太!"他突然松了一口气,几乎喜极而泣。"我知道你还活着,阿曼达,我知道你能听到我说话!"他满怀期望地看着我,几乎笑了起来。"她说话了,是不是?不是我幻想的吧?"

我摇了摇头。"她很坚强,"我说道,"你发现得很及时,还好她没有陷入昏迷。等注射发挥效用吧,继续和她说话。"

"好的。"他开始说话,有点狂野,几乎上气不接下气,一双眼睛直直地盯着她的脸,寻找苏醒的征兆。我继续搓着她的手,感觉温暖一点一点地回来了。

"你别想骗过任何人,阿曼达,你这个老女巫。你和马一样强壮,你可以长命百岁。而且,我刚刚把你的屋顶修好了,你不会以为我这么做,就为了让你的女儿继承一切吧,是不是? 我知道你在听,阿曼达。我知道你能听见我说话,你还在等什么?你想让我道歉吗?好吧,我道歉。"泪水滑落他的脸庞。"你听见了吗? 我刚刚道歉了。我是一个不知感恩的浑蛋,对不起。现在你要醒过来——"

"……聒噪的浑蛋……"

他说了一半,停在那里。阿曼达轻轻地、咯咯地笑了两声。嘴唇无声地蠕动着。她的眼睛张开了,很明亮,也很清醒。洛克斯两只手温柔地捧着她的脸庞。

"吓到你了,是不是? "她的声音像纱一样缥缈。

"没有。"

"我吓到你了。"声音里面带着一丝满足和淘气。

洛克斯用手背抹了一下眼睛。"你还欠着我的工钱呢,"他声音颤抖地说道,"我之所以被吓到,是因为害怕你没办法付我工资。"

阿曼达又咯咯地笑了。她的力气慢慢地恢复了,我们两个能够把她扶到椅子上。她的脸色依旧苍白,脸像一颗腐烂的苹果一样内陷下去，可是眼睛却十分明亮清澈。洛克斯转向我，这是火灾之后，他第一次露出没有防备的表情。我们的手碰到了一起。一霎那，我瞥见了他在月光下的脸庞，光裸着肩膀躺在草地上，露出饱满的弧线，周围飘着丁香花那诡异的味道……我不可思议地张大了眼睛。洛克斯一定也感觉到了什么，因为他突然向后退了一步，满脸通红。在我们身后，阿曼达发出一阵轻柔的咯咯声。

"我已经让纳西斯去给医生打电话了，"我假装轻松地告诉她，"他随时会到。"

阿曼达看着我。信息在我们两人之间流转，这不是第一次了，我在想她为何看事情总是这么清楚。

"我不会让那个死神的脑袋进家门的，"她说道，"你可以让他从哪里来回哪里去了。我不需要他来告诉我该怎么做。"

"但是你生病了啊，"我抗议道，"如果不是洛克斯刚好过来，你可能已经过去了。"

她嘲弄地看了我一眼。"薇安，"她耐心地说道，"那是老人最终的道路，他们会死的。生命原本就是这样。死亡防不胜防。"

"道理虽如此，可——"

"而且我不去养老院，"她继续说道，"你可以告诉他们，这是我说的。他们不能强迫我去，我在这所房子里住了六十年，我死也要死在这里。"

"没有人强迫你去任何地方。"洛克斯突然说道，"你只是没有注意用药，就这样。下一次你就清楚了。"

阿曼达笑了。"不是那么简单的。"她说道。

他依然坚持道："为什么不？"

她耸了耸肩。"纪尧姆知道，"她告诉他，"我最近和他谈了很多事情，他理解的。"她现在已经可以和平时一样说话了，虽然还是很虚弱。"我不想每天都用这个药,"她平静地说道,"我不想按照永无止境的饮食清单做,我不想旁边站着一位善良的护士照顾我,把我当成幼儿园的小朋友一样说话。我已经八十岁了,我的天哪,如果我自己需要什么,我都不知道的话——"她突然停住了。"那是谁?"

她的听力仍然十分敏锐。我也听到了,外面那不平整的小路上传来汽车渐渐驶过来的声音。那是医生。

"如果来的是那个伪善的鸭子,告诉他,他只是在浪费时间而已,"阿曼达不耐烦地说道,"告诉他我很好,让他去找别人医治吧。我不想让他看病。"

我看了一眼外面。"他好像把半个兰瑟都带过来了。"我淡淡地说道。那辆蓝色的雪铁龙里面装了满满一车人。除了医生,还有一个穿着深灰色套装、脸色苍白的男人,还有卡洛琳·克莱蒙特,她的朋友乔林和雷诺,几个人一起挤在后座上。前座上坐着乔治斯·克莱蒙特,他看起来很腼腆,似乎这个场面让他很不舒服,无声地抗议着。我听见车门发出"砰"的一声,吵吵嚷嚷中,卡洛琳那麦鸡一样尖锐的声音响了起来。

"我和她说过了!难道没有告诉她吗,乔治斯?没有人能指责我,说我没有尽到孝道,我对那个女人已经仁至义尽了,你看看她——"

一阵匆匆而杂乱的脚步声踏在石头上,当意料之外的访客打开前门的时候,这些声音立刻变成了刺耳的声音。

"妈妈?妈妈?坚持住,亲爱的,是我啊!我来了!这边,卡桑内特先生,这边进去——哦,是啊,你知道路怎么走的,是吧?哦,天啊,我告诉过她无数次了——我就知道像这样的事情会发生的——"

乔治斯微弱地抗议道:"你真的觉得我们应该打扰她吗,亲爱的卡洛?我是说,让医生来处理,好吗?"

乔林用一贯冰冷傲慢的语气说道:"不知道他来这个房子干什

么。"

雷诺那不甚清晰的声音传过来："应该来找我……"

他们还没有进门，我就感觉洛克斯的身子一僵，迅速扫了一下周围，想找一条路出去。即使这样，也已经太晚了。梳着完美无瑕的发髻的卡洛琳和乔林已经先进来了，两人穿着一模一样的衣服，戴着爱玛仕围巾，身后紧跟着克莱蒙特——他穿着黑色西服，系着领带，木材厂今天有特殊的事情吗，还是她让他特意为这种场合换上的？还有医生、神父，就像是情景剧中的场景一样，全部僵在门口，脸上带着震惊的、无动于衷的、愧疚的、委屈的、愤怒的表情。洛克斯用一贯傲慢的眼神望着他们，一只手上缠着绷带，眼睛上搭着潮湿的头发，我自己则站在门口，橘黄色的裙子溅上了泥点，这是刚刚从店里跑过来的时候弄上的，还有阿曼达，脸色苍白，可是从容自若，坐在摇椅上开心地摇着，一双黑眼睛喷射着怨恨的目光，一根手指弯曲着，像一个女巫。

"哦，秃鹰都来了。"她的声音温柔亲切，却透着危险，"你们来得是不是太慢了些？"说完，目光犀利地看着雷诺，他站在这群人的身后。"以为你终于有机会了，是吧？"她尖刻地说道，"以为你终于可以溜进来，趁我心智不健全的时候，给我做一两次祷告？"她故意发出粗俗的笑声。"太糟糕了，弗朗西斯，我还没有为最后一次的仪式准备好呢。"

雷诺看着有些愠怒。"看起来，"他说道，迅速向我的方向瞟了一眼，"很幸运啊，罗切小姐在这里呢——这么有能耐——很会使用注射器。"话中藏着嘲讽。

卡洛琳僵住了，脸上赔着笑，一副懊恼的样子。"妈妈，亲爱的，你看吧，我们让你自己生活就发生了这种事情，把每个人都吓得半死。"

阿曼达很不耐烦。

"浪费这么长的时间,还将人们拒之门外——"卡洛说话的时候,拉里福莱特跳上阿曼达的膝盖,于是这位老太太就心不在焉地抚摸着小猫。"现在,你该明白为什么我们告诉你——"

"说我最好离开这里去敬老院?"阿曼达语气平淡地接下她的话,"真的,卡洛,你没有放弃,是吗?简直和你父亲一模一样,你知道的,愚蠢而且固执,这是他性格中最可爱的地方之一。"

卡洛急躁起来:"那不是敬老院,是米莫萨斯,只要你愿意去看一下——"

"吃饭用管子导,上厕所有人带着你去,防止你摔倒——"

"别可笑了。"

阿曼达笑了起来。"我亲爱的姑娘,我都这把年纪了,还不能做自己喜欢的事情吗?如果我喜欢,我可以选择可笑。我已经这么大年纪了,可以随心所欲地做事情了。"

"你现在就像个小孩子一样。"卡洛的声音明显透着不高兴,"米莫萨斯是个非常漂亮、非常幽静、无人打扰的住宅区,还可以与你年纪相仿的人聊天、出去约会,所有事情都可以井然有序地进行——"

"听上去很好啊。"阿曼达继续懒散地摇着摇椅。卡洛转向身边的医生,此刻医生正局促不安地站在她身边。他是个瘦瘦的、有点神经质的男人,站在那里,似乎十分尴尬,就像一位害羞的男士在参加热闹的宴会一样。"西蒙,告诉她!"

"哦,我不知道现在是否轮得到我说话——"

"西蒙同意我的说法,"卡洛固执地打断道,"在你这个年纪,处在你这种状况下,完全不能继续独立生活了。为什么,随时随地,你都可能——"

"是的,瓦辛夫人。"乔林的声音听起来很温暖,也很讲道理的样子，"或许你应该考虑卡洛——我是说，当然，你不想失去自己的独立性，可是，为了你好……"

阿曼达的眼睛很尖锐、很明亮，极具威力。她默不作声，只是盯着乔林。乔林停止了说话，脸转向别处，满脸通红。"你给我出去，"阿曼达轻轻地说道，"所有人。"

"可是，妈妈——"

"所有人，"阿曼达语气平静地说道，"我想单独跟这个江湖术士待两分钟，看来我有必要跟你说说希波克拉底誓词①，卡桑内特先生。等我和他说完话，我希望你们这些贪婪之徒全部滚蛋。"她试着站起身来，艰难地扶着椅子撑起身体。我扶着她的胳膊，帮她站稳，她朝我淘气地一笑。

"谢谢，薇安，"她温柔地说道，"你，也谢谢。"这句话是对着洛克斯说的，他依然远远地站在屋子的另一边，脸上带着阴沉、冷漠的表情。"等我和医生谈完了，我想和你谈一谈，先别走。"

"谁，我吗？"洛克斯有些不安。卡洛鄙视地瞟了他一眼。

"妈妈，我觉得这种时候，你的家人应该是——"

"如果我需要你，我知道怎么找你，"阿曼达厉声说道，"现在，我想做一些安排。"

卡洛看着洛克斯。"哦——"她拖长了音调，柔和的声音中透着厌恶。"安排？"她用眼睛上上下下打量了他一会儿，我发现他的身子轻轻地缩了一缩。这个条件反射和我之前在约瑟芬身上看到的一模一样——身体僵硬，肩膀微微拢起来，手深深地插在口袋里，似乎这

---

① 希波克拉底：被西方誉为"医学之父"的古希腊医生，他制定的医道规范，成为古代西方医生开业时所宣读的医务道德誓词，20世纪中叶，世界医协大会又据此制定了国际医务人员道德规范。

样就可以将自己缩小一样。在这种直白而犀利的目光下,所有的瑕疵都好像隐藏不住。有那么一瞬间,他眼中的自己也同她眼中的一样:肮脏、粗野。

于是,他一反常态,故意按照她眼中的自己行事,咆哮道:"你他妈的以为你在看什么?"

她被惊吓到了,然后转过身。

阿曼达露齿一笑。"再见,"她对我说道,"还有,谢谢你。"

卡洛跟着我,脸上带着明显的懊恼。她在挣扎着,一边好奇,一边又很不情愿地跟我说话,她说话尖刻,带着纡尊降贵的表情。我未加详细描述,只把事情的大概告诉了她。雷诺在一旁听着,脸上毫无表情,如同一尊雕像。乔治斯试图出来打圆场,害羞地笑着,说着一些陈词滥调。没有人问我愿不愿意搭顺风车回去。

第二十八章

3 月 15 日　星期六

今天早上,我又去找阿曼达·瓦辛谈话了。她再一次拒绝见我。她那只"红头发的看门狗"给我开的门,又用那粗俗的土著口音对我大喊大叫,还用肩膀抵住门口不让我进去。阿曼达非常好,他对我说道,稍微休息一下,就可以完全恢复了。她的外孙和她在一起,她的朋友每天都来看她——这种讽刺的对比让我愤恨得差点咬到舌头。她不愿意被人打扰。我不得不低三下四地向这个男人请求,神父,可是我知道我的责任。不管她的朋友多么卑贱,不管她如何奚落我,我的职责还是很清晰的。去安抚——甚至当安抚被拒绝时,去开导。可是,对这个男人讲人性,简直是对牛弹琴——他的眼睛完全和动物一样:空白而漠然。我试着和他解释。阿曼达老了,我告诉他,老而且固执,我们两个没有多少时间可以浪费了。难道他就不明白吗?难道他就这么不管不问、态度傲慢地让她自杀吗?

他耸了耸肩。"她很好,"他告诉我,无动于衷,带着厌恶之情,"没有人对她不管不问。现在她很好。"

"不对!"我故意严厉地说,"她在用她的药玩俄罗斯转盘。她不听从医生的嘱托,还吃巧克力,看在上帝的分上! 你有没有想过,在她这种情况下,这样做意味着什么?"

他的脸凑了过来，表情充满敌意和冷淡，然后平淡地说道："她不想见你。"

"你不在乎吗？你不在乎吗？她会用暴饮暴食害死自己的！"

他耸了耸肩。透过他那层薄薄的伪装的冷漠，我可以感受到下面的怒火。没办法唤醒他更有品德的人性，他只是防备地站在那里，按她说的那样做。马斯喀特告诉我，阿曼达曾经提议给他钱，或许他更乐于看见她去世吧。我太了解她的刚愎自用了，为了这个陌生人，让家人失去继承财产的权利，太符合她的作风了。

"我会等的，"我告诉他，"如果必须的话，等一整天也无所谓。"

我在花园里等了两个小时。两小时之后，天上开始下雨。我没有带伞，身上穿的祭祀用的法衣淋上了雨，变得非常沉重。我开始感觉头晕眼花，身体也失去了知觉。过了一会儿，窗户打开了，我闻到了厨房里飘出来的那股让人发狂的咖啡和热面包的香味。我看见"看门狗"正用那种粗暴的、窥视的目光看着我，我知道，如果不是他伸手来帮我，我可能刚刚就晕倒在地了。当我慢慢地爬上小山回圣杰罗姆教堂时，我感觉他的目光一直尾随着我。我想，我听见了在河那边的某个地方，传过来一阵笑声。

在约瑟芬·马斯喀特那里，我也失败了。尽管她拒绝去教堂，我已经和她谈过好几次了，可是仍旧无功而返。现在，她的内心深处装着某种顽固不化的金属，一种反抗，虽然她表面上依旧恭敬，在和我谈话的时候，也一直很温和平静。她从来不敢走出那家甜品店，可是今天我却在小店之外看到了她。她正在门口打扫鹅卵石小路，头发上绑着一条黄色的丝巾。我朝她走过去，发现她还哼着歌。

"早上好，马斯喀特夫人。"我礼貌地问候她。我知道，要想赢回她，必须使用礼貌和理智。等我们的事情搞定，她会后悔的。

她向我挤出一丝微笑。现在的她多了一点自信，背也挺直了，头也抬起来了，这种矫揉造作是她从薇安·罗切身上学到的。

"神父，我现在是约瑟芬·巴尼特。"

"夫人，法律上还不是。"

"什么法律。"她耸了耸肩。

"上帝的法律，"我特意强调了一下这几个字，用谴责来指引她，"我替你祈祷了，我的女儿。我为你的释放祈祷了。"

她听完笑了起来，不是善意的那种笑。"那么，你的祈祷已经得到上帝的回应了，神父，我从来没有像现在这么开心过。"

她似乎很坚贞不屈。只不过受那个女人的影响一个星期而已，我就已经能从她的话里面听出别人的声音了。他们的笑声简直令人无法忍受。他们的嘲笑，和阿曼达如出一辙，都刺激着我，让我显得愚蠢、暴躁。我感觉到自己身上的某个东西已经开始回应了，神父，那是我的弱点，我一直以为我对此事是免疫的。我的目光越过广场，看向巧克力店，它那明亮的窗户，窗台上以及门两边放的各种粉红、红色、橘黄色的天竺葵。我感觉到那种自我怀疑不知不觉地、悄悄地占据了我的脑海，我的嘴里满是那些香味的回忆，就像奶油、果汁软糖、焦糖以及克纳克白兰地和现磨咖啡豆混合的味道，令人沉醉。那是女人的头发散发的香味，就是后颈和柔软的头骨凹陷处相连的地方发出的味道，那是成熟的杏仁在阳光下的味道，是热乎乎的奶油鸡蛋小面包的香味，是肉桂卷、柠檬茶和山谷中的百合花的香味。那股香味被风吹散，像一面反叛的旗帜，轻柔地在风中展开，这是恶魔的足迹，它虽然不像小时候大人和我们说的那样凶恶，但是这种最为轻柔、最能唤起人性欲望的香味，同上千种香料的精华结合在一起，会让人的脑袋发晕，让人的灵魂飞翔。我发现自己站在圣杰罗姆教堂外，脑袋伸到风中，试图抓住哪怕一丝这种香味的足迹。在梦里，我大口地吃着巧克力，我在巧克力上面打滚，它们不仅香脆，而且和肌肤一样柔软,就像有上千只嘴唇在我的身体上亲吻,一点点地吞噬着我的身体。死在它们温柔的暴食之下,也算是一种极致的诱惑了,此时此刻,我几乎可以理解阿曼达·瓦辛的所作所为了,她如此不顾性命之忧,兴高采烈地享受着每一口美食。

我说的是几乎可以理解。

我知道自己的责任。自从我的忏悔增加了这种自我放逐的迷失的时刻后,我的睡眠就越来越少了。关节很疼,可是我却非常喜欢这种让我分心的疼痛。身体上的欢愉就是恶魔偷偷扎根的缝隙。我尽量避免香甜的气味,每天只吃一餐,而且吃最没有味道、连调料也不加的食物。当无须在教区里行驶工作职责的时候,我就会在教堂的院子里面忙碌——挖花床,在墓地四周种上植物。那里都两年无人问津了,当我看见那里原本的一片狼藉变成现在这样整齐有序的花园,一种不安的感觉涌上心头。薰衣草、墨角兰、一枝黄花和紫鼠尾草在那长满野草和蓝荆棘的弃园里茂盛无比。这么多的味道让我心烦意乱。我比较喜欢一排一排整齐的灌木和花朵,也可以再弄一排篱笆把它们围起来。这种繁茂是不对的,是不虔诚的,是生命在野蛮而盛气凌人地绽放,在这里,一种植物围堵另外一种,徒劳地攫取优势地位。《圣经》告诉我们,我们有权利主宰这些东西的命运。可是,我却感受不到主宰的优势。我感觉到的就是一种无助,虽然我又是挖、又是剪、又是修,可是这些密集的绿色军团仍然填满了我背后的空间,伸出那长长的绿色舌头,嘲笑我白费力气。纳西斯饶有兴致地看着我,带着一丝鄙夷。

“最好种上一些东西,神父,”他告诉我,“种一些有价值的东西,否则杂草还是会长起来的。”

当然,他说得很对。我已经从他的苗圃订了一百株植物,都是些温驯的植物,我要把它们种成一排一排的。我喜欢白色的秋海棠、矮鸢尾草、淡黄色的大丽花,还有复活节的百合,这些虽然没有什么香味,可是却有可爱、整洁的叶子。很可爱,而且没有侵略性,纳西斯向我保证。自然被人类驯服了。

薇安·罗切过来看我工作,我故意不理睬她。她穿着一件翠蓝的紧身套衫和牛仔裤,脚上穿着一双小巧的紫色软绵革靴子。她的头发被风吹起,像一面海盗旗子。

"你这个花园真可爱!"她赞叹道,一只手摸着那大片大片的植物,她握住叶子,把它们贴到脸上,贪婪地闻着上面的味道。

"好多的芳草啊,"她感叹道,"柠檬香草、科隆薄荷、菠萝鼠尾草——"

"我不知道它们的名字,"我突然打断她,"我不是园丁。而且,它们只不过是些杂草。"

"我喜欢杂草。"

她当然喜欢。我感觉心中的怒火又开始膨胀——或者,是这些香味的缘故? 我站了起来,突然而至的压力让我的腰发出"咔嚓"一声,周围都是足足半人高的草。"告诉我,小姐。"

她温驯地看着我,面带微笑。

"告诉我,你有成就感吗? 你这样鼓励我的教徒彻底放弃原本的生活,放弃他们安全的——"

她茫然地看着我。"彻底放弃? "她面带疑惑地瞥了一眼我身边小道上成堆的野草。

"我是指约瑟芬·马斯喀特。"我猛地说道。

"哦。"她说着拧了一下绿色的薰衣草根茎,"她不开心。"她似乎认为,这一句话就能解释所有的事情。

"而现在,违背了结婚誓言,放弃曾经拥有的一切,放弃原本的生活,你认为她会更开心吗? "

"当然更开心。"

"多好的人生观，"我讥笑道，"如果你是那种不相信原罪的人。"

她笑了。"但是我的确相信，"她说道，"我一点都不相信那个东西。"

"那么我很同情你那个可怜的孩子，"我刻薄地说道，"没有上帝的庇佑、没有道德观，就这样成长。"

她给了我一个勉强的表情。"阿努克知道是非对错，"她说道，我知道至少我碰到她的软肋了，小小地得一分。"至于上帝——"她话说了一半就打住了。"我不认为白色的领子就让你独享接近神明的权利，"她最后一句话说得很慢，"我觉得，总有让我们两个都能生存的余地，你觉得呢？"

我不想回答她。我能看出来，她的宽恕是装出来的。"如果你真想做好事，"我威严地告诉她，"你应该劝说马斯喀特夫人重新考虑她那冲动的决定，还有让阿曼达·瓦辛找到理智。"

"理智？她假装不知道我在说什么，可是她一定知道我的意思。

我又把那天和"看门狗"说的话重复了一遍。阿曼达老了，我告诉她，刚愎自用又顽固不化，可是她那一代人受的教育比较少，根本不了解医学上的东西。饮食和用药是非常重要的——她十分倔犟，不愿意听这些事实。

"可是阿曼达对自己的现状很满意啊。"她的话说得理直气壮，"她不想离开自己的家去敬老院，她想死在自己的房间里。"

"她没有这个权利！"我听见自己的声音像鞭子一样打在广场上，"这不是她能决定的。她还可以活很长时间，或许十年——"

"她现在也可以啊。"她的语气带着一丝责难，"她还能四处走动，神志清醒，也能生活自理——"

"自理！"我无法掩饰自己的鄙夷，"在她六个月之内就会完全瞎掉的时候吗？到那时候她打算怎么办？"

她第一次露出迷惑的表情。"我不明白，"她终于开口道，"阿曼达的眼睛不是好好的吗？我是说，她连眼镜都不需要戴啊。"

我目光如炬地盯着她。她不知道。"你还没有和医生谈过，是不是？"

"为什么要和医生谈？阿曼达——"

我打断她。"阿曼达有麻烦，"我告诉她，"这是她一直否认的问题，也是她极度顽固不化的地方。她总是拒绝承认，甚至不愿意对自己、对家人承认——"

"请你告诉我。"她的眼睛像玛瑙一样坚硬。

我告诉了她。

第二十九章

3 月 16 日　星期日

一开始,阿曼达装作不知道我在说什么,然后又换上横暴的口吻,严厉地问我是谁在和我嚼舌根,又说我是个爱管闲事的人,我根本不知道自己在说什么。

"阿曼达,"我趁着她终于停下来喘气的空隙说道,"告诉我这是什么意思,糖尿病视网膜病——"

她耸了耸肩。"我可能吧,如果那个该死的医生准备在全村大肆宣扬一番的话。"她的语气有点急躁,"对我的态度就像我永远都不适合自己做决定一样。"说完严厉地看了我一眼。"你也好不到哪里去,女士,"她说道,"对我念叨,爱管闲事——我不是小孩子了,薇安。"

"我知道你不是。"

"那就是了。"她伸手去拿胳膊肘旁的茶杯。我注意到她摸索着杯子的位置,小心地拿起来,又用手指小心翼翼地抓着。不是她,而是我,瞎了。那个系着红色丝带的拐杖,试探性的走路姿势,永远织到一半的挂毯,眼睛总是隐藏在一个又一个的帽子下面……

"又不是说你能帮助我,"阿曼达放低声音,继续说道,"据我所知,这种病是没办法治愈的,所以这不是任何人的事情,而是我自己的事。"她喝了一口茶，做了一个鬼脸。"春黄菊，"她毫无兴致地说道，"据说能消除毒素，可是味道尝起来像猫尿一样。"她说完又把杯子放下了，依然是小心翼翼的姿势。

"我怀念阅读，"她说道，"现在看书越来越费劲了，不过卢克偶尔会给我读读书。还记得我们第一次见面，我让他给我读兰波的诗歌吗？"

我点了点头。"你说起这件事的语气，就好像它是多年之前的事。"我告诉她。

"的确很久了。"她的声音飘忽，几乎没有起伏，"我已经得到我原本以为永远都得不到的东西了，薇安。我的外孙每天都来看我，我们像成人一样聊天。他是个好孩子，很善良，只有他会哀悼我一下——"

"他爱你，阿曼达，"我打断道，"我们都爱你。"

她咯咯地笑了起来。"或许不是所有的人，"她说道，"不过，没有关系。此时此刻，我已经拥有所有想要的东西了。我的房子、我的朋友、卢克……"然后是果断倔犟的表情，"我不会让任何人将这些东西从我身边夺走！她叛逆地宣布道。

"我不明白。没有人能强迫你——"

"我没有特意指某人，"她突然厉声打断道，"卡桑内特喜欢说他的瑞丁酮注射、他的扫描和激光疗法，让他说去好了，只要他愿意说，"她的语气中明显带着对这类东西的鄙视，"可是，这些都无法改变这些事实。我肯定会瞎掉，没有人能帮上多大的忙。"她说完双手交叠，表示这件事已经无须再谈。

"我应该早点去看他的，"她的语气中不带任何痛苦，"可是现在，这种状况已经无可逆转了，而且还在日益恶化。维持六个月的部分视力是他尽最大努力能做到的，然后就去敬老院，不管喜欢与否，直到我死去的那天。"她顿了一下。"我可能还会再活十年。"她若有所思地说道,印证了我和雷诺的谈话。

我张嘴想要反驳,告诉她事情没有那么糟糕,可最终又闭上了。

"不要那样看着我,丫头。"阿曼达似是鼓励地推了我一下,"在宴会上,吃完五道菜之后,你希望喝点咖啡和甜酒,是不是?你不会突然决定用一碗面包粥结束这一餐,是不是?这样你就能再多吃一道菜了?"

"阿曼达——"

"别打断我。"她的眼睛异常明亮,"我的意思是,你必须知道要适可而止,薇安。你必须要知道何时该推开盘子,叫上那些甜酒。再过两周,我就要八十一岁了——"

"那还不算老啊,"我情不自禁地痛哭道,"我真的没法相信,你就这样放弃了!"

她看着我。"可是,你是那个告诉纪尧姆要给查理留一点尊严的人,不是吗?"

"你不是一只狗啊!"我反驳道,现在真的生气了。

"不,"阿曼达轻声说道,"差别在于,我可以自己作选择。"

一个悲惨的地方——纽约——有着华而不实的神秘,冬天异常寒冷,夏天热浪滚滚。在那停留过三个月之后,连噪音都习惯了,变得没有什么特别之处。汽车声、出租车声,所有这些声音交织成一种单一的声音,像雨一样笼罩着整座城市。她手里抱着一包棕色的东西,那是从熟食店里买的午餐,然后穿过马路,我在另一边等着她,看着她横穿车水马龙的公路,她身后的背景是万宝路香烟的巨幅广告牌:有个男人站在街上,街道的尽头是红色的山脉。我看见那辆车驶过来。我想开口大喊,提醒她……可是却呆住了。就一秒钟,只有一秒钟,难道是恐惧将我的舌头钉在了上颚上?或者仅仅因为在危急时刻,身体的反应会格外得慢?思维从迟钝的肉体反应传达到大脑变成了一个痛苦而遥不可及的过程。抑或是希望,一种当所有的梦想都被剥夺之后到来的希望,剩下的只是漫长的痛苦和伪装?

当然,妈妈,我们当然会去佛罗里达。当然,我们会去的。

笑容僵在她的脸上,她的眼睛非常明亮,明亮得犹如七月四日国庆节的焰火。

我该怎么办,没有你我该怎么办?
没关系,妈妈,我们会去那里的。我保证,相信我。

"黑衣男子"站在一边,脸上带着忽明忽暗的笑容,就在那似乎永无止境的一秒中,我知道,还有比死亡更糟糕的事情,远远糟糕的事情。最后,这种麻痹终于碎了,我尖叫出声,可是警告声来得太晚了。她那模糊的脸向我看过来,微笑凝固在她那苍白的嘴唇上——为什么,什么事情,亲爱的?那一声本来应该是喊她名字的尖叫,消失在紧急的刹车声中。

"佛罗里达!"听起来像是一个女人的名字,尖叫声从街对面传过来,那个年轻的女人从车子中间跑过去,一边跑,一边丢掉手里买的东西——一大包日用品和一大盒牛奶——她的脸扭曲了。听着像是一个名字,就好像躺在街上那个垂死的老太太就叫佛罗里达一样,我还没有跑到她面前,她就已经死了,安安静静,没有任何戏剧性的场景,以至于我几乎对自己如此大惊小怪感到尴尬了,一个穿着粉红色运动服的高大女人用她那胖乎乎的胳膊抱着我,可是,我反而感到一种如释重负，就像疖子被扎破一样，我哭了，可是这是释然的泪水，是苦涩而辛辣的释然——我终于走到尽头了，原封不动地走到尽头——至少几乎原封不动。

"你不应该哭的，"阿曼达温柔地说道，"你不是一直说快乐是唯一重要的事情吗？"

我惊讶地发现，自己竟然满脸泪痕。

"而且，我需要你的帮助。"仍旧是一如既往地讲究效率，她从口袋里掏出一块手帕，上面有薰衣草的香味。"我准备为自己开一个生日派对，"她声明，"这是卢克的主意。费用不是问题，我想要你来包办宴席。"

"什么？"我有点困惑了，从死亡到盛宴，然后又回到死亡？

"我的最后一道菜，"阿曼达解释道，"我会吃药到那个时候，像个乖巧的小姑娘，我甚至还会喝那肮脏的茶。我想亲眼目睹自己的第八十一个生日，薇安，有众多的朋友围着我。上帝知道，或许我会考虑邀请我那个傻女儿。我们可以将你的巧克力节优雅地介绍给大家。到时候……"她顿了一下，接着又无所谓地耸了耸肩。"不是每个人都有这个运气的，"她补充了一句，"有这个机会来筹划所有的事情，整理好一切东西，还有其他一些事——"她的目光突然变得如激光一样犀利，"不要对任何人说，"她说道，"任何人。我不希望有人扰乱我的计划。这是我自己的选择，薇安，我的派对，我不想有人在我的派对上哭哭啼啼、疯疯癫癫。明白吗？"

我点了点头。

"你保证？"就像在和一个异常淘气的孩子说话一样。

"我保证。"

她的脸上露出满意的表情，每次说起美味的食物时，她都会露出这种表情。然后她搓了搓两只手，说："现在，我们来讨论菜单。"

第三十章

3月18日　星期二

约瑟芬和我一起工作的时候，对我的沉默发表了一点看法。到目前为止，我们已经做了三百盒复活节巧克力，现在全部都整整齐齐地堆在地窖里，上面系着彩带，可是我打算再做三百盒。如果能将这些全部卖完，我们就可以很可观地赚上一笔，或许足够我们好好地定居在这儿。如果卖不完——我不去想那个可能性，虽然风向标正在房顶上咯吱咯吱地嘲笑我。洛克斯已经开始在阁楼上修整阿努克的房间了。巧克力节是有风险的，可是我们的生活不就是由风险来调控的吗？而且我们做了一切可能的努力让这次的巧克力节成功。我们的海报已经发到阿根和邻近的镇子了。复活节的那一周，每天当地的广播电台都会提到它。到时候会有音乐——纳西斯的几个老朋友组建了一支乐队，还有鲜花、游戏。我同几个复活节的商贩商量过，到时候，广场上会有销售小装饰品和纪念品的摊位。我还为孩子们准备了寻找彩蛋的游戏，由阿努克和她的朋友们发起，参加者每通一关都会得到惊喜礼品。而我们巧克力店则准备一个春天女神伊奥斯特的巨型巧克力雕像——她一只手拿着玉米捆，另一只手拎着一篮子鸡蛋——供所有参加庆典的人享用。只剩下不到两个星期了。我们做了精致的白兰地巧克力、玫瑰花瓣巧克力块、金纸包裹的巧克力钱币、紫罗兰奶油、巧克力樱桃和五十个一束的杏仁卷。我们把这些东西摆放在涂了油的锡铁上冷却，然后小心翼翼地把中空的鸡蛋和动物图案打开，再将这些东西放进去。我们又用拔丝焦糖做了鸡窝，再把用糖做成的硬壳鸡蛋放进去，每一个鸡窝上面再放上得意洋洋的胖巧克力母鸡；身上镶满镀金杏仁的花斑兔子站成一排，等待包装，放进盒子；杏仁蛋白做的小动物摆满了柜子。香草精、白兰地、焦糖苹果和苦巧克力的香味充斥着整个房间。

而现在，还要准备阿曼达的派对。我手上有张清单，上面列着阿曼达从阿根订购的东西——鹅肝、香槟、块菌、新鲜的波尔多鸡油菌、阿根外卖餐厅的海鲜拼盘。我自己会带一些蛋糕和巧克力。

"听起来很好玩。"约瑟芬那开心的声音从厨房里传出来，我刚才跟她说了派对的事情。我必须时刻提醒自己记着对阿曼达的承诺。

"她也邀请你了，"我告诉她，"她说的。"

约瑟芬听完之后，一阵激动。"她太好了，"她说道，"每个人都这么好。"

她现在相当不痛苦，我在心里告诉自己，已经能看到别人的善意了。即使是保罗·马力也没有毁掉她这种乐观的品格。他的所作所为——她曾经说过——她也有一部分责任。他本质上其实很脆弱，她很久以前应该支持他才对。提及卡洛·克莱蒙特和她的密友们，她只是不屑地笑了一笑。"她们只是没有头脑罢了。"她狡黠地对我说道。

如此简单的一个人。现在的她十分平和，与世无争。而我自己却越来越没有她这样的心境了，总是处在无法控制的矛盾当中。我很羡慕她，只要一点东西，她就能达到这种境界——一点温暖，几件借来的衣服，还有一间安全的房间……她像一朵花儿一样，只是朝着阳光生长,不考虑或者审视让她朝着这个方向生长的过程。我希望我也能和她一样。

我不由自主地想到了星期天下午同雷诺的对话。和开始一样,他到底为什么这么做,对我而言仍然是一个未解的谜团。最近,他的脸上一直挂着孤注一掷的表情,连在花园里劳作时也是如此,总是凶狠地挖地、锄地——有时候就连同野草一起扯出来一大片灌木和鲜花——汗水从他背上流下来,在他的法衣上面形成了一块黑色的三角形。他并不是很喜欢运动。我看着他工作时的脸,因为用力,他的五官紧紧地挤在一起。他似乎很讨厌自己挖出来的土壤,讨厌周围那些纠缠他的植物。他看起来就像一个守财奴正被人逼着把一堆支票铲进火炉里,渴望、厌恶以及不情愿的迷恋。可是,他却不愿意放弃。看着他,我突然觉得心被一阵熟悉的恐惧攫住,虽然我还不确定那种恐惧到底是什么。他就像一台机器一样,这个男人,我的敌人。看着他,我发现自己在他的巡视下无所遁形。我必须鼓足十分的勇气,才能直视他的眼睛,才能微笑,才能装作无动于衷……可是内心却有种东西在尖叫,在疯狂地挣扎,想逃走。真正激怒他的事情不仅仅是巧克力节,这一点我非常清楚,清楚到如同直接看到他脑子里的想法一样。真正让他愤怒的,是我的存在。对他而言,我严重破坏了这儿的准则。他现在正在看着我,站在他那块尚未整理完的花园里偷偷摸摸地看着我,那双眼睛瞟一眼我的窗户,然后带着偷偷的满意继续自己的工作。自从星期日之后,我们就没有再说过话,他认为和我对阵,他已经赢了一分。阿曼达没有再来巧克力店,从他的眼睛中,我看得出来,他认为这正是他的功劳。算了,让他这样想吧,只要这样能让他开心。

阿努克告诉我,他昨天去学校了。他向孩子们讲解了复活节的意义——都是些无害的东西,虽然一想到我女儿也在他的照看之下,就有点扫兴——读了一个故事,还说下次会再来。我问阿努克他有没有同她说话。

"哦,说了,"她快乐地说道,"他人很好。他说如果我愿意,可以去他的教堂看看,看看圣弗朗西斯和所有的小动物。"

"那你想去吗?"

阿努克耸了耸肩。"或许吧。"她说道。

我告诉自己——对于小孩来说,什么事情都有可能发生,我的神经像未上油的风向标铰链一样,发出尖锐的叫声——我的恐惧是毫无理性的。他能对我们怎么样呢?如果他真想伤害我们,他会怎么做呢?他什么都不知道,也不可能知道我们什么事,他没有这个能力。

"他当然有,"母亲的声音在我的身体里说道,"他可是'黑衣男子'。"

阿努克在睡梦中不安地翻着身。她对我的情绪十分敏感,我醒着的时候,她会知道,然后在睡梦中挣扎着要醒过来。等她终于睡安稳了,我深深地吸了一口气。

"黑衣男子"是不存在的,我坚定地告诉自己。那是顶着狂欢节脑袋的恐惧的化身,那是黑夜中的故事,那是一间陌生房间里的影子。

我没有找到答案,反而再次看见了那幅画面,那幅明亮的仿佛透明的画面:雷诺站在一位老人的床边,等待着,他的嘴巴像是在祈祷一样蠕动着,他身后的火焰犹如透过有色玻璃的太阳光一样。这是一幅令人不太舒服的画面:神父的姿势有点像蓄势待发的猛兽,又像两个怒气冲冲的脸孔,他们之间那燃烧的火焰透着隐隐的危险。我尽量用自己所学的心理学来分析这个景象。"黑衣男子"的形象意味着死亡,这种原始的模型代表着我心里莫名的恐惧。可是,这种想法却没有说服力,因为在我身体里,属于母亲的那一部分似乎更加能言善辩。

"你是我的女儿,薇安,"她冷酷无情地告诉我,"你知道它代表着什么意思。"

它的意思是,当风向改变的时候继续向前走,从牌的翻转中看到未来,我们永远生活在漂泊之中。

"我和普通人没有不同。"我完全没有意识到自己已经喊了出来。

"妈妈?"阿努克的声音带着浓浓的睡意响起。

"嘘——"我对她说道,"还没到早晨呢,再多睡一会儿。"

"给我唱首歌吧,妈妈。"她喃喃地说道,在黑暗中向我伸出双手,"再给我唱一遍那首《风之歌》吧。"

于是我开始唱歌,听着自己的声音和细微的风向标声音混合在一起:

那里的好风,那里美妙的风;
那里的好风,我的名字就是我的生活;
那里的好风,那里美妙的风;
那里的好风,我等的人就是我自己。

过了一会儿,我听见阿努克的呼吸声又平稳了,便知道,她又睡着了,可是一双手却仍然无力地搭在我身上。等洛克斯把她的房间弄好了,她就能再次拥有自己的空间了,这样我们两个睡觉都会容易些。今天晚上的感觉很像以前我们两个——我母亲和我——住在饭店时,我们被自己潮湿的呼吸包围着,窗户上冷凝的水珠滑落下来,外面是永无止境的车来车往的声音。

那里的好风,那里美妙的风……

这次不会的,我在心底告诉自己。这一次,我们要留下来,不管发生什么事情。可是,即使在睡着之后,我发现自己仍然在想这个问题——不仅仅怀着渴望,而且也带着犹疑。

第三十一章

3月19日　星期三

　　最近这几天，罗切那个女人的店似乎不再那么活跃了。阿曼达·瓦辛没有再去那里，但是自从她康复之后，我也见过她几次——迈着毅然决然的大步，手上的拐杖也派不上什么用场。纪尧姆·杜普莱西倒是常常和她在一起，后面跟着他那只瘦骨嶙峋的小狗，卢克·克莱蒙特每天都会去莫劳德。听到她儿子一直在偷偷地看望阿曼达，卡洛琳·克莱蒙特假装懊恼地假笑了一番。

　　"这几天我根本没办法管住他，神父，"她抱怨道，"前一分钟还是一个这么好、这么听话的孩子，下一分钟就——"她一边说，一边举起指甲修剪得整齐精致的双手贴在胸口，做出一个夸张的表情。

　　"我不过是告诉他——用最温和的方式——说他应该早点告诉我去看望外婆的事情。"她叹了一口气，"好像我不同意似的，这个傻孩子。我当然会同意了，我告诉他，你能和她相处得那么好，是件很好的事情啊，毕竟，有一天你要继承所有的东西。结果，他突然朝我大吼，说什么他在乎的不是钱，说什么他不想让我知道，是怕我破坏这一切，说我是个爱坏事的《圣经》尾随者——这是她说的，神父，我敢用生命保证。"说完，他用手背抹了一把眼睛，抹的时候还小心翼翼，怕弄花了她那完美无瑕的妆。

"我到底做错什么了,神父?"她问道,"我为那个孩子做了所有的事情,我给了他一切,结果却落得这样的下场,他居然因为那个女人而对我说这些话……"流泪之余,她的声音有点哽咽。"比毒蛇的牙还尖利,"她哀号道,"你真的无法想象,当个母亲是什么感觉,神父。"

"哦,罗切夫人插手管闲事也是善意,可却让不少人吃了亏,你并非唯一的受害者,"我告诉她,"四处看看,你就会发现,她到这儿才几周的时间就制造了这么多的变动。"

卡洛琳吸了吸鼻子。"善意!你太仁慈了,神父。"她不屑地叫道,"她是个恶毒的女人,天性恶毒。她几乎害死我的母亲,还挑拨我们母子的关系……"

我点了点头,以示鼓励。

"更别说她对马斯喀特的婚姻做的手脚了,"卡洛琳继续说道,"我真不敢相信,你竟然如此有耐心,神父。"她的眼睛发出怨恨的光。"我不敢相信,您竟然不利用自己的力量做点什么,神父。"她说道。

我耸了耸肩。"哦,我只是一个乡村神父,"我说道,"我没有这样的影响力。我可以不赞同,但是——"

"你能做的比不赞同要多,"卡洛琳厉声打断我,"我们刚开始就应该听您的话,神父,我们一开始就不应该容忍她在此处立足。"

我耸了耸肩。"大家都是事后诸葛,"我提醒她,"连你都光顾过她的店吧,如果我没有记错的话。"

她的脸顿时红了。"哦,我们现在可以帮您,"她说道,"保罗·马力·马斯喀特、乔治斯、阿诺德夫妇、德鲁夫妇、普鲁红斯夫妇……我们可以团结起来,散布消息。我们可以召唤大家反对她,现在也可以啊。"

"找什么借口呢?那个女人又没有犯法。他们会说这是恶意的谣言,这样做也不会比以前好。"

卡洛琳奸诈地笑了一下。"我们可以破坏她宝贝不已的节日,这个肯定可以。"她说道。

"哦?"

"当然。"她因此而激动不已,这样的她面目十分狰狞,"乔治斯认识很多人,他是个富有的人。马斯喀特也有些影响力,他见的人也很多,而且他还很会说服别人。还有居民委员会……"

他当然如此。我记得他的父亲,河上流浪者来到的那个夏天。

"如果她在节日上血本无归——我听说,她为了准备这个已经投了不少钱——这样,她可能被迫——"

"或许吧,"我委婉地答道,"当然我是不能被人看见去参与这件事,因为这可能会让人觉得——不够仁慈。"

从她的表情上我看得出来,她已经完全理解我的意思了。

"当然,我的神父。"她的声音里充满了渴望与怨恨。有那么一秒钟,她的面目让我感到十足的下贱,她那气喘吁吁、巴结奉承的样子就像个欲火焚身的妓女。可是,神父啊,正是因为有了这些下贱的工具,我们的工作才能够完成。

毕竟,神父,您应该明白的。

第三十二章

　　阁楼基本上快完工了,上面的水泥有几块还没有干透,不过新窗户已经做好了,圆圆的窗户上还裱了一层黄铜,就像船上的舷窗一样。明天,洛克斯就要着手铺地板了,等最后地板抛了光,上了漆,我们就可以把阿努克的床搬到新房间里面去了。她的房间没有门,唯一的通道就是那扇地板门,距离地面只有十几步的样子。阿努克已经非常激动了。她现在大部分时间都是把头伸进地板门里面,一边看,不时还指点一下,告诉洛克斯哪里还要做点什么。剩下的时间则是和我待在厨房里,看我们为复活节做准备。亚诺常常和她在一起。他们两个人坐在厨房的门边上,一起七嘴八舌地聊着,于是我不得不把他们哄走。自从阿曼达生病之后,洛克斯又回到了从前的样子,一边进行着阿努克房间墙上的最后一道工序,一边开心地吹着口哨。虽然之前痛惜失去的工具,不过他还是很出色地完成了任务。他现在用的工具都是从克莱蒙特那里租来的,他说这些工具不算最好的,还说只要有能力了,他就再买些。

　　"阿根有个地方正在卖旧船,"今天喝巧克力吃泡芙的时候,他告诉我说,"我可以买一艘旧船,再利用一个冬天把它修好。我可以把它做得既漂亮又舒适。"

"那你需要多少钱？"

他耸了耸肩。"或许需要五千法郎吧，或许四千，要依情况而定。"

"阿曼达可以借给你。"

"不用，"他丝毫不被这个提议打动，"她已经做了很多了。"他一边说，一边用食指顺着杯子边缘画圈。"除了这儿的整修外，纳西斯还给我提供了一份工作，"他告诉我，"在田地里做农活，葡萄成熟的时候，就去帮忙采摘葡萄，然后还有马铃薯、豆子、黄瓜和茄子……这些足以让我忙到十一月份了！"

"太好了。"突然，我为他的热情和乐观态度的回归感到一阵温暖。他看起来好多了，也放松多了，脸上也不再有那种可怕的敌意和猜忌了，那样的表情让他的脸看上去像一栋窗户紧闭的鬼屋。在阿曼达的要求下，他这几天晚上住在她家里。

"防止我又发生上一次的事情。"她一脸严肃地说道，却在他背后冲我做了一个鬼脸。不管是不是欺骗，我都很高兴他能住在那里。

可是卡洛·克莱蒙特不高兴，星期三早上，她和乔林·德鲁一起到我店里来了，表面上是来谈论阿努克的问题。洛克斯正坐在柜台前喝着穆哈咖啡。约瑟芬依然很害怕洛克斯，所以就待在厨房里包装巧克力。阿努克依然坐在柜台前吃着早餐，面前的小黄碗里盛着牛奶咖啡，还有半个新月形小面包。这两个女人一面对阿努克笑着，脸上像抹了蜜糖一样，一面又用鄙视的眼光小心谨慎地看着洛克斯。洛克斯只是傲慢无礼地盯着她。

"我希望我来的没有不是时候？"乔林说话的声音很悦耳，也很老练，充满了关切与同情。可是，仔细一听，就能发现，里面什么都没有，只有漠然。

"一点也不，我们刚好吃完早餐，要来点什么喝的吗？"

"不了，不了，我从来不吃早餐的。"

说完谄媚地朝阿努克瞟了一眼，可惜阿努克只管埋头吃着碗里的早餐，因而完全没有注意到。

"不知道我是否可以和你谈一谈，"乔林甜蜜地说道，"私底下谈谈。"

"哦，可以啊，"我告诉她，"可是我觉得不需要私底下，有什么事情难道不能在这里说吗？我相信洛克斯不会在意的。"

洛克斯咧着嘴笑了，乔林绷着一张刻薄的脸。"哦，有点复杂。"她说道。

"那你确定我是你要谈谈的对象吗？我一直认为雷诺神父会更合适——"

"当然，我十分确定是想和你谈谈。"她有点咬牙切齿地说道。

"哦。"我礼貌地问道，"谈什么？"

"关于你的女儿。"说完朝我冷漠地笑了一下，"你也知道，我就是负责带她那个班的。"

"我知道。"我又给洛克斯倒了一杯穆哈咖啡，"怎么了？她的成绩退步了？她学习上碰到问题了？"

我非常确定，阿努克没有问题。她从四岁半就开始如饥似渴地阅读了。她的英语几乎和法语一样好，这就是纽约生活留下的印记。

"没有，没有，"乔林赶紧向我保证道，"她是个非常聪明的小女孩。"我飞快地朝阿努克的方向看了一眼，可是我的女儿似乎完全沉浸在她的新月形小面包中了。她以为我没有看她，赶紧偷偷地从柜台上偷了一块巧克力小老鼠，把它夹在面包中间，权且充当巧克力泡芙。

"那就是她的行为举止，"我故意夸张地问道，"她搞破坏了？不听话，还是不礼貌了？"

"不是,不是,都不是,没有这样的事情。"

"那是什么呢?"

卡洛乖戾地看着我。"雷诺神父这周去了几次学校,"她告诉我,"和孩子们讲了复活节的故事,还有教堂节日的意义,等等。"

我点了点头,示意她继续往下说。乔林又朝我同情地笑了一笑。

"哦,阿努克似乎有些——"一边谄媚地朝阿努克的方向看了一眼,"哦,不完全是搞破坏,可是她追着神父问了好几个非常奇怪的问题。"她笑道,脸挤成了一个双括号,以示不赞同。

"非常奇怪的问题!"她重复道。

"哦,这个,"我轻轻地答道,"她总是很好奇的。我相信,您不会打击您的任何一个学生的求知欲吧?而且,"我淘气地加了一句,"不要告诉我,雷诺先生还有回答不了的问题哦!"

乔林讪讪地假笑着反驳。"这打扰到其他的孩子了,女士。"她毫不让步地回道。

"哦?"

"好像阿努克一直对他们说,复活节并非真正是基督教的节日,说我们的上帝是——"她停顿了一下,脸上的表情有些尴尬,"我们的耶稣复活是一种玉米神或者其他神的返祖现象,是多神时代的丰收之神。"说完又挤出一丝笑容,可是声音里却尽是冷淡。

"是的。"我摸了一下阿努克的卷发,"她可是个博览群书的小东西啊,是不是,阿努克?"

"我只是在问他春天女神伊奥斯特的事,"阿努克坚定地回道,"雷诺神父说现在没有人庆祝这个了,我对他说,我们还在庆祝。"

我用手遮着脸,偷偷地笑了起来。"我认为他不会明白的,小甜心,"我告诉她,"或许,如果这样让他不开心的话,你不应该问这么多的问题。"

"这也干扰到其他的孩子了,夫人。"乔林说道。

"不,不是这样的,"阿努克反驳道,"亚诺还说,等节日到了,我们去点一个篝火呢,还要点红色和白色的蜡烛,亚诺还说——"

卡洛琳立刻打断她。"亚诺似乎说了不少事情呢。"她评述道。

"这点肯定是像他妈妈吧。"我说道。

乔林一脸被冒犯的样子。"你似乎没有严肃地对待这件事情啊。"她说道,脸上挤出了一个冷笑。

我耸了耸肩。"我没觉得这有什么不妥,"我淡淡地告诉她,"我的女儿参与了班级的讨论,你们和我说的不就是这个吗?"

"有些事情是不能公开讨论的,"卡洛突然说道,有一瞬间,在她那伪装的亲切之下,我看见了她母亲的影子——专横和傲慢。我还是比较喜欢她表现出一点情绪的样子。"对某些事情是不能持有任何怀疑的,如果想让孩子们树立一些基本的道德观——"她突然困惑地顿在那里。"我没有那个本事教你如何教育你的孩子。"她声音平淡地补充了一句。

"好的,"我微笑着说道,"我也不喜欢和你们争吵。"两个女人都看着我,脸上带着同样的似是无法忍受的厌恶表情。

"你们确定不喝一杯巧克力?"

卡洛的眼睛充满渴望地扫了一眼展览品:杏仁糖、巧克力软糖、杏仁和牛轧糖、泡芙、佛洛伦萨小饼干、甜酒樱桃、糖霜杏仁。

"我真的很吃惊,这个孩子的牙齿居然还没有坏掉。"她严厉地说道。

阿努克露齿一笑,刚好展示出那些让她们恼怒的白牙。洁白的牙齿仿佛更加让卡洛觉得烦闷。"我们根本是在浪费时间。"她冷冷地对乔林说道。

我一句话也没说,洛克斯味味地笑了起来。厨房里传来约瑟芬那台小收音机的声音。接下来的几分钟，屋里非常安静，安静得可以听见隔壁人家那细微的说话声。

"快走！"卡洛对她的朋友说道。乔林脸上带着一丝不确定，似乎还在犹豫什么。

"我说快走！"她烦躁地打了一个手势，然后气势汹汹地拉着乔林朝门口走去。"别以为我不知道你打的是什么如意算盘！"她呸了一口，代替了原本要说的再见，然后双双离开了，只留下一串高跟鞋敲打地面时发出的"嗒嗒"声，她们穿过广场，朝圣杰罗姆教堂走去了。

第二天，我们发现了传单，揉成一团，扔在大街上，我们捡到的是第一份，约瑟芬打扫门口的小路时捡到的，就把它拿了回来。传单总共就一张纸，上面的字是打上去的，复印在粉红色的纸上，再对折成两页。虽然上面没有落款，可是根据其中文字的语气，就可以大致猜出它出自何人之手。

上面的标题是"复活节和回归信仰"，我迅速把上面的内容扫了一眼。其实里面的内容我不看也基本上能猜出个大概，无非是什么喜悦、自我净化、原罪、忏悔以及祈祷的快乐。可是，传单上面有一个副标题却吸引住了我的目光，这一段大概在中间偏下的位置，特意用了加粗的字体。

古老宗教的复兴主义者：腐蚀复活节的精神。一直以来，总是会有那么一小部分人，试图利用我们神圣的传统来获取个人的利益。圣诞贺卡行业、超市连锁店，而更为罪恶的还是那些妄图恢复古老传统的人，他们打着娱乐的旗号，让我们的孩子也卷入到异端行为中去。我们大部分人认为这些看起来无害，而我们又总是对它们抱以宽容之心。为什么,我们的社区为什么要允许一个所谓的"巧克力节日"在复活节星期日的那个早上、在我们的教堂之外发生?这完全是在嘲弄复活节的所有本质意义。我们督促大家,一同抵制这个所谓的节日及其他类似的活动,这些全都是为了您那无辜的孩子。**复活节传达的真正信息是:教堂,而非巧克力!**

"教堂,而非巧克力?"我笑了起来,"事实上,这是个非常好的口号。你觉得呢?"

约瑟芬一脸焦急的样子。"我真不明白你,"她说道,"你看起来似乎一点都不担心。"

"为什么要担心呢?"我耸了耸肩,"不过是一张传单罢了,而且我知道是谁做的。"

她点了点头。"卡洛。"断然的语气,"卡洛和乔林,这完全就是她们的风格,说来说去都是她们那些无辜的孩子。"她嘲弄地哼了一声。"可是,薇安,人们会听她们的。估计看完了这个传单,这些人也会犹豫要不要来了。乔林是我们的学校老师,卡洛是居民委员会的成员之一。"

"哦?"我都不知道这里还有一个居民委员会,不过是一群自视过高的老顽固,喜欢乱嚼舌根罢了。"那他们的工作是什么?逮捕每个人?"

约瑟芬摇了摇头。"保罗也是居民委员会的成员之一。"她说这句话的时候语调有些低沉。

"所以呢?"

"所以你知道他会做什么了,"约瑟芬绝望地说道,我注意到,每当面对压力的时候,她又会重新拾起从前的那些习惯,比如将拇指深深地压在胸骨上。"他是个疯子,你知道的,他就是——"

她悲痛地停了下来,紧紧地握着两个拳头。我再次有种奇怪的感觉,她似乎有话想对我说,她似乎知道什么秘密。我抓住她的手,轻轻地探寻她的想法,可是却和上次看见的东西一样:烟雾、灰色和泥泞,后面是一片紫色的天空。

烟雾!我紧紧地抓住她的两只手。烟雾!我知道我看见什么了,我慢慢地分辨出那些细节:黑暗中,虽然看不清他那张苍白的脸,可以依然能看出脸上慢慢浮起的得意的笑容。她静静地看着我,眼睛因为我的知晓而暗淡下来。

"为什么不告诉我呢?"我终于找到自己的声音开口说道。

"又没有证据,"约瑟芬说道,"我什么都没说。"

"你不必说什么。正因为这样,你才那么害怕洛克斯吗?因为保罗的所作所为吗?"

她倔犟地抬起下巴:"我不害怕他。"

"可是你不和他说话,甚至不愿意和他待在同一间屋子里,还不敢直视他的眼睛。"

约瑟芬交叠着两只胳膊,脸上带着一种无话可说的表情。

"约瑟芬,"我把她的脸转过来,对着我,强迫她看着我的眼睛,"约瑟芬?"

"好吧。"她的声音生硬而阴郁,"我知道,好吧?我知道保罗要去做这件事,我告诉他,如果他耍花招,我就揭发他,我已经警告过他们了,所以他才会打我。"她愤恨地看着我,眼中噙着泪。"所以我是个胆小鬼,"她大声喊着,声音都破碎了,"现在,你知道我是什么样的人了吧,我没有你勇敢,我是个谎话精,还是个胆小鬼。我眼睁睁地看着他出去,他差点要了别人的性命,洛克斯可能会被烧死,也可能是泽泽特或者她的孩子。如果发生什么事,都是我一手造成的!"

她说完长长地出了一口气。

"不要告诉他，"她说道，"我没办法承受。"

"我不会告诉洛克斯的，"我柔和地说道，"你自己去告诉他吧。"

她狂乱地摇了摇头。"我不会的，我不会的，我不能。"

"没关系，约瑟芬，"我劝着她，"这不是你的错。没有人出事，大家不是都还好好的吗？"

她固执地说道："我不去说，也不能说。"

"洛克斯和保罗不一样，"我说道，"他和你很相似，不是你想像中的样子。"

"我不知道该说什么。"她绞着两只手。"我只是希望他离开，"她激动地说道，"我希望他拿着自己的钱去别的地方。"

"不，你不能，"我告诉她，"而且，他也不打算走。"我和她说了洛克斯曾经和我提起的他在纳西斯那里找到工作的事情，还说到阿根的船。"至少，他理应知道这事是谁干的，"我坚持道，"这样，他就会明白，唯一应该对这件事情负责的人就是马斯喀特，而且，这里没有其他人恨他。你应该理解的，约瑟芬。你应该知道，他现在是什么感觉。"约瑟芬叹了一口气。

"今天不行，"她说道，"我会告诉他的，但会找个其他时间。好吗？"

"其他时间绝对不会比今天更容易，"我提醒她，"你想让我和你一起去吗？"

她盯着我。"快到他休息的时间了，"我继续说道，"你可以请他喝杯巧克力。"

一阵沉默。她的脸上毫无表情，很是苍白，两只修长的手在身体两侧颤抖不已。我从旁边拿起一块黑色金莎巧克力，在她开口说出话之前，塞到她半张的嘴里。

"给你点力量，"我解释道，说完转身倒了一大杯巧克力，"接着吃啊。"我听见她发出细小的声音，似笑非笑的样子。我把杯子递给她。"准备好了吗？"

"差不多了吧。"她一边嚼着巧克力一边说道，"我试试。"

于是，我走开了，让他们单独去谈。我又重新读了一遍约瑟芬在街上发现的传单。"教堂，而非巧克力！"真的是太滑稽了。"黑衣男子"终于开始有点幽默感了。

虽然刮着风，可是外面依然很温暖。阳光下的莫劳德闪闪发亮。我慢慢地向塔尼斯河的方向走去，享受着阳光在我的背上洒下的温暖。春天就这样到来了，来得毫无预兆，好像突然之间，就把岩石夹角变成了山谷，花园和邻近的地方一夜之间就开满鲜花，到处都是繁茂的水仙、蝴蝶花和郁金香。就连莫劳德那些被人遗弃的房子，都忽然有了色彩，不过在这里，那些曾经井井有条的花园现在都十分怪异：一棵开满花的接骨木从一栋房子的阳台上长了出来，垂在水面上；有一栋房子的屋顶上全部长满了水仙花；紫罗兰从千疮百孔的墙面上探出头。这些曾经有人照料的植物现在都回到了原本的野生状态：小小细细的天竺葵在伞状的铁杉中间盛气凌人地生长着；野生的罂粟三三两两地分布在地上，从原本的红色变成了橘黄色，然后又退化成了淡淡的红紫色。只要晒上几天太阳，这些罂粟就能被阳光从睡梦中唤醒，一场雨过后，它们就会立刻舒展身体，不断地将自己的脑袋向阳光的方向靠拢，伸出一把花儿——这些可是以后的种子啊。码头和千里光草下面，还生长着鼠尾草、蝴蝶花、石竹花以及薰衣草。我在小河边徘徊了很久，估计时间差不多足够约瑟芬和洛克斯两人消除成见了，我才慢慢沿着后街朝家的方向走去，一路上经过兄弟大道、革命大街和吕波克斯大街，这些街道旁的房子紧紧相挨,黑糊糊的墙上几乎没有窗户,唯一能将各家房子分开的东西,就是阳台与阳台之间那些随意挂着的晾衣绳,或者是单独一扇窗户上爬满的繁茂的牵牛花和藤蔓。

我到店里的时候,看见他们两个人坐在柜台的两边,柜台上还放着一壶喝了一半的巧克力。约瑟芬的眼睛红红的,不过却是如释重负的样子,几乎可以说是快乐的。洛克斯一脸的笑容,好像在笑她说的什么话,那种声音很奇怪,没有听到过,很像国外的口音。有那么一会儿,我感觉心里有些难受,几乎有点嫉妒地想着:他们属于彼此。

后来,我趁约瑟芬出去买东西的时候,和洛克斯说起了刚才的事。洛克斯谈到她时,小心翼翼说得滴水不漏,可是,他的眼睛中总是藏着一丝明快的笑意,似乎在期盼某种事情的发生。好像他之前就怀疑是马斯喀特。

"她做得很好,离开了那个混蛋,"他若不经意地、狠狠地说道,"他的所作所为——"有一瞬间,他脸上露出一丝尴尬,于是转过头,无意识地摆弄着柜台上的杯子,然后又把它放回原处。"像那样的男人,根本不配娶妻子。"他低声说道。

"你打算怎么办?"我问他。

他耸了耸肩。"没什么打算,"他无所谓地说道,"他肯定不会承认的。警察也不会感兴趣,而且,我倒宁愿不把他们牵扯进来。"

他并没有继续说下去。我估计,大概是他的过去经不起详细的调查。

不过,自那以后,约瑟芬和他倒是聊过很多次。他休息的时候,她就会给他端上咖啡和饼干,而我也经常能听见他们说笑的声音。那些恐惧茫然的表情已经从她的脸上消失了。我注意到,她现在越来越注意穿着打扮了。今天早上，她甚至对我说，她想回咖啡馆去收拾一些东西。

"我和你一起去吧。"我提议道。

约瑟芬摇了摇头。

"我一个人去，没关系的。"她看起来很开心，几乎因为这个决定而欢欣鼓舞。"而且，如果我不去面对保罗——"说了一半突然顿住了，脸上略显尴尬。"我只是觉得我应该去，就这样。"她说道。脸突然红了，却带着一种执著。"我去拿我的书和衣服，我想在保罗把它们扔掉之前，赶紧取过来。"

我点了点头。"你打算什么时候去？"

她回答得毫不犹豫："星期日，到时候他会去教堂。如果运气好，我进出咖啡馆可能都碰不到他。时间不会很长的。"

我看着她。"你确定不需要我陪你？"

她摇了摇头。"好像，也有些不合适。"

她说这句话时，脸上一本正经的表情让我很想笑，可是，我还是能理解她的意思。那是他的领地——他们的领地，刻着他们共同生活的印迹，这些是无法磨灭的。我不属于那里。

"没关系的。"她笑了，"我知道怎么对付他，薇安。我之前也对付过他啊。"

"我希望不会再出现那种情况。"

"不会的，"相反地，她伸出手，握着我的双手，似乎想让我安心，"我保证不会出现。"

第三十三章

3 月 23 日　星期日　棕枝主日

　　钟声响了起来，平和地回荡在房屋和店铺那白色的石灰墙上，连鹅卵石都和这声音产生共鸣，通过鞋底，我就可以感觉到它那沉闷的震颤。纳西斯提供了圣枝，礼拜结束之后，我就把这些棕榈十字架分发给了大家，在接下来的一周里，人们会把这些圣枝放在衣服翻领上、壁炉台上、床边。我也送给您一枝，神父，在您的床边点燃一根蜡烛，我认为您不应该被拒绝。当时在您房间的人都看着我，脸上明显露出讥笑的表情。要不是因为她们平素对我的敬畏之情，估计早就笑出声了。那些护士因为压抑着笑声而满脸通红。走廊上，小姑娘似的声音起起伏伏，因为距离太远而听得不是很清楚，偶尔能够听见几个词："他以为他能听见他说话啊……哦，是的……以为他会醒过来的……不会吧……不可能……去跟他说，亲爱的……再听他一次……听他祈祷……"然后又是学校小女孩般的笑声"咯咯咯咯"，就像大大小小的珠子散落在瓦片上一样。

　　她们当然不敢当面嘲笑我。穿着干净的白色制服，头发绑在浆洗的帽子后面，眼睛低垂着，这样的她们就是修女。一些修道院的孩子虽然嘴里面敬畏地念叨着"是的，我的神父，我的神父"，可是内心却偷偷藏着欢笑。我那个教区的人不也有这种不虔诚的想法吗？布道的时候开心地瞟一眼，心里想着散会后赶紧跑去巧克力店。可是今天，一切都井然有序。他们带着敬重——几乎是恐惧——来问候我。纳西斯还向我道歉，说这些圣枝是用雪松搓成的，只是样子很接近，并非真的棕榈，所以感到抱歉。

"棕榈并非本地的树木，神父，"他语气生硬地和我解释道，"这里不适合它们的生长，霜冻会把它们冻死的。"

我像个慈父一样，拍了拍他的肩膀。"不用担心，我的孩子。"他们能够"浪子回头"，我就已经很欣慰了，所以我就像个长辈一样，用宠溺的语气说道，"不用担心。"

卡洛琳·克莱蒙特用裹着手套的手指握着我的双手。"真是一个可爱的布道。"她的声音很是温暖。"如此可爱的一个布道。"乔治斯跟着她重复了一遍。卢克站在她身旁，脸色阴沉。在他身后，是德鲁夫妇，还有他们的儿子——脑袋缩在水手服衣领中，昏昏欲睡。在离去的人群中，我没有看见马斯喀特，但是我想他肯定在这里。

卡洛琳·克莱蒙特朝我调皮地笑了一下。"看起来，我们好像成功了，"她满意地说道，"我们得到了一张一百多人签字的请愿书——"

"巧克力节日。"我低声打断她的话，非常不高兴，怎么能在公共场合讨论这件事情呢！可是她却没听懂我的暗示。

"当然！"她反而兴奋地提高声音说道，"我们发了两百份传单。从一半的兰瑟人那里得到了签名，挨家挨户去——"她顿了一下，又小心翼翼地更正道，"哦，几乎算是挨家挨户，"假笑一声，"当然，也有几家是故意不去的。"

"我明白。"我很是冷淡地说，"哦，或许我们可以另外找个时间讨论这个问题。"

她的脸顿时红了，我想她应该是听明白我话里的奚落了。"当然了，神父。"

当然，她说得很对，这的确取得了很大的效果。近几天来，巧克力店几乎无人问津了。居民委员会的反对可不是件小事，毕竟，在这么一个封闭的社区里，这就相当于教堂无声地表示反对。而在这种"反对"的注目下，明目张胆地去购买、消费或者大口享受，是需要极大的勇气，也需要更大胆的反叛精神，这些是罗切那个女人的影响力给不了的。毕竟，她才在这里多久呢？迷途的羔羊终于回羊圈了，神父，靠着本能回来的。对他们来说，她只不过是短暂吸引目光的风景，仅此而已。最终，他们还会回归成原本的那一类人。我不会蠢到相信他们这样做，是完全出于真诚的悔悟或者受到神圣的感召——绵羊根本不是伟大的思考者，他们的双脚带领他们回家，即使当他们的思想还在外面游荡时。今天，我突然对他们产生了一种爱，对我的这群教徒，我的人民。我想要用手去感受他们的双手，去触摸他们那温暖而愚蠢的肉体，去恣意享受他们的敬畏和信任。

这就是我一直以来祈求的吗，神父？这就是我注定逃不掉的教训吗？我扫了一眼人群，没有看见马斯喀特。他每个星期日都会来教堂的，可是今天，这个特殊的礼拜天，他更应该不会缺席才是……然而直到教堂的人都走了，我还是没有看见他。我不记得他刚刚有参加圣餐仪式。而且，我也相信，他离开时一定会过来和我说几句话的。或许，他还在圣杰罗姆教堂里面等着吧，我心里自语道。他妻子和他目前的状况让他很是忧心，或许他需要进一步的指导了。

我身边那堆棕榈十字架慢慢地减少了，每一个都浸泡过圣水，都倾注了我轻轻的祝福，都被我的手碰触过。卢克·克莱蒙特小声地抱怨了一句，然后直接把圣枝拽走了，我几乎没有碰到。她的母亲小声地斥责了他一句，又隔着几个低垂的脑袋朝我无力地笑了一笑。我还是没有看见马斯喀特的影子。我又把教堂里面找了一遍，除了几个仍然跪在圣坛下面的老年人之外，里面空空如也。圣弗朗西斯站在门口，作为一位圣人，他的愉悦显得十分荒唐可笑，周围还放满了一群石膏鸽子，他那张闪闪发亮的脸庞看着更像一个疯子或者醉汉，而非圣人。我的心里突然生出一阵反感，不知道是谁把这个雕像放在那里的，居然离入口这么近。跟我同姓名的人，我想应该更有气势、更有威严，而不是眼前这个笨拙的、龇牙咧嘴嘲笑我的傻瓜，他一只手伸出来，动作隐约有些像是祝福；另一只手轻抚着石膏鸽子那圆滚滚的肚子，好像梦见了鸽肉馅饼。我试图回忆，在我们离开兰瑟时，这个圣人是不是在这个地方，神父，您还记得吗，或者在那之后，它被人移动过？或许是被那些嫉妒我的人移动的，他们想借机讽刺我？圣杰罗姆——这个教堂就是以他的名字命名——就没有那么引人注目，他被供奉在黑色的壁龛中，后面那昏暗的油画让他看着更加暗淡，让人几乎辨认不出来，他由古旧的大理石雕刻而成，被一千支蜡烛的烟雾熏成了如尼古丁般的焦黄色。而圣弗朗西斯呢，虽然石膏容易潮湿，他却依然像蘑菇一样雪白干净，明知道他的同事心底不认同自己，可却仍然漫不经心地享受着这种反对。我提醒自己，一定要记得尽快把它搬到一个更加适合的地方。

马斯喀特不在教堂里。我检查了院子，心里还是认为，他应该在那里等着我，可是却仍然没有发现他的踪迹。或许他生病了，我对自己说道。只有身染重病才能阻止这样一位勤勉的基督徒参加棕榈日的礼拜。我把身上干净的黑袍法衣脱了下来，整理好放进法衣室，换上平日穿的祭司法衣。又把圣餐杯和圣餐盘收起来锁好，在您那个时候，神父，估计完全没有必要这么做吧，可是现在，在这种不安定的时期，你什么都不能信任。流离失所的人和河上的流浪者——更何况还有我们自己的一些村民——可能会把现金看得比永久的诅咒更为重要。

我快步向莫劳德走去。自从上个星期之后,马斯喀特就一直没有和我说过话,我只是在路上看见过他,他看着脸色苍白,呈现病态,弓着背,就像一个阴郁的忏悔者,眼睛有一半藏在肿胀的眼睑下面。现在没有几个人去咖啡馆了,估计也都是害怕他那憔悴的脸和随时爆发的怒气。我周五去那里了,咖啡馆像个被人荒废的地方。地板还是约瑟芬离家的时候擦过的,脚下满是香烟头和糖果纸,空杯子也扔得到处都是,玻璃柜台下面,几片三明治和一块红红的、卷曲的好像比萨一样的东西孤零零地摆在那儿。这些东西的旁边,堆着一叠卡洛琳的传单,用一只脏啤酒杯压着。除了高卢烟的臭味,空气中还飘着其他令人恶心的臭味和霉味。

　　马斯喀特醉醺醺地说道:"是你啊。"他声音中满是愠怒,一副挑衅的样子。"过来让我把另一半脸伸过去①,是吧?"他说完深深地吸了一口烟,那支湿乎乎的烟被他咬在牙齿中间。"你应该感到开心,这么多天,我都没有接近过那个婊子。"

　　我摇了摇头。"你不能如此充满仇恨。"我对他说道。

　　"难道在我自己的店里,我也不能随心所欲吗?"马斯喀特轻蔑地说道,一副时刻准备进攻的样子。"这是我的店,不是吗,神父? 我是说,你不会想把这个也拱手奉送给她吧? "

　　我告诉他,我理解他的感受。他又猛地吸了一口烟,接着一边咳嗽,一边大笑,把馊酸的啤酒味喷到了我的脸上。

　　"非常好,神父。"他的嘴里喷出热乎乎的臭气,就像动物一样。"非常好。你当然明白,在你宣誓的时候,教堂就把你阉了。你想让我也跟你一样,可以理解。"

---

① 注:此话来自于《圣经》马太福音 5 章 39 节:"有人打你的右脸,连左脸也转过来由他打。"

"你喝醉了，马斯喀特！"我断然喝道。

"说得很对，神父，"他咆哮一声，"没有什么事情能够瞒过你，是吧？"他用拿着烟的那只手朝四周挥了一圈。"她想要的，就是看着这个地方变成现在这样，"他用刺耳的声音说道，"这样她就开心了，她知道她把我毁了，"他的声音里几乎带着哭腔，眼睛里装满醉汉容易出现的自怨自艾，"知道她把我们的婚姻抛开，展示给别人看，让人们取笑——"说完发出一阵污秽的"呼噜呼噜"的声音——像是抽泣，又像是打嗝，"知道她伤了他妈的我的心！"然后用手背抹了一把湿乎乎的鼻子。

"别以为我不知道那边在干什么事，"他声音低沉地说道，"那个婊子，还有她那些诡异的朋友，我知道他们在干什么。"他的声音又变大了，我尴尬地向周围看了看，发现里面的三四位客人正好奇地看着他。于是我赶紧拽着他的胳膊，以示警告。

"别丧失了希望，马斯喀特，"我激励道，发现自己离他很近，我只好努力忍着心中对他的厌恶。"这样不可能把她赢回来的。还记得吗，很多夫妇之间不都有暂时的怀疑，但是——"

他又露出那副嬉皮笑脸的样子。"告诉你，神父，让我和她独处五分钟，我就能把她这个麻烦永远地解决掉。我肯定他妈的能把她赢回来，这点毫无疑问。"

他的话听着既恶毒，又愚蠢，像是从他鲨鱼般凶狠的嘴里挤出来的。我抓着他的肩膀，一字一顿地对他说，希望这样，至少我的意思能够一定程度上穿透进他的脑子里。"你不可以，"我盯着他的脸说道，也不管店里那些喝酒的人是不是目瞪口呆地看着，"你的行为必须体面，马斯喀特，如果你想采取行动，那么必须遵循正确的步骤，而且，你必须离她们两个远远的！明白了吗？"

我的双手狠狠地扣着他的肩膀。马斯喀特挣扎着，嘴里号叫着一堆脏话。"马斯喀特,我警告你,"我说道,"我以前对你很宽容,但是,这种——威胁——行为,我是绝对不能容忍的。你听明白了吗?"

他嘟囔了一句什么,我也没有听清楚,不知道是道歉还是威胁。当时我以为是"对不起",可是回头又仔细想想,也可能是"你会后悔的"。在他醉得半睁半闭的眼睑后面,眼睛闪着卑鄙的凶光。

后悔,可是他会让谁后悔? 为什么?

我沿着山坡,快步向莫劳德走去,心中再一次忖度自己是否误读了他的信息。难道他会虐待自己? 我会不会在急切地想摆脱更多的心烦意乱之时忽略了事实真相呢,事实上,这个人一直处在崩溃的边缘? 等我走到共和国咖啡馆的时候,店门紧闭,可是门口却围着一小群人,很明显,大家都抬着头,看着二楼的某个窗户。我看见卡洛·克莱蒙特和乔林·德鲁也在人群中。杜普莱西也站着那里——那个个子不高但颇具威严的身影,头戴呢帽,他的小狗在脚下欢腾跳跃。在唧唧喳喳的声音中,我想我听见了一声尖锐的叫喊,调子时高时低,抑扬顿挫,这叫声偶尔变成了字、句子和歇斯底里的反抗……

"神父。"卡洛呼吸急促地说道,脸色通红。她的表情就像是那些高高地摆在货架上的某些虚华的杂志上的美女一样,睁大了眼睛,永远都是一副痉挛的样子,这个念头一起,我感觉自己的脸也开始发红。

"怎么了? "我语气坚定地问道,"是马斯喀特? "

"是约瑟芬,"卡洛激动地说道,"他把她抓到楼上去了,神父,她在尖叫呢。"

恰恰在这个时候,她狂乱地叫喊了一阵——混杂着尖叫,各种咒骂, 以及扔东西和砸东西的声音——从那个窗户里传了出来,然后一堆零碎的东西摔落到鹅卵石上。一个女人的声音,尖锐到足以撼动玻璃，虽然不是恐惧的叫声，但是也完全透着狂野和愤怒——紧接着又是一阵家用榴霰弹爆炸的声音。书籍、破碎的衣服、磁带、壁炉架上的装饰品……都是家庭战争中常用的武器。

我抬起头，对着窗户喊道："马斯喀特？听见了吗？马斯喀特！"

一个空空的金丝鸟笼子砰地一声从上面扔了下来。

"马斯喀特！"

房子里面仍没有回应。这两个对手听起来似乎都不属于人类，而是山精^①和鸟身女妖^②。有那么一会儿，我几乎感觉到一阵不安，好像世界被阴影进一步笼罩，那将我们同白天分开的新月形的黑暗渐渐扩大。如果打开房门，我会看见什么景象呢？

一瞬间，过去那些糟糕的回忆涌现，我又变成了十六岁，我打开那栋旧教堂旁边的小屋的门——有些人现在还管那里叫大法院——我穿过教堂那朦胧昏暗的光线，走进更加昏暗的小屋，我的脚踩在光滑的木纹地板上，几乎没有发出任何声响，耳边传来奇怪的重击声和呻吟声，仿佛是一只我从没有见过的怪兽发出来的。我打开门，心提到了嗓子眼，紧握着拳头，瞪着眼睛……眼前的地板上出现一堵苍白的拱起来的胸膛，它的比例看着眼熟，可是不知道怎么，却变成了奇怪的两副。两张脸齐刷刷地抬起来，看着我，他们的表情凝固了——愤怒、惊恐、沮丧。

妈妈！神父！

太荒唐了，我知道。原本没有交集的两个人。可是，看到卡洛·克莱蒙特那张湿润而狂热的脸，我想她是否也感受到了，那色情的、让人腹部颤抖的暴力，那划火柴的力量，使劲一擦，汽油就点燃了……

---

① 山精：斯堪的那维亚神话中邪恶的巨怪或顽皮的侏儒。
② 鸟身女妖：希腊神话中凶残的怪物，头部及身躯似女人，生有鸟翼与鸟爪。

神父，不单单是您的背叛让我的血液凝固，让我太阳穴的皮肤犹如鼓皮一样被拉紧。我知道罪恶——肉体的罪恶——不过就是一种令人作呕的、抽象的东西，这和动物躺在一起没什么区别。尽管其中或许会有快感，可是却让人很难理解。然而您和我母亲——热气、血气直冲，做着那种机械的动作，你们并非一丝不挂，可是看到残留的衣服，却更让人觉得淫秽——罩衫、皱巴巴的衬衣，祭司的法衣高高地拉起……不是，真正让我觉得恶心的还不是肉体，因为我完全是厌恶地、漠然地看着当时的景象。而是我为了您妥协了自己，神父，仅仅两周之前，我的灵魂向您做了妥协——我的手心握着那滑溜溜的油瓶，因为内心充满了正义的力量，所以一阵激动兴奋，我把油泼在那些可笑的水上住宅的甲板上，肆虐而饥渴的火焰"啪啪"地蹿起，照亮了天空，火焰"呼啦啦"地舔舐着干燥的帆布，"嗞嗞"地燃烧着干燥的木材，脸上带着淫笑和狂欢，舔舐着它们。他们怀疑是人故意放火，神父，可是绝对不是雷诺家那个安静的好孩子做的，不是弗朗西斯，不是这个在教堂唱诗班唱歌的男孩，不是看着苍白无力、安静地听您布道的男孩。不是苍白的小弗朗西斯，那个孩子连一块玻璃也不曾打碎过。马斯喀特，或许。或许是老马斯喀特和他那流氓儿子做的。有一段时间，人们对他们非常冷淡，因为怀疑他们而充满敌意。这一次，事情做得太过火了。但是他们却坚定地予以否认，毕竟，谁也没有证据，受害者也不是我们中间的任何人。没有人把放火同雷诺改变的命运联系在一起：父母分离；小孩子离开家乡，去北部一所优秀的学校就读……我是为了您才这么做的，神父，因为爱戴您。小船在干涸的浅滩上面燃烧，火光照亮了棕色的夜晚，人们四处逃窜，到处都是尖叫声，他们惊恐地朝着贫瘠的塔尼斯河那烤焦的河岸边跑去，有几个人还不死心，拿着水桶从河床上挖出仅有的一点稀泥，向燃烧的船上泼去。我在灌木丛中等待着，口干舌燥，可是心里却满满地装着热烈的兴奋。

我不知道船上有人在睡觉，我告诉自己，死死地沉睡在黑夜里，连大火都没能惊醒他们。后来，我常常会梦到他们，一个接着一个，都烧成了焦炭，像完美的情人一样，融合在了一起。后来的几个月，我每天晚上都会尖叫而醒，看见那些胳膊充满渴望地向我伸过来，听见他们的声音——嘴里吐着灰烬——两片苍白的嘴唇喊着我的名字。

但是，您赦免了我，神父。不过是一个醉汉和她那个邋遢的女人而已，您对我说。不过是那条肮脏的河上住着的没用的废物，二十遍的主祷文和二十只鸟儿足够抵偿他们的命了。不过是一些玷污我们教堂的小偷，还侮辱我们的神父，这些人，根本没有多大价值。而我，还是一个前途光明的小男孩，我有疼爱我的父母，他们如果知道的话会伤心，也会非常不开心的。除此以外，您还劝导我说，这也有可能是一场意外。你怎么知道会这样呢？您说道，或许，这也是上帝的旨意呢。

我相信了，或者说欺骗自己去相信，可是我仍然感激您。

沉浸在过往的记忆中，我暂时忘记了身在何时何处。一只手碰了碰我的胳膊，我一下子惊醒了。原来是阿曼达·瓦辛，她站在我身后，用那双机智的黑眼睛盯着我。杜普莱西站在她旁边。

"难道你不打算采取一点行动吗，弗朗西斯，你难道想让马斯喀特那只大熊杀人吗？"她的声音干脆而冷漠。一只爪子紧抓着她的拐杖，另一只像个女巫一样指着紧闭的大门。

"这不是……"我的声音尖利，像个孩子一样任性，这完全不像我的声音了，"我没有权利去干涉——"

"一派胡言！"她用手里的拐杖敲着我的膝关节，"我得阻止这件事情，弗朗西斯。你是打算和我一起进去呢，还是在这里干瞪着眼站一整天呢？"

她还没有等我回答，就开始推咖啡馆的大门。

"锁上了。"我小声地说道。

她耸了耸肩，用拐杖的手柄敲了一下，就把门上一块窗格玻璃打碎了。

"钥匙在锁上面，"她急促地说道，"快拿给我，杜普莱西。"

钥匙一转，门摇晃着打开了。我跟着她上了楼，这里的尖叫声和玻璃破碎声回荡在空空的楼梯中，声音听起来更大了。马斯喀特站在楼上房间的门口，粗壮的身体半挡着楼梯口，房门被什么东西从里面抵住了；门和门框之间露出一道狭窄的缝隙，细细的一缕光线从里面透射出来，照在楼梯上。我看到他时，马斯喀特又用身子撞了一次被堵住的门，屋里传出一阵什么东西被撞翻时的碎裂声，他满意地哼了一声，一阵风似的闯进了房间里。

接着是一阵女人的尖叫声。她的背顶着距离门口最远的那堵墙。家具——一个梳妆台、一个衣橱和椅子全部堆在门后，可是马斯喀特最终还是突破这些障碍进去了。她搬不动床，那是用熟铁制作而成的，非常沉重，不过，在她蹲下身子的时候，垫子还是给了她一层保护，她的手里仍然握着一小把投射的武器。她居然一个人顶住了整个礼拜仪式这么长的时间，我很惊讶。屋里还可以找出她奋斗的痕迹——楼梯上破碎的杯子，撬动锁着的卧室大门时留下的痕迹，他用来猛敲猛打的咖啡桌。而在他的脸上——当他向我的方向转过来的时候——我看见她歇斯底里之时留下的指甲印，他的太阳穴上有一个十字架形状的血痕，鼻子完全肿了，衬衣也被撕破了。楼梯上也有血迹：一滴的，一个滑过的印迹，一块点状分布的。门上还有一个血手掌印。

"马斯喀特！"我提高音量喊道，声音发颤，"马斯喀特！"

他面无表情地看向我，眼睛仿佛面团上面的针脚。

阿曼达站在我身边，拐杖像一把剑一样指着他。此刻的她，看着像地球上最老的霸王一样。她大声地问着约瑟芬："你没事吧，亲爱的？"

"把他弄出去！让他滚蛋！"

马斯喀特向我伸出那双沾满鲜血的双手。他脸上愤怒不已，可是同时却带着困惑的表情，一副筋疲力尽的样子，就像是一个小孩子正在和比自己年长的大孩子酣战一样。"明白我的意思了吧，神父？"他哀戚地说道，"我跟你说什么来着？现在知道我的意思了吧？"

阿曼达从我身边挤了过去。"你赢不了的，马斯喀特。"她的声音听着比她年轻而且强壮，而我，不得不提醒自己，其实她已经年老体弱了。"你不可能让一切回到从前，你走开，放她走。"

马斯喀特呸了她一下，可是他却惊讶地发现，阿曼达呸回去的时候，速度比眼镜蛇更快、更准。他擦了擦脸，狂暴地喊着："干什么，你这个老——"

杜普莱西大步上前，挡在了阿曼达的前面，一副可笑的、要保护她的架势。他的那只狗也跟着凶狠地叫了起来，可是，她却笑着绕过他们两个，站在前面。"别想威胁我，保罗·马力·马斯喀特，"阿曼达喝斥道，"想当初，你还是个傲慢无礼的小家伙时，总是在莫劳德躲着你那酒鬼老爸。现在还是没有怎么变嘛，只不过你变得更愚蠢、长得更丑了而已。现在，你给我让开！"

他似乎有些茫然，让开了。有那么一瞬间，我还以为他准备开口求我了。

"神父，告诉她。"他的眼睛好像被自己用盐揉过一样，"你知道我在说什么，对吧？"

我假装没有听见他的话。我们之间——这个男人和我之间——

没有任何的可比性。我能闻到他身上那肮脏的衬衣由于长久不清洗而散发出来的臭味,还有嘴里呼出的污浊的啤酒气味。他过来抓着我的胳膊。"你明白的,神父,"他不顾一切地重复道,"我帮了你一个忙,流浪者的事,还记得吗?我帮过你的。"

她或许眼睛已经快失明了,可是却能看明白所有的事情,该死的!明白所有的事情。我看见她的眼睛飘到了我的脸上。"哦,你做的?"她粗鄙地咯咯笑了起来,"两次同样的事情啊,嗯,神父?"

"我不知道你在说什么,你这个人。"我尽量让声音听着干脆利落,"你醉得和一头猪差不多。"

"可是,神父,"他张着嘴,不知该怎么说,扭曲的脸几乎变成了猪肝色,"神父,你,你自己说——"

我冷淡地说道:"我什么都没说过。"

他再次张开嘴,就像夏天塔尼斯河边缘的泥地上搁浅的小鱼一样。

"什么都没有!"

阿曼达和杜普莱西把约瑟芬带走了,一只老胳膊环绕着她的肩膀。那个女人用一种奇特但明亮的眼神看了我一眼,几乎吓到了我。她的脸上左一道右一道地粘着泥污,两只手上全是鲜血,可是,那个时刻的她,居然美丽得令人不安。她盯着我看,似乎下一秒钟就能将我看穿。我很想告诉她,不要怪我,我和他不一样,我不是一个人,不是一个神父,而是另一个物种……可是,这种想法太过荒谬,几乎像是异端邪说。

随后,阿曼达把她带走了,留下我一个人和马斯喀特待在一起,他的眼泪弄脏了我的脖子,他那双滚烫的胳膊抱着我。有那么一会儿,我迷失了,沉浸在我的回忆当中,和他一起被泪水淹没。然后,我把他拉开了,开始想温和一些,可是最后却忍不住越来越暴躁,我用手掌、拳头和胳膊肘不停地推搡着他那松松垮垮的肚子。我不理会他的祈求,不停地叫喊着,用完全不像我的声音——尖利、挖苦——喊道:"离我远一点,你这个浑蛋,你把一切都毁了,你——"

"神父——"

"你毁了一切——一切——滚开!"他使劲地咕哝着想解释,最后终于不再呼哧呼哧地大口喘气,突然之间带着绝望的快乐松开我——终于自由了——然后跑下楼梯,一只脚踝被突起的地毯绊了一下,他的眼泪,他那愚蠢的号叫,像一个被人遗弃的孩子一样,尾随着我。

后来,我找了个时间和卡洛还有乔治斯谈了谈。我不会再和马斯喀特说话了,而且,有人说他已经离开这里了,说他把一切能带走的东西都打包放在那辆破车里,开走了。咖啡店也关门了,只有那破碎的玻璃窗提醒着人们今天上午发生的事情。夜幕降临的时候,我又去了那里一次,在窗户前站了很长时间。莫劳德那边的天空墨绿冰凉,天际之处有一条细细的银河。塔尼斯河乌沉沉的,静寂无声。

我告诉卡洛,教堂不会支持她的反巧克力节运动。我不会支持她,难道她不明白吗?自从他做了那件事之后,委员会已经没有公信度了。这次实在是闹得太大,也太过野蛮了。他们肯定也和我一样看见他脸上的表情了,满是仇恨和疯狂。知道一个男人打自己的妻子——心知肚明——是一回事,但是亲眼目睹这些丑陋的行为……不,他挺不过去的。卡洛开始四处同别人说她早就看穿他了,说她早就知道了。她尽最大的努力与他撇清关系——"还有哪个可怜的女人被骗得比我还惨啊",我也如此。我们走得太近了,我告诉她,在迫不得已的时候,我们利用了他,但是现在,我们不能让人们看出来。为了保护自己,我们现在必须让步。我没有告诉她另外一件事情,关于河上流浪者的事情,可是这件事情现在也不得不去想。阿曼达已经起疑心了,她可能会出于恶意而向外宣扬。还有另外一件事情,那件事情早已被人遗忘,可是她那衰老的脑袋却依然清楚地记得。不,我现在孤立无助。更为糟糕的是,我可能还必须带着对巧克力节日的纵容出现在人们的视线里。否则的话,谣言必定会四起,而且,谁知道最后会传成什么样呢? 明天的布道会上,我要宣扬容忍,将我开启的潮流反转过来、改变人们的想法。剩下的传单我会烧掉。那些海报,原本打算从兰瑟一路展示到蒙托邦,现在也必须销毁。这一切真的很让我心痛,神父,可是,我又能怎么办呢? 闲言碎语肯定能毁了我。

这是复活节的前一周啊, 距离她的节日剩下仅仅一周的时间! 她赢了,神父,她赢了。现在,除非奇迹出现,否则没人可以拯救我们。

第三十四章

3月26日　星期三

　　还是没有马斯喀特的消息。周一的时候，约瑟芬基本上都待在巧克力店里，但是昨天上午，她却决定回咖啡馆去。这一次，是洛克斯陪着她一起去的，不过他们看到的只是一片狼藉。看来，流言是对的，马斯喀特走了。洛克斯完成了阿努克阁楼上的新卧室之后，已经开始在咖啡店工作了。那扇门上换了新锁，原来的漆布被撕下来，油乎乎的窗帘从窗户上扯了下来。他说不用费多大力气——在粗糙的墙上刷上一层白石灰，在破旧家具上涂上一层油漆，再加上大量的水和肥皂——咖啡馆就能焕然一新，又能成为一个受欢迎的地方。他说要免费帮约瑟芬做这些工作，可是她却不愿意。当然马斯喀特已经把他们共同的财产全部带走了，不过她还有一点自己的私房钱，她相信新开的咖啡店一定会成功的。那块悬挂了三十五年的"共和国咖啡馆"的招牌终于被拿了下来，换上了一块鲜艳的红白相间的雨篷——和我的一模一样——以及一块克莱蒙特自己手写的招牌"莫劳德咖啡馆"。纳西斯在窗户上的铸铁盒子里种上了一些天竺葵，这些植物沿着墙壁垂下来，它们那猩红色的花蕾因为天气突然转暖而盛开了。阿曼达站在山下自己的花园里，脸上带着赞许地看着这一切。

"她是一个好女孩，"她用一贯突然的方式告诉我，"她现在可以自立了，终于摆脱那个酒鬼丈夫了。"

洛克斯暂时住在咖啡馆的一间空房里。卢克现在代替了他，和阿曼达住在一起，这一点让他的母亲非常恼火。

"那里不适合你住。"她尖声叫道。他们从教堂出来的时候，我正站在广场上，卢克穿着礼拜日的套装，她穿着无数件淡色套装中的一套，头发上系着一条丝质围巾。

他的回答彬彬有礼，但是语气却十分坚决。"只是住到派——派对那天，"他说道，"那边没有人照顾她了，她——她可能会再次犯——犯病的。"

"一派胡言！"她用盛气凌人的语气喝斥道，"我告诉你她在做什么，她在试图离间我们两个人的关系。我不同意，我绝对不允许你这周去和她住在一起。至于那个荒谬的派对——"

"我认为你不应该禁——禁止我，妈——妈妈。"

"为什么不？你是我的儿子，该死的，你不可以站在那里，大模大样地告诉我，你要听从那个疯女人的话，却不愿意听我的话！"她的眼睛里堆满了愤怒的泪水。她的声音犹豫不决。

"没关系的，妈妈。"他完全没有被她的表演打动，不过仍然伸出一只胳膊，环住她的肩膀。"不会住太久的，只住到派对之前。我保——保证。你也受到邀请了，你知道的。如果你能——能来，那她一定会很开心的。"

"我不想去！"她的声音呜咽，透着怨恨，就像一个疲劳的孩子。

他耸了耸肩。"那就别去了，但是别——别指望她事后会听从你的安排。"

她盯着他。"你是什么意思？"

"我是说，我可——可以和她聊聊，劝——劝她。"他太了解她母亲了,这个聪明的男孩,比她认为得更为了解。"我能——能让她改变心意,"他说道,"但是,如果你想自己去尝试——"

"我可没有那么说过。"她突然兴奋起来,用胳膊抱着他。"你真是我的聪明儿子,"她说道,又重新镇定下来,"你能做到的,是不是?"她在他的脸上深深地亲了一口,而他则耐心地承受着。"我的好孩子,聪明的孩子。"她不断地爱抚着他,然后胳膊挽着胳膊离开了,男孩的个头已经超过母亲了,他转过脸低下头看着她,那一脸关心的表情很像一个宽容的父母面对一个多变的小孩子。

哦,他知道的。

因为约瑟芬在忙她自己的事情,所以我也找不到人帮忙准备复活节,幸好现在大部分工作已经完成,就剩下十几个盒子没有做了。于是,我晚上做蛋糕和块菌蛋糕,还有姜饼铃铛和镶金边的饼干。我很怀念约瑟芬轻柔地包装盒子、装饰彩带,不过阿努克也在尽力地帮助我,帮我把玻璃纸的褶边抖开,把丝绢玫瑰花钉在无数的香袋上。

在准备礼拜日的展览时,我把前面的窗户遮上了,现在的店铺从外面看,与我们刚来的时候样子差不多,玻璃用一块银色的纸覆盖着。阿努克用彩纸剪成的鸡蛋和动物把这一层盖纸装饰了一番,中间的地方还贴了一张大大的海报,上面写着:

盛大的巧克力节日
周日,圣杰罗姆广场

现在,学校已经放假了,广场上又开始唧唧喳喳吵个不停了,孩子们纷纷把鼻子贴在玻璃上,希望能瞥见我在准备什么。我现在接到的订单已经有八千多法郎了,有些订单来自远处的蒙托邦,甚至阿根地区——而且订单还在源源不断地到来，所以，商店里难得有没人的时候。卡洛的传单运动似乎渐渐销声匿迹了。纪尧姆告诉我说，雷诺已经对他的教众宣布，他会全力支持巧克力节，不管恶毒的闲言碎语怎么传播。即使这样，我有时能看见他从那扇小窗户里面观察我，他的眼睛充满饥渴和愤恨。我知道他想对付我，可是不知为何他的毒素已经消失了。我问过阿曼达，她知道的隐情很多，可是却不愿意说出来，只是对我摇摇头。

"那都是很久之前的事情了，"她故意模糊地告诉我，"我的记忆力大不如从前了。"然后，她就转而询问我菜单的详细情况，想知道我是怎么为派对规划的，想提前开心一下。她的建议可真多啊：奶油烙鳕鱼块菌、红酒奶油煮三种菌配上野生鸡油菌、烤海蜇虾配芝麻菜、她最爱的五种巧克力蛋糕、自制的巧克力冰激凌……她的眼睛快乐、调皮地闪烁着。

"我是个姑娘的时候，从来没有过自己的派对，"她解释道，"一个也没有。曾经去跳过一次舞，很远，在蒙托邦那边，和从海边来的一个男孩跳的。啊哈哈！"她做了一个夸张、好色的姿势。"他和蜜糖一样黑，不过也和蜜糖一样甜蜜。我们喝了香槟，吃了几块草莓果汁蛋糕，然后跳了舞……"她叹了一口气。"你要是见到那个时候的我就好了，薇安。现在你可能不相信，他说我长得像葛丽泰·嘉宝，当然是有些谄媚的话，不过我们两个都把这句话当成真的。"她低声地咯咯笑了一下。"当然了，他也不是那种能结婚的人，"她很理智地分析道，"他们从来都不是。"

我现在几乎每天晚上都是醒着躺在床上，眼前有糖果在跳舞。阿努克现在睡在她的阁楼卧室里，而我总是做梦、醒来、打盹儿、醒来、做梦、打盹儿，直到眼皮沉重地抬不起来，才能睡去，我感觉屋子像一艘翻滚的船向我倾倒过来。再撑过一天，我对自己说道，再撑过一天。

昨天晚上我起来了,从盒子里拿出牌——我曾经发誓要把它们留在里面的。夹在手指中的牌很凉,和象牙一样光滑冰凉,牌在我的手掌中呈扇形排开,蓝色——紫色——绿色——黑色,熟悉的图画滑进我的视线,又滑出去,像夹在黑玻璃片中的花儿一样。高塔,死亡;恋人,死亡;六把剑,死亡;隐士,死亡。我告诉自己,这没有任何意义。母亲相信它,可是它又给她带来什么好处了呢?不停地跑,不停地跑。圣杰罗姆教堂上面的风向标现在也安静了下来,诡异的安静。风已经停了。这种柔和宁静的情景比风向标嘎嘎作响的时候更让我不安。空气中充满了即将到来的夏天的香味,很温暖,也很甜美。三月的风过后,夏天很快就要造访兰瑟了。夏天是马戏团的味道,是锯末和煎鸡蛋面糊的味道,是砍伐绿色树木和动物粪便的味道。我身体中传来母亲的低语:是该改变的时间了。阿曼达的屋子亮着灯,从这里就能看见她窗户上的黄色的小方块,朝塔尼斯河上投出小格子的亮光。她在做什么呢?自从上一次之后,她就没有和我直接谈过她的未来计划。相反,她只是和我谈菜谱,谈怎么用最好的方法把海绵蛋糕点亮,最好的白兰地樱桃中糖分与酒精的比例。我在我的医疗词典上查了查她的情况。医疗术语不过是另外一种逃避的方式,和塔罗牌上的形象一样模糊,一样需要推测。真的让人难以想象,这些词汇居然能用在鲜活的肉体上。她的视力会越来越差,视线里经常漂浮着一大片黑暗的岛屿,所以看见的东西也都是斑驳的、有斑点的,然后是一片模糊,最后则是完全的黑暗。

我理解她的处境。既然这种情况注定无可避免,那她为什么还要挣扎着让它持续更长的时间呢?浪费——这是我母亲的想法,根据多年的节省和漂泊总结出来——用在这里肯定不合适,我告诉我自己。最好还是肆意挥霍,集中爆发,明亮的灯光,然后突然变黑暗。

可是，我的心中仍然有一个孩子气的声音在痛苦地呐喊着："不公平！"我仍然在期待奇迹的出现。当然，这是我母亲的想法。阿曼达更了解这些。

最后几周里，吗啡变成母亲每时每刻的依赖，她的眼睛里会出现长久的白雾，她会连续几个小时和现实世界断开联系，像蝴蝶在鲜花中飞舞一样，在幻想中上下飘荡。有些幻想是甜美的，她会梦到漂流、梦见灯光，会离开自己的身体，同已故的电影明星以及太空飞船上的人类相见。有些幻想是偏执症的后遗症，在这里，"黑衣男子"一直都在身边，他偷偷地埋伏在街角，坐在餐厅的窗户旁，站在她想象中的商店的柜台后。有时候，他变成了出租车司机，他开的出租车就是伦敦街头见到的黑色灵柩车，他带着一顶遮住眼睛的棒球帽。他的车身上写着"逃避者"这个词，她说，这是因为他正在寻找她，寻找我们，寻找所有过去曾经躲避过他的人，但不会一直找下去，她说着摇了摇头，不会一直找下去。在其中一次这样的黑色幻想中，她拿出一个黄色的塑料旅行袋给我看。里面塞满了从报纸上剪下来的报道，大部分报纸都是六十年代末期到七十年代初期的。大部分是法语报纸，不过也有一些意大利语、德语和希腊语的。所有的报道说的都是绑架、丢失、攻击孩子的新闻。

"这太容易了，"她告诉我，眼睛睁得很大，却很茫然，"大地方，这么容易丢小孩，容易丢像你这样的小孩。"说完模糊的双眼向我眨了眨。我安慰地拍了拍她的手。

"没关系的，妈妈，"我说道，"你总是很小心的，你一直很注意我的，我从来没有走丢过。"

她又眨巴了一下眼睛。"哦，你走丢过，"她笑着说道，"你走丢——过的。"她就那么盯着空气看了好一会儿，脸上带着调皮的微笑，她的手放在我的手中，像干枯的树枝一般。"丢——丢——

掉——掉！"她悲戚地重复道，开始哭了起来。我尽量去安慰她，把剪报重新塞进袋子里。我收拾的时候留意到，其中有几个剪报讲述的都是同一件事情：巴黎的希尔维亚纳·卡尤十八个月大的时候失踪了。她的母亲在药剂师那里停留了两分钟，把她放在汽车后座上，用带子绑着，等到她回来的时候，孩子已经不见了。一同失踪的还有一包换洗衣服和孩子的玩具——一只红色的长毛大象，还有一只棕色的泰迪熊。

母亲发现我在看这些文章，再次面露微笑。"我估计你那时大概两岁，"她狡黠地说道，"或者接近两岁。那个小孩比你的肤色白多了，不可能是你，对吧？不管怎么说，我肯定是个比她好的母亲。"

"当然不是我，"我说道，"你是一个好妈妈，一个了不起的妈妈。别担心，你绝对不会做那种将我置于危险境地的事情。"

母亲只是微笑着摇晃了一下。"不小心，"她低低地说道，"只是不小心而已。她不配拥有这么一个漂亮的小女孩，是不是？"

我摇了摇头，突然感觉很冷。

她孩子气地说道："我不糟糕，对吧，薇安？"

我全身哆嗦，手上的剪报摸起来像是长了鱼鳞一般。"不糟糕，"我安慰她道，"你不糟糕。"

"我一直把你照顾得好好的，对吧？从来没有把你扔下不管，甚至连那个神父说——说那些话的时候，我也没有扔下你。"

"是的，妈妈，你从来没有过。"

寒冷使我浑身无力，让我的思维变得缓慢。我能想到的只有名字，对我而言是那么的熟悉，那个日期……难道我不记得那只熊，那只大象——长绒毛旧了，露出里面的红衬布，却被一路从巴黎带到罗马，从罗马带到维也纳？

当然，这也有可能是她的又一个幻想。还有其他的幻想，比如床单下面的蛇，镜子中的女人。这些可能都是假的。毕竟，母亲的一生中有太多的幻想。而且……过了这么久以后，这还有什么意义呢？

三点时，我起床了。我点燃一根蜡烛，拿到约瑟芬的空卧室里。塔罗牌又放回到原来的地方——母亲的盒子里——在我紧握的手中热切地晃动着。恋人、高塔、隐士、死亡。我盘腿坐在地板上洗牌，这一次不再仅仅是带着百无聊赖的态度。高塔上有人掉下来，高塔的墙壁在崩塌，我能看懂。这是我一直以来害怕的流离失所，害怕的道路和迷失。头戴风帽、手提灯笼的隐士看着很像雷诺，他那张狡猾而苍白的脸半遮半掩在阴影下。死亡，我非常了解，我两只手指交叉，对着那张牌——防止灾祸——这是以前下意识的动作。可是恋人呢？我想起了洛克斯和约瑟芬，他们两个人如此相似，却都没有意识到，我无法克制住心中的嫉妒和刺痛。但是，除此之外，我却突然之间深信，这张牌并没有泄露出它所蕴涵的所有秘密。屋子里飘起紫丁香的香味，可能母亲的某个瓶子封口破了吧。在这寒冷的夜晚，我却觉得很温暖，灼热的手抚摸着我的肚子。洛克斯？洛克斯？

我匆忙之间把牌翻了过来，用我颤抖不已的手指。

再坚持一天。不管是什么，都要再坚持一天。我又开始重新洗牌，可是我没有母亲那灵活的手法，所以牌"呼啦"一下从我的手中滑落到木地板上。隐士的脸朝上，在摇曳的烛光下，他看起来更像雷诺了。阴影下，他的脸似乎在邪恶地咧着嘴笑。"我会找到办法的，"他暗中发誓道，"你以为你会赢，我一定会找到办法的。"我的指尖可以感受到他的怨恨和恶毒。

母亲又要说这是征兆了。

突然之间，在一阵莫名的冲动下，我捡起隐士，把它放到蜡烛的火焰上。那一束火焰先是和坚硬的牌逗弄了一会儿，然后牌的表面开始起泡。那张苍白的脸上露出扭曲的表情，随后变黑了。

"你敢试试看，"我低语道，"敢来破坏看看，我就——"

火焰突然燃烧起来，我把牌扔到地板上。火焰熄灭了，飞溅的火花和灰尘落到地板上。

我感觉到欢愉快乐。现在是谁带来改变的，妈妈？

可是，今天晚上，那种似乎被人操纵的感觉仍然无法摆脱，被迫去看那些最好不要去纠缠的内情。我什么都没做，我自言自语道，我没有恶意。

而且，今天晚上，我仍然无法将那种想法赶出脑袋。我感觉自己像绒毛一样轻飘飘的，没有存在感。我已经准备好，可以被风吹走了。

第三十五章

3 月 28 日　　星期五　　耶稣受难日

　　我应该和我的教众在一起,神父,我知道。教堂里充满了焚香的烟,满眼是紫色和黑色的葬礼,没有一件银器,没有一个花环。我应该在那里的。今天是我最伟大的一天,神父,庄严,虔诚,风琴发出的声音如同巨型的水下铃铛——当然, 真正的铃铛可没有发出声音——悼念曾被绑在十字架上的耶稣。我也穿着紫色和黑色的法衣,我的声音配合着风琴的奏乐,吟诵着颂词。他们睁大了黑色的眼睛望着我。今天连叛教的人都来了,穿着黑色的衣服,梳得光亮的头发。他们的需求、他们的期望填满了我内心的空虚。就在那短短的一瞬间,我真的感受到了爱,爱他们所犯的罪过,爱他们最终的救赎,爱他们那微不足道的问题,爱他们的卑微。我知道您明白,因为您也曾经是他们的神父。从某种意义上来说,您也和我们的主一样,是为了他们而牺牲的, 为了保护他们不受您以及他们自己的过失所折磨。他们永远都不会知道的,是不是,神父?永远不会从我这里知道的。可是,当我发现您和我母亲在那个房间里……严重的中风,医生说。那次的震惊一定很大吧。您逃避了。虽然我知道您能听到我说话,比以往任何时候看得都清楚,可是您却逃进了自己的壳里。我知道,有朝一日您会回到我们身边。神父,我禁食了,也祈祷了,也变得谦逊了。

可是我还是感觉自己没有任何价值，仍然有一件事还未完成。

做完礼拜后，一个孩子——马蒂尔德·阿诺德——跑到我面前。她把手放到我的手心里，一边微笑，一边低声说道："神父先生，它们也会给你带巧克力吗？"

"谁会给我带巧克力？"我问道，心里迷惑不已。

她不耐烦地说道："当然是铃铛啦！"她咯咯地笑了起来。"会飞的铃铛啊！"

"哦，铃铛啊，当然会。"

我被问住了，一瞬间完全不知道该怎么回答。她拽了拽我的祭祀法衣，继续说道："你知道的，铃铛啊，飞到罗马看教皇，然后带回来巧克力。"

这成了一种无可救药的痴迷。一首只有一个词的诗歌，一首低低吟唱的歌曲。我无法克制自己的声音愤怒地上扬，把她脸上的期待变成沮丧和恐惧。我愤怒地喊道："为什么这里没有一个人可以不想巧克力？"孩子听完，号叫着跑过广场，我马上在后面喊她，可是太迟了，那间小店——窗户像礼物一样被包装起来的小店——正带着胜利的讥笑望着我。

今天晚上，在圣体安置所将会举办一场主的安葬仪式，由这个教区的孩子们表演，重现我们的主生前的最后时刻，光线渐渐暗淡，蜡烛点了起来。每年的这个时刻，对我来说通常都是感受最热烈的时刻，因为这一时刻，他们是属于我的，是我的孩子，基调是黑色，显得严肃而庄重。可是今年，他们的心中还有激情吗，还有圣餐的肃穆吗？抑或，他们的嘴巴还会期盼地流口水吗？她的故事——飞舞的铃铛和美味的盛宴——影响力太大，太有诱惑力了。我试着在布道中植入我们自己原有的诱惑力，可是教堂那黑色的荣耀完全无法和她那神奇的"骑着魔毯"的故事相比。

今天下午,我去拜访了阿曼达·瓦辛。今天是她的生日,房子里很是喧闹。当然了,我早就知道他们在举办什么派对,可是却没想到是这样的派对。卡洛虽然也提到过一两次——她不愿意去,可是却希望借此机会和她母亲言归于好——不过,估计连她都没有想到派对的规模这么大吧。薇安·罗切在厨房里忙碌着,几乎一整天都在准备食物。约瑟芬·马斯喀特自愿将咖啡店的厨房贡献出来,作为额外的烹饪场所,因为阿曼达的房子太小了,不足以进行这么多奢侈的准备工作。我到的时候,正好有一大批人都忙把碟子、锅和带盖子的汤罐从咖啡店搬到阿曼达家里。一股浓郁的酒香从打开的窗户里飘了出来,即使是我也发现自己的嘴巴开始流口水了。纳西斯正在花园里劳作,把花固定在建在房子和大门之间的格子架里。效果非常惊人:铁线莲、牵牛花、紫丁香、茜草,都盘旋在木制框架上,出现了一道五颜六色的彩棚,阳光温柔地从这些植物的缝隙中穿过。不过阿曼达无论如何也看不见。

我转过身,被这种奢侈的布置弄得心神不宁。选择耶稣受难日来庆祝她的生日,这可真是典型的阿曼达风格。所有的奢侈——鲜花、食物、成箱的香槟送到门口,里面还装了冰块用来保温——几乎算得上是亵渎神明,是当着献身的上帝的面嘲笑他。明天,我一定要和她谈谈这件事情。正当我转身准备离开的时候,却看见纪尧姆·杜普莱西站在墙边。他正在给阿曼达的一只猫挠痒痒,看见我,他礼貌地举了举帽子。

"在帮忙,是吗?"我询问道。

纪尧姆点了点头。"我说我或许可以帮个忙,"他承认道,"晚上之前还有很多工作要做。"

"我很惊讶你竟然想参与这种事情,"我毫不留情地说道,"而且还偏偏是今天!真的,我觉得阿曼达这次做得太过分了。这样奢侈与浪费,更不用说对教堂的不尊重了……"

纪尧姆耸了耸肩。"她有权享受一点点庆祝活动。"他温和地说道。

"她很有可能因过度饮食而害死自己的。"我刻薄地说道。

"我觉得她这个年纪应该可以随心所欲地做自己喜欢的事情了。"纪尧姆说道。

我不赞同地看着他。自从和那个叫罗切的女人来往之后,他就变了。原来那哀戚的谦卑已经从他的脸上消失了,取而代之的是任性,几乎算是挑衅的表情。

"我不赞同阿曼达的家人为她安排生活的方式。"他继续固执地说道。

我耸了耸肩。"我很意外,你,在这件事情上居然站在她那边。"

"生活总是充满意外。"纪尧姆说道。

我希望如此。

第三十六章

3月28日　星期五　耶稣受难日

在刚开始的时候,我完全忘记了这个派对的真正目的,反而开始享受其中的乐趣。阿努克在莫劳德玩耍,而我则精心地准备着有史以来自己做过的最盛大、最华丽的宴席,沉浸在丰富多彩的细节中。我有三个厨房:我自己在巧克力店的大烤箱,用来烤蛋糕;路尽头的莫劳德咖啡店,用来烹饪海鲜;阿曼达的小厨房,用来准备汤、蔬菜、调料和配菜。约瑟芬主动提出借给阿曼达一些刀叉和盘子,以备不时只需,阿曼达则笑着摇了摇头。

"已经安排好了。"她答道。的确如此,星期四清早,就有一辆小货车开了过来,上面印着利摩日一家大公司的名字,货车送来了两大箱的玻璃杯和银器,还有一箱上好的瓷器,所有的东西都用碎纸包裹着,当阿曼达在货物收据上签字的时候,送货人显得十分开心。

"你哪个孙女要结婚吗?"他雀跃地问道。

阿曼达明朗地笑了起来。"可能是,"她答道,"可能是。"

整个星期五,她的情绪一直十分高昂,本来她应该是来监督我们做事的,可是大多数时候她却是在妨碍我们。就像一个淘气的孩子一样,把手指插在调料里,偷偷地揭开热锅和碟子的盖子偷看里面的东西,最后,我实在忍不住,就拜托纪尧姆带她去阿根的理发店里待上几个小时，只要让她别在这里碍事就好。等她回来的时候，就像完全变了一个人似的：头发修剪得十分时髦，头上还戴了一顶可爱的新帽子，买了新手套和新鞋子。鞋子、手套和帽子都是清一色的樱桃红色，这是阿曼达最喜欢的颜色。

"我越活越年轻了，"她一面坐在摇椅里看着我做事情，一面满意地告诉我，"或许到这个周末，我就有勇气去买一条大红的裙子了。想象一下，我穿着裙子走进教堂。哈哈！"

"去休息一会儿吧，"我故作严肃地建议道，"今天晚上还有一个派对呢，我可不希望看见你甜点吃到一半就睡着啊！"

"我不会的。"她说道，但是在傍晚的时候，却同意去休息一个小时，而我则趁这个时间布置桌子，其他人回家休息，顺便为晚上的派对换一身衣服。晚餐的桌子非常大，放在阿曼达的小房子里，显得有些滑稽，不过却能容纳下我们所有的人。桌子是一大块沉重的黑橡木，动用了四个人才把它抬出去，巧妙地放在纳西斯新搭建的凉亭里，叶子和花儿形成的棚架下。桌布是锦缎料子，镶有精美的蕾丝花边儿，还散发出一股薰衣草的味道，薰衣草是她结婚之后放进去的——这是她的祖母送给她的结婚礼物，从来没有用过。利摩日送来的盘子是白色的，盘子的边缘印着一圈黄色的小花；玻璃杯有三种，都是水晶制作而成，温暖的阳光透过杯子，道道彩虹洒在白色的桌子上。桌子中间放着纳西斯带来的春天的鲜花，餐巾整齐地叠放在每一个盘子旁边。在每个餐巾上面，都放着一张卡片，卡片上用草书写着客人的名字：阿曼达·瓦辛、薇安·罗切、阿努克·罗切、卡洛琳·克莱蒙特、乔治斯·克莱蒙特、卢克·克莱蒙特、纪尧姆·杜普莱西、约瑟芬·巴尼特、朱利安·纳西斯、迈克尔·洛克斯、布兰奇·杜曼德、塞利赛特·普兰康。

一开始，我没有认出后面两个名字，后来才想起布兰奇和泽泽特,他们的船还停泊在上游,一直等待着。我也是直到现在才意识到,我还不知道洛克斯的名字,我一直认为洛克斯是他的昵称,或许是由他的头发而来。

　　八点的时候,客人陆陆续续到场了。七点的时候,我离开厨房,回去很快地洗了个澡,换了件衣服。等我回去的时候,船已经停泊在房子下面了,河上的人也到了。布兰奇穿着红色的紧身连衣裙和蕾丝衬衣,泽泽特穿着一件老式的黑色晚礼服,胳膊上有指甲花涂成的文身,眉毛上戴了一颗红宝石,洛克斯穿着干净的牛仔裤和白色的T恤衫,他们所有人都带了礼物,用杂色礼物包装纸或者墙纸或者一块布包着。然后到的是纳西斯,他穿着礼拜日的套装;随后是纪尧姆,他在纽扣眼上别了一朵小黄花;然后是克莱蒙特一家,他们已经下定决心表现出快乐,卡洛用防备的眼神看着河上的人们,不过仍然决定高兴地玩乐一回——如果这种牺牲是个必要条件的话。喝着开胃酒,吃着椒盐松果和小饼干,我们看阿曼达拆礼物。阿努克送的是一张小猫的图片,用红色的信封装着;布兰奇送的是一罐蜂蜜;泽泽特是一个装满薰衣草的香袋,袋子上绣着一个字母"B"——"时间来不及,所以没有做一个绣着你名字缩写的香袋,"她用愉快且轻松的语气说道,"但是,我保证明年——";洛克斯送的是一片木头雕刻的橡树叶,和实物一样逼真,叶茎上还挂着一圈橡树果;纳西斯送了一大篮子水果和鲜花。比较奢侈的礼物都是克莱蒙特一家送的,卡洛送了一条围巾——我注意到,不是爱玛仕的,不过仍然是丝质的——还有一个银质花瓶,卢克送的是一个用皱巴巴的信封纸包裹的闪亮的红色东西,他一直尽力把它藏在一堆废弃的包装纸下面,不想让他母亲看见。阿曼达得意地收下了,用一只手挡着嘴巴对我无声地说了一句:"呦!"约瑟芬送了一个小小的金纪念盒,脸上还带着歉意的微笑,说道:"不是新的。"

阿曼达把它戴在脖子上,简单地拥抱了一下约瑟芬,毫不在意地倒了一杯圣拉斐尔酒。我在厨房里可以听见外面人的谈话,准备如此多的食物是一件复杂的事情,所以占据了我大部分的精力,但是我还是知道发生了哪些事情。卡洛很亲切,准备好要做出愉快的样子;约瑟芬很安静;洛克斯和纳西斯在异域的水果树上找到了共同的兴趣。泽泽特用她那尖锐的声音唱着一首民歌,孩子舒适地躺在她的臂弯里。我发现,连那个婴儿的身上也都被象征性地涂满了指甲花,他那斑驳的金色皮肤和灰绿色的眼睛看上去很像一个圆圆胖胖的瓜。

他们移到了桌子旁。阿曼达的情绪高昂,大部分时间都是她在说话。我听见卢克正用低沉的声音愉悦地谈论着他曾经看过的书。卡洛的声音突然有点尖利——我估计是因为阿曼达又给自己倒了一杯圣拉斐尔吧。

"妈妈,你知道你不应该——"我听见她说道,可是阿曼达只是笑了笑。

"这是我的派对,"她愉快地宣布道,"我不希望有人在我的派对上不舒心,尤其是我。"

而后,关于这个话题没有人再提起。我听见泽泽特正在和乔治斯调情,洛克斯和纳西斯在讨论李子。

"朗格多克李树,"纳西斯认真地断定道,"我觉得那是最好的。味道甜,个子小,开的花就像蝴蝶的翅膀一样。"

可是洛克斯却固执己见。"布拉斯李树,"他坚定地说道,"唯一值得栽种的黄李子,布拉斯李树。"

我转向炉火,有一段时间没有听他们的谈话。这是一种无师自通的技巧,我天生就迷恋这个,没有人教过我怎么烹饪。我母亲专注于研究那些咒语和催情药,而我却把这些转化成一种更加甜蜜的魔法。我们从来都不是很像,她和我。她梦想漂浮,梦想遇见外星人和神秘的精髓;我一心一意地研究从饭店偷来的食谱和菜单,那些饭店是我们消费不起的地方。看见我全心全意地耽于这些满足感官享受的东西,她温柔地揶揄我。

"幸好我们没有那么多钱,"她会这么和我说,"否则的话,你肯定会胖得像一头猪。"可怜的母亲。当癌症蚕食掉她的身体之时,她仍然徒劳地为减少的体重沾沾自喜。当她在解读塔罗牌,自言自语的时候,我会去浏览我收集的食谱卡片,就像念咒语一样,就像念着让人长生不老的神秘配方一样,念着这些从未品尝过的食物的名字。炖牛肉、希腊酿蘑菇、皇后小牛肉、焦糖蛋奶、巧克力蛋糕、提拉米苏,在我脑海中的秘密厨房里,我把它们都做了出来,尝试着、品尝着。每到一个地方,我就会充实我的食谱收藏,像贴老朋友的照片一样,把它们贴在剪贴簿上。是它们让我的漂泊变得有意义,这些光滑的剪贴纸在满是油污的纸张中闪闪发亮,犹如我们飘忽不定的路线上的路标。

现在,我把它们拿了出来,像一群阔别多年的朋友一般。加斯科番茄牛肉汤,配上新鲜的罗勒和一片法国南部酥塔,上面点缀了一些与饼干一样薄的脆饼酥皮,同时用橄榄油、凤尾鱼和浓郁的本地番茄调味,再加上橄榄,用小火慢慢地熬制,以便让味道凝聚起来,制作出看似几乎不可能做出的美味。我把八五年的夏布利酒倒进高脚杯。阿努克带着假装出来的成熟喝着她的高脚杯里的柠檬汽水。纳西斯表示对果子馅饼的配料很感兴趣,顺便调侃了一下畸形的鲁塞特番茄,称赞它的优点和欧洲的赚钱机器们一样,没有味道。洛克斯点燃了桌子两旁的火盆,又在上面撒了一点香茅,驱赶昆虫。我看见卡洛不赞同地看着阿曼达。我吃得很少,一整天几乎都泡在烹饪食物的香味里,所以晚上觉得脑袋有点轻飘飘的,而且情绪有点激昂,还格外的敏感,吃饭的时候,当约瑟芬的手轻轻掠过我的腿时,我差点大叫出声。夏布利酒味道冰凉而辛辣,我喝了很多,甚至超过了我能承受的量。眼前的颜色变得更加鲜艳了,声音也开始清脆得像玻璃被切割似的。我听见阿曼达在称赞我的厨艺。我端出香草沙拉,让大家清除嘴中残留的余味,然后是烤面包片加鹅肝酱。我注意到,纪尧姆把狗也带来了,还偷偷地在沙沙作响的桌布下面拿这些珍馐喂它。我们一直从政治形势,聊到巴斯克分裂分子,再到女性时尚,再到种植芝麻菜的最佳方法,再到野生莴苣为什么比家生莴苣好。夏布利酒从嘴巴进入肚子,感觉很柔和。然后是酥皮馅饼,轻得几乎像夏天吹出的一口气,然后是接骨木花,随后是海鲜拼盘,有烧烤海蛰虾、灰色小虾、对虾、牡蛎、帽贝、蜘蛛蟹和大螃蟹——它们的利爪可以轻松地掐断一个男人的手指,如同我掐断一朵玫瑰花茎一样——还有食用螺、海蚌,最上面放了一个巨大的黑龙虾,像个帝王一样,威风凛凛地躺在海藻床上。巨大的浅盘子上红色、粉红、海绿色、珍珠白、紫色闪耀着,是美人鱼藏匿美味的地方,释放出令人怀旧的海盐味,像是孩提时待在海边的时光。我们用钳子来对付螃蟹的爪子,小叉子用来食用贝类、柠檬块和蛋黄酱。在这样一道菜面前,你是无法继续保持冷漠的,它需要你的注意力,需要你不拘礼节地去品尝。我们头顶的凉亭架子上挂着几盏灯笼,在灯光的照耀下,玻璃杯和银器闪闪发光。今天晚上,空气中充满鲜花和河水的味道。阿曼达的手指非常灵活,堪比编织蕾丝花边的艺人,她面前盘子里的废弃贝壳也越堆越高。我又拿了一点夏布利酒,眼睛更加明亮了,脸上也因为用力撬取贝壳里面藏着的肉而变得绯红。这些食物需要下工夫去吃,需要时间来品尝。约瑟芬开始放松了一些,甚至和卡洛聊天了,而卡洛正忙着和一只蟹爪战斗着,结果,她手一滑,蟹爪里的盐水竟然喷到她的眼睛里去了。约瑟芬见状笑了起来,随后,卡洛也和她一起笑了。我发现自己也在说话。红酒的味道很淡,却具有迷惑性,虽然口感柔和,却很醉人。卡洛已经有点醉醺醺了,她满脸通红,头发也有些松动,垂下弯曲的几缕。乔治斯从桌下捏了一下我的腿,朝我色迷迷地眨了眨眼睛。布兰奇说起了旅行,我们两人去过一些相同的地方,她和我都去过尼斯、维也纳和都灵。泽泽特的孩子开始号啕大哭,她用手指蘸了一点夏布利酒,送到孩子的嘴里,给他吮吸着。阿曼达在和卢克讨论着缪塞①,卢克喝得越多,说话似乎就越利索。最后,桌子上被大家拆得七零八碎的"正餐"变成一堆珍珠似的垃圾,堆在十几个盘子上,我把它们清理掉,然后端上来一碗碗柠檬水让大家清洗手指,还有薄荷沙拉帮助大家清除余味。我把玻璃杯撤下来,换上香槟酒杯。卡洛现在又换上了那种警惕的表情。我去厨房的时候,听见她再一次焦急地与阿曼达低声说着话。

阿曼达"嘘"了一声:"等会儿再跟我说这个吧,今天晚上我只想好好庆祝。"

她满意地呱呱叫嚷,举起香槟向大家敬酒。

甜点是巧克力干酪。这个干酪必须要在天气晴朗的时候才能制作——因为多云的天气会让融化的巧克力失去光泽——用百分之七十的黑巧克力,加上黄油,一点点杏仁油,到最后一分钟再加上双倍奶油,放在火炉上,用慢火加热。把蛋糕或者水果一片片地串好,然后再放进这个巧克力混合物里蘸一下。今天晚上,我为他们准备了所有他们爱吃的东西,尽管原本只打算用海绵蛋糕蘸巧克力的。卡洛声称自己再也吃不下了,不过还是拿了两片黑白巧克力双色卷。阿曼达每一样都尝了一片,她的脸兴奋得发亮,越吃到后面,就越滔滔不绝了。约瑟芬在和布兰奇解释她为什么离开她丈夫。乔治

---

① 缪塞:19世纪法国浪漫主义作家、诗人。

斯仍然隔着沾满巧克力的手指,朝我色迷迷地笑着。卢克正在取笑阿努克,因为她坐在椅子上都快睡着了。小狗在桌子腿边愉悦地叫着。泽泽特正给她的小孩哺乳,动作没有丝毫忸怩。卡洛看起来想开口说她两句,可是最终只是耸了耸肩,什么也没说。我又打开了一瓶香槟。

"你确定你还行吗?"卢克安静地问阿曼达,"我是说,你有没有觉得不舒服?你一直都在吃药吗?"

阿曼达笑了。"你这么大的孩子,担心的事情有点太多了,"她对他说道,"你应该大吵大闹,让你妈妈感到不安,而不是教你外婆如何吸吮鸡蛋。"她的心情依然很好,可是看起来有些疲倦。我们已经进餐将近四个小时了,现在差十分钟到午夜零点。

"我知道,"他笑着说道,"可是,我还不着急继——继承家业呢。"

她听完,拍了拍他的手,又给他倒了一杯红酒。她的手有些不稳,结果有一点酒洒到了桌布上。"不用担心,"她开心地说道,"还剩很多呢。"

最后,我们用我自制的巧克力冰激凌、蛋卷和掺有卡巴度斯苹果酒的咖啡结束了晚餐,用热热的杯子喝着咖啡,感觉就像花儿怒放一样。阿努克要她的"鸭子"——一种被几滴酒湿润的方糖,然后又替袋鼠要了一块。最后,杯子喝得见底了,盘子吃光了,火盆里的火也渐渐地弱下去。我看着阿曼达,她还在继续和大家说笑着,不过已经没有之前那么活跃了,只见她眼睛半闭着,在桌子下面握着卢克的手。

"几点了?"过了好一会儿,她问道。

"快一点了。"纪尧姆说道。

她叹了一口气。"我该去睡觉了,"她宣布道,"已经不再年轻了,你们知道的。"

她摇晃着站了起来,从椅子下面抱起满怀的礼物。我发现纪尧姆很专注地看着她,他也知道。她向他抛过去一个古怪而甜蜜的笑容。

"别以为我准备发表演讲,"她语气中带着滑稽的坦率,说道,"我不喜欢演讲。只是想谢谢你们大家,所有人,还有,我真的度过了一个美好的夜晚,绝对没有比这次更好的了,我觉得以后也不会有更好的了。人们一直认为,当你老了的时候,就不能再继续找乐子了,其实也不是。"洛克斯、乔治斯和泽泽特发出一阵喝彩。阿曼达精明地点了点头。"不过,明天早上不要太早过来找我。"她做了一个鬼脸,建议道,"二十岁以后,我还从来没有喝过这么多的酒,现在,我需要睡觉了。"她迅速朝我瞟了一眼,几乎带着警告的意味。"需要睡觉。"她含糊地重复了一遍,然后准备从桌子旁离开。

卡洛站了起来,想扶住她,可是她却做了一个不容抗拒的姿势,挥手让她离开。"不用大惊小怪的,姑娘。"她说道,"你总是这样,总是喜欢大惊小怪。"她给了我一个愉悦的表情。"薇安可以帮我,"她说道,"其他人等到明天早上再过来吧。"

我带着她去了房间,其他的客人则陆续离开了,一边走还一边说说笑笑。卡洛挽着乔治斯的胳膊,卢克在另一边搀扶着她。她的头发现在全都蓬松了,反而显得她很年轻,五官也柔和了许多。我帮阿曼达打开房间门的时候,听见她说了一句:"……基本上,她答应了我去米莫萨斯,我心底的一块大石头终于可以放下了……"阿曼达也听见了,只是带着困意笑了几声。"也够累的,有我这样一个不听话的母亲。"她说道,"把我扶到床上去吧,薇安,在我倒下之前。"我帮她脱下衣服,枕头旁边早就准备好了一件亚麻睡衣,她套上睡衣的时候,我把她的衣服叠了起来。

"礼物,"阿曼达说道,"把它们放到那里,我能看得见的地方。"

她模糊地指了指梳妆台的方向。"嗯,那里就好。"

我恍惚之中按照她的意思把东西放下了。或许,我也喝过头了,因为我感觉自己相当平静。我知道,从冰箱里的胰岛素针剂的数量来看,她几天之前就已经停止用药了……我想问她是否决定好了,是否真的知道自己在做什么,可是我什么也没问,只是把卢克的礼物——一件丝质衬裙,是那种大胆的、鲜艳的、毫无疑问的红色——挂在椅背上,让她能好好看看。她再一次笑了起来,伸出手去触摸它上面的纹路。

"你可以走了,薇安。"她的声音很轻,可是很坚定,"它很漂亮。"

我犹豫不决。有那么一瞬间,我在梳妆镜里瞥见了我和她两个人的样子。她新剪过头发之后,看着很像我在幻像中看到的那个"老妇人",但是她的手上都是绯红色的斑点,她微笑着。她已经闭上眼睛了。

"灯就别关了,薇安。"这是最终的逐客令,"晚安。"

我轻柔地吻了一下她的脸颊。她的身上散发出薰衣草和巧克力的香味。我走进厨房,把最后的清洗工作做完。

洛克斯留下来帮我,其他的客人都走了。阿努克躺在沙发上睡着了,一根大拇指塞在嘴里。我们两人安静地洗着盘子,我把崭新的盘子和玻璃杯放进阿曼达的橱柜里。洛克斯试过一两次,想和我聊两句,可是我无法和他说话,只能听见瓷器和玻璃杯轻声碰撞的声音,这反而让周围显得更加安静。

"你还好吧?"他终于问道。他的手温柔地放在我的肩膀上,他的头发如金盏花般柔亮。

我下意识地把脑海中的第一个想法说了出来。"我在想我的母亲。"我十分奇怪地意识到,自己说的是实情,"她肯定会喜欢这种派对的,她喜欢烟花。"

他看着我。在厨房幽暗昏黄的灯光下,他那奇特的天空般的眼睛颜色更深了,几乎成了紫色。我希望我能把阿曼达的事情告诉他。

"我不知道你原来叫迈克尔。"我终于说道。

他耸了耸肩。"名字并不重要。"

"你的口音也不见了,"我惊讶地意识到,"你以前总是带着浓重的马赛口音,可是现在……"

他给了我一个罕见的甜美笑容:"口音也不重要。"

他的双手捧着我的脸。对于一个劳动者的手来说,算是柔软的,苍白而柔软的如同一个女人的手。我怀疑他之前和我说的事情是否是真的,不过此刻这个不重要了。我亲吻着他。他的身上有油漆、肥皂和巧克力的味道。我在他的嘴里尝到了巧克力的味道,不由自主地想到了阿曼达。我一直以为他喜欢约瑟芬,即使现在,在我吻着他的时候,我也知道这一点,可是这是我们两个人对付这个夜晚的唯一的魔法。这是最简单的魔法,是我们在今年的五朔节①时带上山的烟火,是用来抵御黑暗的小小的安慰。他的手在我的衣服下面抚摸着我的胸部。

有那么一瞬间,我有些犹豫。一路走来,已经有过太多的男人了,像他一样的男人,我在乎的可是却不爱的好男人。如果我认为的没错,他和约瑟芬应该会在一起的,那么这对他们有什么影响呢?对我呢?他的嘴唇非常轻柔,他的抚摸很温暖。从外面的鲜花中飘来一阵紫丁香的香味,那是火盆的热风送过来的。

"去外面吧,"我温柔地对他说道,"到花园去。"

他看了一眼阿努克,她仍然在沙发上睡着,然后点了点头。于是

----

① 五朔节:欧洲传统民间节日,用以祭祀树神、谷物神、庆祝农业收获及春天的来临,每年5月1日举行。

我们两个在星光闪烁的紫色天空下，轻手轻脚地向外面走去。

因为火盆里的火还没熄灭，所以花园里仍然很温暖。纳西斯做的格子架上的茜草和紫丁香的味道像一面毯子一样，把我们罩住了。我们像孩子一样躺在草地上。彼此之间没有许下任何承诺，没有说一句情话，虽然他很温柔，却几乎是冷静地在我身体里移动，而非缓慢的甜蜜，他的舌头舔着我的皮肤。在他的头顶上，天空是紫黑色的，和他眼睛的颜色一样，我可以看见那条宽阔的银河，它像一条环绕着世界的道路。我知道，这可能是我们之间唯一的一次，想到这个，我的心里仅仅感觉到一丝的伤感，相反，一种愈发增强的存在和满足感填满了我的心，它超越了我的孤独，甚至是对阿曼达的悲伤。以后会有伤心悲痛的时刻，而现在，只是单纯的惊讶，惊讶于自己赤身裸体躺在草地上，惊讶于身边这个安静的男人，惊讶于天空的无垠和内心的浩淼。我们一起躺了很久，洛克斯和我，直到身上的汗被吹干，小虫子在我们身上爬来爬去，我们手牵着手，一起看着天空缓慢地转动，慢得令人无法忍受，花床上又飘来了一阵薰衣草和百里香的气息。

除了他的呼吸声，我还听见他轻轻地哼了几句歌：

那里的好风，那里美妙的风；
那里的好风，我的生活就是我的名字……

现在，风就在我的身体里，用它那无情的命令猛拉着我。而在正中间，却有一片安静的小空间，那里奇迹般地没有受到影响，还出现了新事物，这种感觉很熟悉。这也是一种魔法，这种魔法是我母亲永远无法明白的。我现在对此更加确定了——我体内那如奇迹般的鲜活的温暖——比之前的任何事情都更加确定。最后，我明白为什么那天晚上我会抽到"恋人"那张牌了。我将自己的知晓隐瞒起来,闭上眼睛,试图梦见她,就像阿努克出生之前的几个月做的那样,看见那个有着生机勃勃的脸颊和闪亮的黑眼睛的小小陌生人。

我醒来的时候,洛克斯已经走了,风向也开始再次改变了。

第三十七章

3 月 29 日　　星期六　　复活节前夜

帮帮我,神父,难道我祈祷的还不够多吗? 为我们的罪过承受的痛苦还不够吗? 我的苦修已经很具典范性了。我的脑袋因为缺少食物和睡眠而晕头转向。当所有的罪恶都被洗刷干净,难道还不是救赎的时刻? 银器又重新放回到祭台上,蜡烛也如期点燃了。自从斋戒开始之后,鲜花也首次用来装饰祈祷室了。连愚蠢的圣弗朗西斯也戴上了百合花冠,它的香味闻着很像干净的肉体。我们已经等待太久了,您和我,自从您第一次中风之后。即使在那个时候,您也不和我说话,却跟别人说话。然后,去年,您第二次中风了。他们告诉我,您已经完全失去的意识,可是我知道,这只是借口,只是您玩的一个关于等待的游戏。到了时间,您就会醒过来。

他们今天早上发现了阿曼达·瓦辛。神父,她身体僵硬,直挺挺地躺在床上,可是仍然面带微笑,又一个从我们这里逃避惩罚的人。我给她主持了最后一次仪式,虽然即使她能听见,也不会感激我。或许,我是唯一一个仍然能从这些事情中寻找安慰的人。

她昨天晚上就准备好赴死了, 把一切事情安排得面面俱到:食物、饮品、陪伴的人们。她的家人围着她,完全被她洗心革面的承诺欺骗了。她那该死的傲慢! 她应该接受——卡洛承诺——二十次弥撒,三十次弥撒,为她祈祷,为我们祈祷。我发现,到此时此刻,我仍然愤怒得全身发抖,完全没办法用温和的态度回答她。葬礼安排在星期二。我现在能想象出她静静地躺在医院太平间里的样子:头上面放着牡丹花,微笑仍然固定在苍白的嘴唇上。一想到这个,我的第一感觉不是同情或满意,而是一种可怕的、无能为力的愤怒。

当然,我们知道这背后是谁在捣鬼,那个叫罗切的女人。哦,卡洛跟我说过的。她是能影响我们的人,神父,她是侵略我们花园的寄生虫。我当初应该听从自己的直觉,在第一眼看见她的时候,就把她除掉。她这个人,每逢关键时刻总会成为我的绊脚石,躲在那扇蒙着纸的窗户后面大笑,向四面八方散播出腐蚀人心的吸血虫。我真愚蠢,神父。阿曼达·瓦辛正是因为我的愚蠢而死。恶魔和我们在一起,它的脸上带着胜利的微笑,穿着艳丽的衣服。小时候,我常常带着恐惧去听姜饼屋的故事,听女巫如何诱惑小孩子进去,然后再把他们吃掉。我看着她的商店,整个店都用亮晶晶的纸包了起来,就像是一个等待拆封的礼物。我很想知道,她到底已经诱惑了多少人、多少颗灵魂,让他们无法得到救赎——阿曼达·瓦辛、约瑟芬·马斯喀特、保罗·马力·马斯喀特、朱利安·纳西斯、卢克·克莱蒙特。必须把她根除掉,还有她那个小顽童。无论什么方法。神父,现在拘泥于这些细节实在太迟了,我的灵魂已经妥协了。我真希望自己重回十六岁。我试图回想起十六岁时的残暴。我曾经是多么富于创造力的人啊。那个男孩子会扔掉瓶子,会把事情抛开。可是,那样的日子已经过去了。我必须要聪明起来,不能放弃我的职责。可是,如果我失败了……

要是马斯喀特的话,会怎么做呢?哦,他很凶残,有他的可鄙之处,可是他却比我更早地看清了潜在的危险。他会怎么做呢?我必须以马斯喀特为榜样,马斯喀特是一头猪,一头残忍且狡猾的猪。

他会怎么做呢?

巧克力节明天就到了,她的成败完全取决于这个节日。现在扭转舆论,让人们反对她,已经太迟了。我必须做得让人无可指责才行。在那扇神秘的窗子后面,有成千上万颗巧克力等待出售:鸡蛋、各种动物、包着彩带的复活节鸟巢、礼品盒、包着鲜艳的褶皱玻璃纸的小兔仔……明天,一百个孩子会在复活节的钟声里醒来,可是他们的第一个念头却不是"他升天了",而是"巧克力!复活节巧克力"。

可是,如果没有了巧克力呢?

这样能令她彻底瘫痪。有那么一秒钟,热烈的狂喜把我淹没了。我内心那头聪明的猪咧嘴笑了起来,神气活现。我可以偷偷闯进她的房子,它告诉我。后门很旧,也基本上破败了,我可以用东西把它撬开。拿根短棍溜进去,巧克力非常酥脆,很容易弄坏,在那堆礼品盒中间待上五分钟就能搞定了。她睡在楼上,应该听不见,而且,我会很快完成的。我还可以戴一个面具,即使她看见……每个人都会怀疑这是马斯喀特的复仇,反正他也不在这儿,不能加以否认,而且——

神父,您是不是动了一下?我敢肯定,刚刚您的手抽动了一下,前两根手指弯曲了一下,似乎在为我祝福。再一次,一阵抽搐,就像一个枪手梦到过去的战斗。一个征兆。

赞美我们的主。一个征兆。

第三十八章

3月30日　星期日　复活节　凌晨四点

　　我昨天晚上几乎没睡。她房间的灯也一直亮到两点,即使她灭了灯,我也不敢开始行动,以防她还清醒地躺在床上。我躺在扶手椅上眯了几个小时,怕自己睡过去,我还特意定了闹钟。其实我不用担心的。我的睡眠一向如此,总是夹杂着很多转瞬即逝的梦,即使从梦中惊醒,我也会记不起到底梦到了什么。我想我看见了阿曼达——那个年轻的阿曼达,虽然我不认识那个时候的她——在莫劳德后面的田野里奔跑着,身上穿着红色的裙子,黑色的头发在风中飞扬。或许那个人是薇安,不知为何我分不清两个人。然后,我梦见了莫劳德的那场大火,那个邋遢的女人和她的丈夫,塔尼斯河那刺目的红色堤岸,还有您,神父,和我母亲在那个房间里……那个夏天所有痛苦的回忆都渗透进我的梦里。而我,就像一头猪,用鼻子拱着巧克力松糕,拱出越来越多腐蚀人心的美味,贪婪地吃着,吃着。

　　四点钟,我从椅子上站了起来。我一直和衣而睡,脱掉了黑色的神父袍子和领子。教堂和这件事情没有任何关系。我煮了非常浓烈的咖啡,而且没有加糖,虽然从惯例上来说,我的苦难修行时间已经过去了。我是说从惯例上来说,从我内心来说,我知道复活节还没有来到。他还没有升天。如果今天我成功了，那么他就会升天了。

我发现自己的身体在颤抖。我吃了一点干面包，给自己鼓鼓气。滚烫的咖啡非常苦涩。只要完成任务，我就犒劳自己，吃一顿大餐：鸡蛋、火腿、波尔图的糖卷。一想到这些食物，我的嘴巴就开始流口水。我把收音机打开，正在播放古典音乐《羊可以安全吃草》。我困难地抽动嘴巴，严厉而冷淡地讥笑起来。现在不是神父的时间，现在是猪的时间，是一头狡猾的猪的时间。我关了音乐。

四点五十分。我看向窗外，地平线上已经露出了第一缕鱼肚白。我还有很多时间。助理神父六点才会过来敲响复活节的钟声，我的时间还有很多，足够进行我的秘密事务了。我戴上放在一旁的巴拉克拉法帽①，这是特意为今天凌晨准备的。镜子里的我看着和往日大不相同，很吓人，像一个专门从事破坏的家伙。这让我不禁再次露出微笑，面具下的嘴巴看着凶恶而玩世不恭。我几乎盼望她会看见我了。

凌晨五点十分

门竟然没有上锁。我几乎不敢相信我的好运。这意味着她很自信，她傲慢地以为，没有任何人能够阻止她。我扔掉粗粗的螺丝刀，本来还打算用它来把门撬开的。我用双手抬起那块厚厚的木材——那是一截横木，神父，是那次争吵的时候掉下来的。门静静地开了。又一个红色的香袋悬挂在门口，我把它扯了下来，鄙夷地扔到了地板上。有那么一会儿，我迷失了方向。这个地方的格局已经和当初的面包店不一样了，而且，我也不熟悉店后面的地方。只有瓦面上反射出一点非常微弱的光线，不过我想到了要带上一把手电，这让我为

---

① 巴拉克拉法帽：一种几乎完全围住头和脖子的羊毛兜帽，仅露双眼，有的也露出鼻子。

自己的先见之明而开心。现在,我把手电打开了,一刹那搪瓷表面上反射的白光让我几乎睁不开眼睛,盖子、盆、破旧的炉子,在电筒细细的光束的照射下,全部都闪烁着银白色的光芒。当然,我没有看见巧克力,因为这里是厨房。不知道为什么,当我看见这个地方竟然如此干净的时候,十分惊讶。我一直认为她是一个邋遢的女人,锅扔在那里不洗,水槽里的盘子堆得老高,长长的黑头发混在蛋糕液里。相反,她却整洁得一丝不苟,一排排的盘子按照大小整齐有序地摆在架子上,铜的和铜的放在一起,搪瓷的和搪瓷的放在一起,瓷碗放在手边,各种容器——勺子、长柄锅——挂在雪白的墙上。在那张布满疤痕的旧桌子上,放着三块石制的面包烤模。桌子中间还摆着一个花瓶,瓶里放着蓬松的黄色大丽花,在烤模前投下一道阴影。不知道怎么回事,这些花让我十分恼怒。阿曼达·瓦辛死了躺在那里,她有什么权利摆花? 我心底的那只猪把花翻倒在桌子上,然后露出白森森的牙笑了起来。我纵容他这么做。我需要他的凶残来完成任务。

凌晨五点二十分

巧克力肯定就放在店里。我静悄悄地穿过厨房,打开厚厚的松木大门,进入房子的前半部分。我的左边是通往起居室的楼梯,右边是柜台、货架、展示台、盒子……巧克力的味道,虽然我已经有心理准备,可还是让我吃了一惊。夜色似乎加强了它的味道,所以乍一闻去,那种味道就是夜色的味道,就像丰富的棕色粉末在我周围交叠着,让我的思维开始窒息。手电筒的光束照出了一丛亮光——金属纸、彩带、闪亮而蓬松的玻璃纸。"洞穴"里的"宝物"全部展现在我面前。一阵兴奋穿过我全身。我在这里,在女巫的房子里,没有被她发现,一个闯入者。在她睡着的时候,偷偷地碰她的东西。我突然很想去看看那个展示窗,撕下那层遮盖的纸,成为第一个——不能胡闹,我的想法是毁掉整个活动。可是，我仍然无法忽略心中的冲动。我踩着脚下的橡胶鞋底，轻轻地走着，短棒提在手上。我有很多的时间，足够我去满足自己的好奇心，如果我想的话。而且，这一时刻简直太珍贵了，让人不舍得浪费。我想去欣赏一番。

凌晨五点三十分

　　我十分小心地把遮盖窗户的那层纸拉到一边，整个过程中只发出了一阵轻轻的撕裂声。我把纸放到一边，神经紧绷，听着楼上有没有动静。没有一点动静。我的手电光照亮了整个展示柜，有那么一刹那，我几乎忘记自己来这里的目的了。这里的东西丰富得让人无法想象——耀眼的水果、杏仁蛋白花朵、成堆的各种形状和颜色的散装巧克力、兔子、鸭子、母鸡、小鸡、羊羔，用快乐或者严肃的巧克力做的眼睛盯着我，就像中国古代的陶制军队，其中鹤立鸡群的是一个女人的雕像，她那优雅的棕色胳膊上抱着一捆巧克力麦子，她的头发呈波浪状。细节的地方表现得十分优美，头发上加了颜色更黑的巧克力，眼睛上面刷上了白色巧克力。巧克力的味道扑面而来，浓醇的香味直接碰触到我的咽喉，留下细腻的甜蜜。抱着麦子的女人嘴角轻笑，似乎在蔑视神秘的事物一样。

　　来尝尝，来试试，来品味一下。

　　今天，在这个布满诱惑的巢穴里，这种引诱声比以往更大。我随意朝一个方向伸出手，都可以拿起一块"禁果"，品尝它那神秘的肉体。这个想法把我的身体刺得千疮百孔。

　　来尝尝，来试试，来品味一下。

没有人会知道的。

来尝尝,来试试,来品味——

为什么不呢?

凌晨五点四十分

我要吃掉手指拿起的第一块巧克力。我绝对不能在众多选择中迷失。只吃一块巧克力——不是偷窃,确切地说,是拯救,所有巧克力中,只有它能够在这次的破坏中存活下来。我的手指不由自主地在上面流连忘返,像一只蜻蜓盘旋在一大堆的美食上方。它们装在角质玻璃盘子里,上面用一个盖子保护着,每一块巧克力的名字都用精致的草书写在盖子上。光是看名字就令人神魂颠倒:苦橙子脆饼、杏仁蛋白卷、俄罗斯红梅、白色朗姆蛋糕、马龙白巧克力、维纳斯的奶头——我感觉自己面具下的脸刷地一下红了起来,怎么会有人订购这种名字的巧克力呢?不过,它们的样子很漂亮,在手电筒的照耀下,发出丰润的白光,上面的尖头处用的是黑色巧克力。我从盘子的最上面一层拿起一块,把它放在鼻子底下,巧克力散发出奶油和香草的味道。不会有人知道的。我忽然意识到,自己已经很久没有吃过巧克力了,最后一次吃的时候还是一个小孩子,有多少年了呢?我已经记不清了,而且,那时候虽然吃过,也不过都是很低级的浓缩巧克力——巧克力含量为百分之十五的硬块,黑色的为百分之二十——吃完之后,嘴里全部都是黏糊糊的脂肪和糖的余味。我也从超市买过一两次苏卡巧克力,可是,它的价格却是其他巧克力的五倍,对我而言,是很少能买得起的奢侈品。这些完全不一样,外面一层是入口即化的巧克力，里面是柔软的奶油夹心……它就像一瓶上好的红酒一样，品尝起来非常有层次感，先是一点点苦味，然后是现磨咖啡的芳醇，这种温暖给生活带来滋味，溢满我的鼻孔，它像是一个味道女妖，让我发出呻吟。

凌晨五点四十五分

这之后我又吃了一块，我在心里告诉自己，这没有关系。我再一次流连徘徊在名字上：黑加仑、三种坚果酥糖。我从一个标着"复活节之旅"的盘子里挑了一块黑色的金块，糖霜包裹的生姜外面一层坚硬的糖壳，我把它放进嘴里，满嘴充满了酒香，就像是浓缩了多种香料一样，让人呼出的气体都变得芳香，这香气中有檀香、肉桂、酸橙，同雪松和多香果一起争相吸引你的注意。我又从一个标着"百花蜂蜜桃子"的盘子里拿起一块，一片在蜂蜜和水果酒里浸泡过的桃子覆盖着一层糖霜，镶嵌在巧克力上。我看了看表，还有时间。

我知道我应该开始认真地执行我的神圣使命。商店展示窗里的产品，尽管多得令人眼花缭乱，可是却不足以应付她接到的几百张订单。她肯定在其他地方贮存了礼品盒，她的库存，她的大部分生意。这里的东西只不过是用来展示的。我抓起一颗杏仁巧克力，塞进嘴里，好帮助我思考。然后是一块焦糖蛋糕，再一块白博朗巧克力，嘴里全是新鲜奶油和杏仁糕合在一起的味道。还剩下这么一点时间，还有这么多的美味没有来得及品尝。五分钟我就可以结束任务，或者更少的时间，只要知道了存货的位置。再吃一块巧克力，祝福自己好运，在我开始搜寻之前。就吃一块。

凌晨五点五十五分

这和我之前的梦境一样——我在巧克力中打滚。我想象着自己站在一片巧克力的田地里，一片巧克力的海滩上——晒着太阳，站在那里一动不动，如饥似渴地吃着巧克力。我根本来不及去看标签，只是把抓到手中的巧克力胡乱地塞到嘴里。面对如此多的美味，这头猪完全失去了理性，又重新变成了一头猪，虽然我的脑子里有种理智的声音在尖叫着让我停下来，可是我却无法自已。一旦开始了，就无法停止。这完全和饥饿无关，我把这些叫喊压下来，嘴里继续囫囵地嚼着，两只手上也是抓得满满的。有那么一瞬间，我觉得很恐怖，似乎阿曼达的鬼魂回来找我了，用她那十分特别的痛苦来诅咒我，诅咒我死于暴饮暴食。我一边吃，一边听见自己发出各种声音：呻吟、狂喜和绝望的哀恸，就好像心底的那头猪终于找回了说话的声音一样。

凌晨六点

"他升天了！"钟声把我从迷惑中震醒了。我发现自己坐在地板上，周围撒满巧克力，好像我真的在上面打滚一样。短棒已经被我遗忘在一旁。我脸上那用来隐藏的面具也被拿了下来。没有了包装纸遮盖的玻璃，完全浸润在清晨泛白的第一缕光线下。

"他升天了！"我脚步踉跄，犹如喝醉了一般。还有五分钟，第一批礼拜者就要来做弥撒了，估计我要迟到了。我赶紧用沾满融化的巧克力的手指抓住短棒。突然我明白她把货物放在哪里了，以前的那个地窖，里面既凉爽又干燥，曾经存放面粉的地方。我能找到。我知道我能找到。

"他升天了！"

我转过身，手里抓着那个短棒，焦急地赶着时间，时间……

她正在等着我，从珠帘后面看着我，我完全不知道她究竟那样看着我多久了。一丝微笑浮上她的嘴角，她从我手中拿下短棒，动作十分轻柔。她的手指中，夹着一张像是烧焦了的彩色的纸，或许是一张牌吧。

　　他们就是那样看着我，神父，蹲在展示窗里一堆被糟蹋的东西中，脸上糊满巧克力，双眼无神。不知道从哪里出来的人们似乎都跑过来帮助她。杜普莱西一只手上拿着狗链子，像是保镖一样站在门口。那个叫罗切的女人站在后门，胳膊肘上夹着我的短棒。普瓦图从路对面走过来，他很早就起来烤面包了，一边走，一边还喊那些好奇的人进来看看。克莱蒙特夫妇像搁浅的鲤鱼一样，睁大了眼睛瞪着我。纳西斯晃了晃拳头。一阵大笑，上帝啊！一阵大笑。钟声一直不停地响着。他从圣杰罗姆广场升天了。

　　"他升天了！"

第三十九章

3 月 31 日　星期一　复活节礼拜一

我把雷诺送上路的时候,钟声刚好停了下来。他只字未提弥撒的事情,相反,却一句话不说就撒腿向莫劳德跑去。没有人想念他,相反,我们早早开始了庆祝,在巧克力店外面摆上热巧克力和蛋糕,我则迅速地收拾了他留下来的烂摊子。幸运的是,被他破坏的巧克力不多,只有几百块而已,都撒在了地板上,而且礼品盒一个也没被弄坏。展示橱窗只要稍微做一些调整,就变得和以前一样漂亮整齐了。

这个节日正如大家所期待的那样热闹非凡。手工艺品摊位、喇叭、纳西斯的乐队——让我意外的是,他吹起萨克斯管来,居然如此娴熟轻松,还有变戏法的、吞火杂耍的,等等。河上的人们又回来了——至少那天回来了——他们那五彩斑斓的身影又重新活跃在街道上。有几个人还设立了自己的摊位,给人们的头发穿珠子,卖果酱和蜂蜜,用指甲花染料给人们在身上画各种图案或者给人占卜算卦。洛克斯也在卖自己用漂流木的碎片刻成的娃娃。只有克莱蒙特一家人没有来,但是我的心灵之眼总是不断地看见阿曼达,就好像在这种场合她会缺席是无法想象的事情。一个戴着红色围巾的女人,穿着黑色的长裙,驼背上圆润的曲线,一顶草帽,上面装饰着几颗樱桃,显得十分俏皮,在节日的人群中摇摆。她似乎无处不在。现在的我感觉不到一丝悲痛,这一点让我十分惊讶。我只是越来越深信,她或许会在某个时间突然出现,掀开盒子的盖子看看里面装着什么,贪婪地舔着自己的手指,或者对着吵闹的人群、眼前的欢乐和所有的欢声笑语发出快乐的呼喊,而且我确信自己听见了她的声音——啊、啊、啊——就在我的身边,就在我弯下身子去拿一袋巧克力葡萄干的时候,虽然我抬头看的时候没有一丝人影。我的母亲一定会明白的。

我把所有预订的货都交付完了,最后一盒也在四点一刻卖出去了。寻找复活节彩蛋活动的最后胜出者是露西·普鲁多姆,不过所有参加者最后都有一个小惊喜:巧克力、玩具喇叭、手鼓,还有彩带。一根绑着真花的焦炭给纳西斯的育苗室做了一个广告。一些年轻人也敢带头在圣杰罗姆的严厉注视下跳舞了,阳光一整天都非常灿烂。

可是在此刻,当我一只手拿着一本童话故事集,和阿努克两个人坐在安静的屋子里时,我仍然感觉到不安。我告诉自己,这种感觉只是因为我们曾望穿秋水等待它的到来,而现在繁华过后就是寂寞、疲惫,或许还有焦急,雷诺在最后一晚的闯入,太阳的热气,无数的人……随着快乐声音的渐渐消去,对阿曼达的悲痛开始涌上心头,这种悲伤还夹杂着许多复杂的情绪:孤独、怅然若失、不信任和一种做正确的事情带来的平静。亲爱的阿曼达,你一定会很喜欢这个节日的。但是你也有自己的烟花,是不是? 今天傍晚纪尧姆过来了,那个时候,我们已经把所有节日留下来的痕迹清理干净了,阿努克也准备上床睡觉了,她的眼睛里仍然盛满了节日的欢欣。

"我能进来吗?"他的狗严肃地在门边等着,它现在已经听得懂他说坐下的命令了。他的手上拿着什么东西,是一封信。"阿曼达让我把这个交给你。你知道的,在那之后。"

我接过信,信封里有某种小小的坚硬的东西。"谢谢你。"

"我不多待。"他看了我一会儿,然后伸出手,虽然动作不太自然,可是仍然十分温暖。他的握手很坚定,也很冷静。我感觉到眼睛有些微刺痛,然后某种亮晶晶的东西掉落在这个老人的袖子上——他的,或者我的,我也不太确定是谁的袖子。

"晚安,薇安。"

"晚安,纪尧姆。"

信封里只装着一张纸。我把它抽出来,某种东西也随着滚落下来,掉在桌子上——硬币,我猜想。信上的字体很大,看得出,写的时候很费力。

亲爱的薇安,

谢谢你为我做的一切。我明白你的感受。如果你愿意的话,多和纪尧姆聊一聊——他比任何人都更能理解这件事。很抱歉,我无法参加你的巧克力节日,不过,我已经在脑海中看过无数遍了,所以你不必介怀。替我亲吻阿努克,把信封里面装的东西给她一枚——另一枚是留给下一个的,我想你会明白我的意思的。

我累了,我已经从风中嗅到了改变的味道,我想睡一觉会对我有好处的。谁知道呢,或许,有一天我们会再次相遇。

你的阿曼达·瓦辛

又及:你们都不用参加我的葬礼了。那是卡洛的派对,我想,她有资格按照她的意愿去安排。所以,把我们所有的朋友邀请到巧克力店来,喝上一壶巧克力。我爱你们所有人。

看完信，我把那张纸放下来，寻找刚刚滚走的硬币。一枚在桌子上，另一枚在椅子上，两枚君主头像的金币在我的手中闪烁着红色的亮光。一枚给阿努克，那另外一枚呢？我下意识地伸手去抚摸那温暖的地方，它仍然在我的体内，那个神秘的地方，我自己都还没有完全确定。

阿努克的脑袋轻轻地靠在我的肩膀上，几乎快睡着了，我把信读给她听的时候，她正低声给袋鼠唱着歌。过去几周，我们已经很少听见袋鼠的消息了，它的位置已经被更加真实可见的玩伴替代了。而现在，在这风向改变的时刻，它的及时回归就显得意义重大。我的内心感受到了这种变化的必然性。我小心翼翼建立起的在此久居的幻想，就像在沙滩上堆砌的沙子城堡一样，正在等待着一轮大浪的到来。即使没有大海，太阳也能够把它们腐蚀，到了第二天，它们就会消失得无影无踪。即使如此，我还是能感觉到一丝愤怒、一丝心痛。不过狂欢节的气息还是吸引着我，那流动的风，那热乎乎的风——来自哪里？南边？东边？美国？英格兰？这只是时间的问题。兰瑟，尽管现在我和它有了各种联系，可是对我来说还是没有那么真实，它已经渐渐变成了我的回忆。风停了下来，风向标也安静了下来。也许正如一开始我就感觉到的，雷诺和我是互生的，我们两个相互制约，没有了他，我在这里也就失去了任何意义。不管怎么样，这个小镇的需求已经不存在了，我能感受到，这里的人们已经感到满足了，非常满足，没有我的空间了。在兰瑟的每个家庭里，有夫妻在做爱，有孩子在玩耍，有小狗在吠叫，有电视在发出响亮刺耳的声音。没有我们，纪尧姆仍然可以一边给小狗挠痒痒，一边观看《卡萨布兰卡》；卢克可以独自待在屋子里，阅读兰波的诗歌，没有丝毫的结结巴巴；洛克斯和约瑟芬，待在他们新粉刷的房子里，慢慢地发现彼此。加斯科尼广播台今天晚上播放了一期有关巧克力节日的节目,还骄傲地播报了兰瑟—塔尼斯河地区的节日,说这是非常迷人的地方传统。兰瑟不再只是游客们去其他地方游玩时路过的一个小镇,我把这个被人们忽视的小镇带到了地图上。

风中有大海的气息,有新鲜空气和炸东西的味道,有里维埃拉滨海区的味道,还能闻到煎饼、椰子油、焦炭和汗水的气味。许多地方都在等着风向的改变,许多人们都在等待帮助。这一次会是多久呢?六个月?一年?阿努克把脸窝在我的肩膀上,我紧紧地、用力地抱住她,几乎把她弄醒了,她小声地说了句类似抱怨的话。巧克力店将会再次变成一家面包房,或者法式糕点房——棉花糖从屋顶悬下来,就像一条条彩色的香肠,里面放着一盒盒的姜饼,盒盖子上面刻着"兰瑟—塔尼斯河纪念品"。至少,我们现在有钱,完全足够我们在其他地方重新开始,或许是尼斯,或者戛纳、伦敦、巴黎。阿努克在睡梦中呓语着,她也感受到了吧。

不过,我们还是取得了进展。不是为了我们——无名的旅店的房间,霓虹灯闪烁,翻转着塔罗牌从北部迁移到南部。至少,我们这次正面打败了"黑衣男子",阿努克和我,最后终于看清了他的本质,不过是个自以为是的傻子,戴着狂欢节的面具而已。我们不能永远待在这里。不过,他或许已经帮我们扫清了道路,让我们得以待在其他的地方。比如说,某个海边的小镇,或者有玉米地和葡萄园的临河的村庄。我们的名字会改变,我们的店名也随之变化,或许叫"幸会,黑松露巧克力店",或者"神的诱惑"——以此纪念雷诺。这一次,我们可以从兰瑟带走很多。我把阿曼达送的礼物紧紧地握在手心里,钱币很沉,摸起来硬硬的,表面泛着红色,几乎近似于洛克斯的发色。我还是不明白,她怎么会知道的——她的眼睛到底能看多远呢?另外一个孩子——这一次不再没有父亲,而是一个好男人的孩子,即使他永远都不会知道。我在想,她会不会有着他的头发,有着和他一样热情的眼睛。我已经可以肯定,她会是一个女孩,我甚至连她的名字都想好了。

其他的我们可以留下。"黑衣男子"已经走了。我的声音在自己听来,已经不一样了,变得更加勇敢、更加坚强。如果仔细听,还能听出其他的意味,我几乎能说出这种意味是什么,它代表着一种蔑视,甚至还透着一种快乐,我的恐惧不见了。你也走了,妈妈,尽管我还一直能听见你对我说话的声音。我不再害怕出现在镜子里的自己的脸。阿努克在睡梦中露出微笑。我可以待在这里,妈妈,我们在这里有家,有朋友。窗外的风向标转啊,转啊,想一想,如果以后每个星期、每一年、每一个季节都能听见它的声音。想一想,冬天的早晨,站在这扇窗前看着外面。我心底那新的声音笑了起来,像是回到家一样。我体内那个新生命在温柔地、甜甜地翻转。阿努克睡着了,嘴里说着一些无意义的音节,小手还紧紧地抓着我的胳膊。

"好不好,"她的声音闷闷地从我的上衣里传出来,"妈妈,给我唱一首歌。"她张开眼睛。她的眼睛是蓝绿色的,和站在遥远的太空俯身看地球的颜色一样。

"好的。"

她再次闭上眼睛,我开始轻声唱了起来:

那里的好风,那里美妙的风;
那里的好风,我的名字就是我的生活。

希望这一次,它仍然是一首摇篮曲。这一次,风不会再听见。这一次——拜托,就这一次——它独自离开,不带上我们一起。

致　谢

　　真诚感谢每一位帮助这本书成功问世的人：感谢我的家人，谢谢你们的支持，谢谢你们帮我照顾孩子，谢谢你们的鼓励；感谢凯文，谢谢你帮我处理繁重的文案工作；感谢阿努什卡，谢谢你把袋鼠借给我。同时还要感谢我那不屈不挠的经纪人塞拉菲娜·卡拉克和编辑弗朗西斯卡·利弗西奇；谢谢詹妮弗·路弗伦和劳拉·芳登以及每一位让我变得如此受大众欢迎的双日出版的工作人员。最后，还要特别感谢我的朋友——作家克里斯托弗·福勒，是你开启了我的灵感。